나는 글을 쓸 때마다
내가 된다

나는 글을 쓸 때마다 내가 된다

발행일	2024년 6월 7일

지은이	글빛현주, 김미예, 김삼덕, 김선황, 김희진, 송주하, 안지영, 이승희, 이정화, 윤희진, 최경희		
펴낸이	손형국		
펴낸곳	(주)북랩		
편집인	선일영	편집	김은수, 배진용, 김현아, 김부경, 김다빈
디자인	이현수, 김민하, 임진형, 안유경, 한수희	제작	박기성, 구성우, 이창영, 배상진
마케팅	김회란, 박진관		
출판등록	2004. 12. 1(제2012-000051호)		
주소	서울특별시 금천구 가산디지털 1로 168, 우림라이온스밸리 B동 B113~115호, C동 B101호		
홈페이지	www.book.co.kr		
전화번호	(02)2026-5777	팩스	(02)3159-9637

ISBN	979-11-7224-142-1 03810 (종이책)	979-11-7224-143-8 05810 (전자책)

(주)북랩 성공출판의 파트너
북랩 홈페이지와 패밀리 사이트에서 다양한 출판 솔루션을 만나 보세요!
홈페이지 book.co.kr • 블로그 blog.naver.com/essaybook • 출판문의 book@book.co.kr

작가 연락처 문의 ▶ ask.book.co.kr
작가 연락처는 개인정보이므로 북랩에서 알려드릴 수 없습니다.

내 안의 별을 찾아 떠나는
글쓰기 여행

나는 글을 쓸 때마다
내가 된다

글빛현주, 김미예, 김삼덕, 김선황, 김희진, 송주하,
안지영, 이승희, 이정화, 윤희진, 최경희 지음

Daily

나아가려면 돌아보고
돌아보려면 적어라!

진정한 나를 찾아 떠나는
라이팅 코치 11인의
글쓰기 수행

☁️*북랩

행복한 인생, 나답게!

"나는 글을 쓸 때마다 내가 된다"

빈 종이에 한 줄 썼습니다. 라이팅 코치 공저 네 번째 제목입니다. 남들 1장 1꼭지 시작할 때 나는 맨 나중에 써도 되는 '들어가는 글'을 스케치한답시고 끄적였습니다. 공저 주제를 받을 때마다 '아직 시간 있지?' 미루고 미뤄 더 이상 미룰 수 없을 때 허겁지겁 써서 내기 일쑤였습니다. 이번 공저는 그날그날 분량을 채우겠다는 마음으로 시작했습니다. 1차 퇴고할 때까지 손대지 않았습니다. 책임감 때문이었습니다. 누구도 내게 '잘 써야 해' 강요하지 않았습니다. 그러나 함께하는 라이팅 코치들의 삶에 누가 되지 않으려면 한 문장 한 문장에 '정성'이라는 두 글자를 놓아서는 안 되었습니다. 정신이 번쩍 들었습니다.

책상 앞에 앉아 컴퓨터를 켜고 한글파일을 띄웠습니다. 깜빡이는 커서가 나를 기다리는 듯했지만, 쉽사리 이어갈 수 없었습니다. 키보드에 손을 얹었으나 진땀만 날 뿐 앞으로 나아가지 못했습니다. 일단 멈추었습니다. 자리에서 일어나 책장 앞으로 갔습니다. 지금, 내 마음을 대신할 수 있는 책을 찾았습니다. 축구 선수 손흥민의 아버지 손웅정 저자가 쓴 〈나는 읽고 쓰고 버린다〉가 눈에 들어왔습니다.

'좋았어! 어떤 내용이 들어있는지 읽어 보고 다시 쓰는 거야.' 첫 장을 펼쳐 읽기 시작했습니다.

평소 바쁘다는 핑계로 책 읽기를 소홀히 했습니다. 출퇴근 길에 스마트폰 앱을 열어 몇 자 끄적이는 게 다였습니다. 빈 수레가 요란하다고 읽지는 않고 말만 잔뜩 늘어놓았습니다. 행동은 하지 않고 인정은 받고 싶었습니다. 바뀌야 했습니다. 마침 이번 책의 주제가 '나를 찾는 여정'으로 나와 가장 가까워질 기회입니다.

마음먹고 쓰다 보면 표현력과 어휘력이 부족하여 민망할 때가 있습니다. 그럴 때 다른 사람의 경험이 담겨 있는 책을 읽으라고 글쓰기 선생님이 말씀하셨습니다. 손에 잡히는 책을 펼쳐 읽습니다. 건성으로 읽을 때도 있고 눈에 힘을 주고 책 속 문장에 밑줄을 그어가며 읽기도 합니다. 스치는 생각을 종이에 씁니다. 가지를 뻗어 나갑니다. 브레인스토밍하듯 계속 써나갑니다. 주제와 전혀 연관성이 없어 보이는 키워드도 생각나면 일단 씁니다. 아니면 버리면 그만입니다. 기록하면 남기에 무조건 적습니다. 아까운 시간을 흘려보낸 기억 때문입니다. 다른 사람의 경험을 통해 나를 돌아보게 됩니다. 생각합니다. 나는 나를 얼마나 알고 있을까. 내가 좋아하는 것은 무엇일까. 어떨 때 행복을 느낄까 등등 궁금해졌습니다.

30년 가까이 살아온 서울을 떠나 충남 아산으로 이사 갑니다. 따박

따박 받던 월급쟁이 생활도 접고 새로운 세상 앞에 몸을 맡겨야 합니다. 주말부부로 편안하게 지냈던 시간 대신, 매일 얼굴 보며 아웅다웅하게 생겼습니다. 아산에서의 삶이 낯설고, 떨어져 살다가 함께하려면 한동안 불편해지겠지요. 싸우기도 할 겁니다. 서울 생활과 주말부부 시절이 그리울 수도 있습니다. 남편 미워 죽겠다고 하소연할 수도 있고, 좋아 죽는다 떠들어대기도 하겠지요. 두렵지는 않습니다. 현실에 금방 적응할 테고, 우리에게는 주저앉아 있을 여유와 시간이 없습니다.

그동안, 고단하고 팍팍했던 삶을 살아내기란 쉽지 않았습니다. 그런 나에게 시골 생활은, 남편이 주는 선물이라 생각하니 기대와 고마움, 설렘으로 바뀌었습니다. 늘 다른 사람 눈치를 보고 맞춰 사느라 내 삶은 뒷전이었습니다. 아산에서의 삶이 어쩌면 '나'란 존재를 똑바로 찾을 수 있는 시간이 되지 않을까 기대도 해봅니다.

이번 '나를 찾는 여정'이라는 주제로 공저에 참여한 열한 명의 라이팅 코치들의 삶도 더불어 경험하게 될 겁니다.

1장에서는 내가 좋아하는 것들을 적어봄으로써 나를 알아가는 의미에 중점을 두었고, 2장에서는 자신이 마땅찮아하는 것들에 대한 불편했던 순간들에 관해 썼습니다. 3장은 우리가 살면서 잊고 지나갔던 감사했던 순간, 그게 나서서 다행이라고 여겼던 부분으로 이야기를 풀어냈습니다. 마지막으로 4장에서는 살아있는 자체로 존재 가치를 느끼고 뿌듯했던 그리고 내가 빛나는 별이라는 걸 생각해 볼 수 있는 내용으로 채웠습니다.

집필 기간, 후임자에게 인수인계하느라 여전히 바쁘고 여유가 없었습니다. 또한, 이사에 대한 부담으로 일이 손에 잡히지 않았고 중학교 2학년인 둘째와 초등학교 4학년 셋째의 전학 문제를 해결해야 한다는 것에 속이 시끄러웠습니다. 이사 갈 집 방문하여 가구며 주변 생활 시설이 어떠한지 답사하느라 한 달이 어떻게 지나갔는지 모를 정도였습니다. 코치들의 삶도 나와 다르지 않다고 생각하니 위로가 되었습니다.

이 책을 손에 쥐고 펼쳐 읽을 독자도 '나를 찾는 여정'에 함께 하기를 희망합니다. 평범한 사람들이 자기 자신에게 관심을 가지고 귀히 여길 때 다른 사람도 나의 삶을 응원해 줄 거라고 생각합니다. 살다 보면 시궁창에 빠져 허우적거리며 내가 누구인지, 얼마나 많은 잠재력이 있는지, 알지 못하고 헤맬 때가 있습니다. 그럴 때, 열한 명의 경험이 여러분에게 도움이 되면 좋겠습니다. 〈나는 글을 쓸 때마다 내가 된다〉 한 권의 책 안에 전혀 생각지도 못했던 내용이 누군가에게는 위로와 삶을 지탱할 수 있는 버팀목이 될 수도 있겠지요. 공저에 참여해 한 줄 쓰기를 잘했다는 마음에 뿌듯합니다. 내 삶이 다른 사람을 도울 수 있다는 사실이 고맙습니다. 쓰고 보니 무엇이든 할 수 있는 사람이었습니다. 행복한 인생을 위해 당당하게, 나답게! 시작해 보려 합니다. '함께'라서 더 든든합니다.

2024년 5월 첫날
작가 김미예

제1장 : 내가 좋아하는 인생

제4장 : 빛나는 별이었다

내가 좋아하는 인생

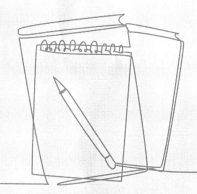

1-1

독서로 깨달은 일상의 즐거움

글 빛현주

'나로부터 비롯된 변화'

2016년 7월 독서 모임을 시작했다. 독서포럼 나비, 충남지역 천안에서 '커피나비'로 활동 중이다. '커피나비'는 커리어앤피플이란 회사의 줄임말이다. 지금은 없어졌다. 나름의 의미를 정리해 봤다. 은은하게 퍼지는 커피 향, 독서도 커피 향처럼 사람들에게 널리 퍼졌으면 좋겠다고 생각했다. 코로나로 만남이 어려웠던 2, 3년. 오프라인 모임에 목말랐다. 매주 토요일 오전 7시 시작. 토론을 마치면 대부분 9시 전후다. 일주일에 한 권의 책을 읽고 참여한다. 책을 읽고 싶은 사람 누구나, 성별, 나이 제한이 없다.

박상배 작가의 독서법 〈본깨적〉에 나오는 방법으로 진행한다. 책에서 본 것과 깨달은 것, 그리고 적용할 것을 찾는다. 단 한 가지라도 내 삶에 적용해 본다는 것이 중요하다. 독서하면 다들 변한다고 했다. 성공한 사람들은 모두 독서한다고 했다. 나도 성공하고 싶었다. 돈도 많이 벌고 싶었다. 지금보다 지혜롭고 어른다운 사람이 되고 싶었다.

새로운 무언가 시작한다는 게 두려워 머뭇거렸다. 일주일에 한 권 완독해야 한다는 것, 책의 내용을 정리해 사람들에게 말해야 한다는 것. 낯가림이 있는 내겐 부담이었다.

중학교, 고등학교에 다닐 때 책 한 권 읽지 않았다. 일주일에 한 권을 읽는다고? 나는 절대 못 한다고 했다. 이러지도 못하고 저러지도 못하는 나를 보며 대표가 말했다. 우선 시작해 보고 안 되면 그때 다시 결정하자는 말. 더는 투덜거릴 수 없었다.

2016년 7월 14일 출근해 에어컨 전원을 켰다. 수요일 오전 6시 40분, 다섯 명이 모였다. 지금까지 참여하는 사람은 셋, 2024년 4월 첫 번째 토요일 330회가 됐다.

햇수로 팔 년이다. 아침잠이 많아 미라클 모닝이 불가능하다. 유일하게 벌떡 눈이 떠지는 토요일. 기특하다. 일주일에 한 권이라는 원칙도 잘 지키고 있다. '무조건'이라는 생각을 버렸다. 읽을 수 있는 만큼 읽고 참여한다. 거듭할수록 가득 채워지는 느낌, 감사하다.

그때 계속 억지를 부렸다면 어땠을까? 끝까지 못 한다고 시작도 안 했다면? 지금도 불평불만에 투덜대고 있지 않을까. 생각하고 싶지 않다.

시작이 전부다. 시작하기만 하면 어떤 결과든 얻을 수 있다. 실패도 실수도 시작한 사람만이 경험할 수 있는 일이다. 우선 해보자고 말해준 대표가 고맙다. 덕분에 인생 취미가 생겼다. 독서 모임에서 좋은 사람들을 만났고, 조금 더 나은 어른으로 성장하고 있다.

커피를 좋아한다. 맛은 구별할 줄 모른다. 산미와 고소함을 구분하는 정도다. 잘 모르면 어떠한가. 독서 덕분에 커피 향에 취했다. 커피를 마시면 책을 읽고 싶어졌고, 책을 펼치면 커피가 생각났다. 책과 커피는 한 세트다. 커피를 좋아해도 혼자 카페에 간다는 건 상상도 못 했다. 카페뿐 아니다. 무언가를 혼자 한다는 게 떨리고 긴장됐다. 요즘엔 혼밥(혼자 먹는 밥)도 많다 하는데, 나는 혼자 밥 먹느니 차라리 굶는 걸 선택했다. 왠지 소외된다는 느낌을 받았다. '내가 할 수 있을까.'라는 의심, 부정적으로 다가왔다. 책을 읽을 때만큼은 혼자가 좋다. 어떤 것도 방해할 수 없는, 방해받고 싶지 않은. 십 분, 짧은 시간 책을 읽더라도 온전히 집중할 수 있어 좋다. 덕분에 혼자 있는 시간을 즐길 수 있게 되었다. 카페도, 밥도, 산책도.

어느 책의 제목처럼 '혼자 있는 시간의 힘'을 경험하고 있다. 오만가지 생각으로 머릿속이 늘 복잡했다. 결국엔 부정적인 생각만 가득했다. 안 좋은 생각을 멈출 수 있는 방법, 책을 읽으면 생각이 정리됐다. 어떤 책이든 부정적이고 나쁜 것을 말하는 책은 없었다. 긍정적이고 좋은 방향으로, 더 나은 삶으로 가는 방법을 말했다. 가랑비에 옷 젖는다고 내 생각도 조금씩 달라졌다. 생각이 바뀌니 행동이나 말에도 변화가 생겼다. 나를 대하는 방식도 바뀌었다. 책을 읽고 가장 좋은 점은 나를 바로 볼 수 있게 되었다는 거다.

처음엔 빨리 읽어야 한다는 강박이 있었다. 내용에 집중 못 했다. 어떻게든 한 권을 끝내야 한다는데 목표를 두었다. 오 년이 지나도 변화는커녕 남는 게 없었다. 기록도 안 했으니 더했을 터다. 과연 내가 책을 읽었다고 말할 수 있는지.

'넌 왜 책을 읽어?' 내게 물었다.

다른 사람에게 잘 보이고 싶었다. '독서가 취미야.'라고 말하는 사람들 뭔가 대단해 보였다. 따라갈 수 없는, 나는 못 하는 것을 해내는 사람? 부러웠다. 나도 하고 싶었다. 매년 똑같은 나, 어제와 같은 오늘을 살기 싫었다. 적은 돈으로 확실히 성장할 수 있다는 말에 시작을 결심했다.

일주일에 한 권을 읽어야 한다는 생각, 급하게 읽는 습관을 바꾸기로 했다. 꾸준히 읽는 게 중요하다고. 내 속도로 멈춤 없이 가는 것. 독서는 장거리 운전이었다.

방법을 찾았다. 슬로리딩과 문장 독서. 속독은 초고속 KTX라면 슬로리딩은 지나는 역마다 쉬어가는 완행열차 같은 느낌. 좋고 나쁨의 의미가 아니다. 읽는 사람의 목적에 맞는 방법을 선택하면 되는 거다. 슬로리딩은 책을 천천히 읽는 방법이다. 숨이 차면 쉬어갈 수도 있고, 끌리는 문장에 집중하는 거다. 단어 하나, 문장 한 줄 신중하게 읽는다. 내용을 이해하려 한다. 작가의 의도를 한 번 더 생각할 수 있는 계기가 되었다. 멈추고 생각하는 시간. 작가의 감정을 느끼고 공감할 수 있었다. 슬로리딩을 한다는 건 시간과 노력이 필요하다. 책 읽는 자체를 즐길 수 있었다. 가장 좋은 것은 책에 대해 더 많은 것을 기억하게 되었다는 것이다.

어떤 책을 읽는지가 중요하다. 그만큼 어떻게 읽는지도 중요하다는 것을 깨달았다. 많은 책을 읽고 뿌듯해하는 것보다 이해하고 내 것으로 만드는 것 더 중요하지 않을까.

독서하면서 일상의 즐거움을 찾았다. 꿈꾸던 작가도 되었다.

나처럼 글 쓰고 싶은 사람, 책 출간하고 싶은 사람들에게 강의도 한다. 책을 읽지 않았다면, 글 쓰지 않았다면 경험하지 못할 일이다. 실패나 실수가 두려워 시작하지 않았다면 지금 '나'는 없었을 거다. 시작하고 도전한 사람만이 얻을 수 있는 귀한 체험. 실패나 실수의 다른 이름은 성장이었다.

오늘, 행복하면 그만!

김 미 예

한 달에 한 번 잠실 나들이, 거실 바닥 폭신한 매트리스 위에 대자로 누워 빈둥거리기, 낙서하기, 수다 떨기, 멍때리기, 영화 보기, 드라마 OST 듣기 등 좋아하는 것을 적어봅니다. 백지 위에 갈겨쓴 글자를 멍하니 바라보았습니다. 평소 좋아하는 행위입니다. 일에 치여 하지 못하고 사는 날이 더 많았습니다. 아쉽고 서글프다는 생각 들었습니다. 웃으면서 살고 싶은데 현실은 자꾸 부대낍니다.

책 수집 좋아합니다. 사회생활 갓 시작한 20대에는 호기심이 있었고, 책을 읽으면 잘살 수 있다는 말에 읽었습니다. 책 속에서 좋은 문장 읽고 직장생활에 적용하려고 노력했습니다. 책에서 하라는 대로 실천도 했습니다. 일주일에 한 번 서점에 가는 것이 즐거웠습니다. 30대에도 그럭저럭 읽었습니다. 아는 만큼 보인다고 자신감이 생겼습니다. 어깨 으쓱하며 잘난 척도 했습니다. 결혼하고 딸 셋 키우며, 일한다고 바쁘게 살다 보니 독서는 뒷전이었습니다. 오십에 책을 집어 들고 읽으려니 만만찮았습니다. 대신, 한 장을 넘길 때마다 기억하고 싶은 문장에 밑줄을 긋고, 일상에 적용하기 시작했습니다.

살면서 잘한 일 있다면 [이은대 자이언트 북 컨설팅]의 이은대 작가를 만나 글을 쓰기 시작했다는 건데요. 출간하는 작가들을 위해 그는 이벤트를 마련했습니다. 읽고 쓰는 문화를 만들기 위해 한 달에 한 번 교보문고 잠실점에서 저자 사인회를 열었습니다. 자이언트 북 컨설팅 이은대 작가와 교보문고 잠실점의 업무협약이 이루어졌습니다. 누구나 참여할 수 있기에 다양한 작가들을 가까이서 볼 수 있는 기회가 생겼습니다. 저자 사인회는 매월 셋째 주 토요일 오후 세 시에 진행되었습니다. 2022년 8월, 잊지 못할 첫 경험을 했습니다. 무대에 선 주인공의 상기된 얼굴, 행사에 참여한 작가들의 기대에 찬 모습, 오늘의 작가를 소개하는 멘트가 방송을 통해 나오자 신기하고 가슴 뭉클했습니다.

주말 아침, 책 쓰기 정규 과정 수업이 끝나면 아침부터 분주히 움직입니다. 엄마의 빈 자리가 느껴지지 않도록 둘째와 셋째가 좋아하는 음식들로 서너 가지 차려놓고 외출합니다. 딸들도 저자 사인회가 있는 토요일은 엄마가 행복해지기를 응원해 줍니다.

저자 사인회 날은 내가 주인공이 된 것처럼 설렙니다. 일찌감치 교보문고에 도착해 한 바퀴 둘러봅니다. 저자 사인회의 주인공 책이 어디에 놓여 있는지 확인하고 사진을 찍습니다. 인스타그램을 잘 하지는 않지만, 특별한 날에만 공유합니다. 그리고 신간 코너로 이동합니다. 관심이 가는 책을 훑어봅니다. 자이언트 작가의 이름이 나오면 왠지 반갑고

정이 갑니다.

한 달에 한 번 저자 사인회를 통해 가까워진 작가, 오랜만에 얼굴을 보여주는 분, 온라인 수업에서만 눈 인사 하다가 오프 모임에서 만나 반가워서 손을 잡고 사진을 찍으며 호들갑을 떨었습니다. 이야기 나눌 수 있어 좋았고요. 식구라 생각하니 만나는 사람마다 반갑고 친해지고 싶은 건 행사에 참여한 모두의 마음이겠지요. 말 한마디 주고받다 보면 어색했던 순간은 사라지고 오래된 친구처럼 좋습니다. 행복한 순간 기념하기 위해 사진도 찍고, 지금 성과를 내는 작가와는 글 쓰고 책 읽는 것에 대해 배우고, 나눔도 합니다. 웃고, 떠들다 보면 '아! 이게 행복이구나' 느낍니다. 1년 넘게 진행해 온 저자 사인회는 자이언트의 새로운 문화로 자리 잡았습니다.

평일엔 일을 합니다. 부동산 광고대행사 20년 차 상담 매니저입니다. 육아와 일을 하다 보니 바쁩니다. 광고주들과 상담하고, 영업사원들 지원 업무, 회사 대표와 회의를 하고, 콜센터 직원들 교육하는 일로 하루를 보냅니다. 시계는 오후 여섯 시를 가리키고 있습니다. 퇴근하지 못하고 낮에 하지 못한 일, 다음날 무리가 되지 않을 만큼 해놓고 나면 저녁 7시를 넘깁니다. 서둘러 가방 챙겨 사무실을 나섭니다.

금요일 퇴근길. 오늘은 가서 꼭 하고 싶은 일을 해야지 마음먹었지요. 종종거리며 지하철 1호선 녹양역에서 서울집 신이문역까지 지옥철을 탑니다. 꾸벅 꾸벅 졸 때도 있고, 책을 읽기도 합니다. 때론 멍때리며 생각에 잠길 때도 많습니다. 그러다 보면 지하철 1호선 신이문역에

도착합니다. 서울 01번, 2236번, 1122번 등 마을버스가 기다립니다. 뛰어가 서울 01번 마을버스를 탔습니다. 숨 고르기를 하고서야 진정이 되었습니다. 나이를 먹나 봅니다. 조금만 뛰어도 숨이 차니 말입니다. 그나마 버스가 많아서 다행입니다. 이화교 고가 다리를 건너면 바로 내립니다. 골목 안은 벌써 까맣습니다. 골목 입구에서부터 생선 굽는 냄새, 된장찌개 등의 냄새가 코를 자극했습니다. 걸음을 재촉했습니다. 배고프다고 했던 막둥이의 말이 떠올랐습니다. '집 냉장고 속에 뭐가 있었더라.' 현관 비밀번호를 누르고 문을 열었습니다. 반겨주는 막내에게 뽀뽀하고 가방을 내팽개치듯 의자에 던져 놓고 냉장고 문을 열었습니다. 갈비찜하고 무생채, 오이무침, 나물이 보였습니다. 갈비찜은 데우고, 나물을 잘게 잘라 볼에 담고 들기름과 깨소금 고추장 조금 넣고 비볐습니다. 지효 앞에 놓으니, 냄새가 좋다며 상 앞으로 바싹 당겨 앉습니다. 김에 싸서 한입 먹고 갈빗살 하나 집어 입 속으로 쏙쏙 넣는 딸을 보니 절로 미소가 지어졌습니다.

할 일 하고 거실 한가운데에 벌러덩 드러누웠습니다. 잠시 눈을 감았습니다. 아무도 방해하지 않는 이 순간 행복입니다.

어릴 때부터 영화 보고 드라마 OST 듣는 것도 좋아했습니다. 20대에는 매일 영화 한 편씩을 봤을 정도로 마니아였습니다. 지금은 일주일에 한 번 금요일 밤을 이용해 드라마나 영화를 봅니다. 유튜브 짤로 볼 때도 있고 넷플릭스를 통해 정주행할 때도 있습니다. 최근에는 금, 토 드라마 〈원더풀 월드〉를 즐겨 봤습니다. 배우 김남주, 차은우, 김강우

등 주연 배우와 조연들의 감칠맛 나는 연기가 눈길을 끕니다. 드라마를 보면서 스토리를 보고 배우들의 연기를 통해 삶을 봅니다. 빼놓을 수 없는 건 드라마 속 명대사를 낙서하듯 기록하는 겁니다. 사고로 어린 아들을 잃고 가해자를 찾아가 사과를 받고 싶어 하지만, 반성하지 않는 가해자를 살해하며 죗값을 받는 것으로 드라마는 시작합니다. 회마다 드라마에서 나오는 장면, 명대사를 통해 우리 이웃의 삶을 들여다봅니다.

"엄마가 나한테 얼마나 소중한지 알지? 나는 엄마만 있으면 돼."

"가슴 속에 지켜야 할 신념 하나만 있으면 우린 어떻게든 살아가야 한다."

젊을 때는 재미있으니까, 딱히 할 게 없다고 생각할 때 드라마나 영화를 봤다면, 오십이 넘은 지금은 드라마나 영화를 보면서 나를 돌아보고, 우리 이웃의 이야기에 귀를 기울이게 됩니다. 여유 부리며 살아도 되는 인생이구나 생각합니다. 잠깐만 멈추고 세상을 바라보면 내가 원하고 바라는 인생을 살아갈 수도 있을 텐데 생각만큼 하지 못하고 살아가는 것이 안타깝습니다.

일에 쫓겨 내가 어디에 있는지, 무엇을 얼마나 잘하고 있는지, 아이들이 무엇을 바라면서 커가는지, 세상이 어찌 돌아가는지 생각할 겨를조차 없이 하루하루 쫓기며 살고 있습니다. 문득, 내가 좋아하는 것이 무엇이 있는지 적어보고 싶었습니다. 그동안 하지 못하고 휩쓸려 살았다고 생각하니 나에게 좀 미안했습니다. 지키지 못할 약속을 하고, 누가 쫓아 오기라도 하듯 아등바등하면서 살았습니다.

매월 다양한 작가와의 만남을 상상하며 행복해하듯, 열심히 일하고 집에 와서 편안하게 대자로 누워 뒹굴뒹굴하듯, 한 편의 영화나 드라마를 보면서 하루 생각 정리를 하듯, 일하는 엄마를 배려해 기다려 준 막내와의 산책을 생각하듯 내가 좋아하는 것을 하면서 사는 삶이 살아가는 이유이겠지요. 지금, 이 생각 놓치지 않으려 합니다. 오늘, 이 순간 행복하면 그만이니까요. 글쓰는 엄마 옆에서 조잘거리며 씩 웃어 주는 막내 지효와의 산책도 내게 큰 기쁨입니다.

좋아하는 것을 할 수 있는 마음

김 삼 덕

1. 음악을 사랑하는 나

중2 때다. 도시에 살던 작은오빠가 집에 올 때 트랜지스터라디오를 사다 줬다. 이때는 텔레비전도 귀해서 한 동네에 한 집 정도 있었다. 저녁을 먹고 나서 동네 사람들은 텔레비전을 보기 위해 한 집에 다 모였다. 마당의 평상에 너나 할 것 없이 옹기종기 앉았다. 마치 극장에서 영화를 보듯이 말이다. 나는 텔레비전보다 트랜지스터에서 나오는 음악에 더 관심이 많았다. 중2의 영어 실력은 어느 정도였을까? 뻔하지 않았을까? 이때는 개인지도의 혜택도 받지 못할 때였으니 말이다. 그런데도 팝송을 즐겨 들었다. 듣고 또 듣고 한글로 받아 적어 가면서 가사를 외웠다. 다음 날 어깨를 으스대며 부르고 다녔던 기억이 난다. 클래식도 좋아했다. 이유는 모르겠는데 시간 날 때마다 들었던 것 같다. 아마 아침 자습 시간을 빼고 피아노를 배웠던 영향이 크지 않았을까 싶다. 담임은 음악 선생님이셨다. 아침 자습을 빼달라고 졸라 피아노를 배우러 다녔다. 그 영향인지 직장 다닐 때는 요요마 첼로와 정 트리오, 장영주 바이올린, 루돌프 누레예프 은퇴 공연, 이애주 춤, 그리고 뮤지컬 등 다양한 공연을 보러 다녔다. 일주일에 한 번은 다닌 것 같다. 결혼해서도 마찬가지였다. 태교를 음악으로 했다. 주로 들은 곡은 슈베르트, 모차르트, 차이콥스키 곡들을 들었다. 그래서일까. 자녀 둘 다 음악을 사랑하는 삶을 살고 있다. 밴드를 결성해 취미활동을 한다. 정성을 다해 태교한 덕택이 아닐까 싶다

2. 댄스에 관심이 많은 나

고등학교 무용 시간에 발레를 했다. 그날은 양발 찢기였다. 신기하게 내 발이 일자가 되었다. 나의 그런 모습에 나도 놀랐다. 그 이후로 계기도 없었고 별 관심 없이 시간은 흘러갔다. 결혼하고 나이 50이 훌쩍 넘었을 때의 일이다. 평생 대학교에서 강의했는데 학기를 마치면 발표회를 한다. 우리보다 한 순서 빠른 팀이 팬시 댄스였다. 발레를 모티브로 하는데 얼마나 우아한지 내 몸이 꿈틀거렸다. 다음 날 행정실에 가서 알아보고 그 강의장으로 찾아갔다.

"중간이지만 저 좀 받아주세요."

"혹시 어디서 한 적 있나요?"

"아닌데요. 어제 보니 너무 멋져서 배우려고 합니다."

이미 일선에서 뛰고 있는 강사들이었다. 그냥 따라서 해보겠다고 하

고 나왔다. 어려웠다. 댄스의 순서도 그렇고 용어도 어려웠다. 매력에 빠진 상태라서 포기하고 싶진 않았다. 그렇게 열심을 내서 배워 그해 여름에 라인댄스 2급에 도전했다. 총 18곡. 곡마다 동작이 달라 외우기 란 쉽지 않았다. 운전하다 신호등만 걸려도 자연스럽게 발이 움직였다. 밥상에 앉아서도, 걸어 다닐 때도, 누가 보는 걸 의식하지 않았다. 시 험 당일이 되었다. 책상 세 개가 가지런히 놓였다. 세 분 교수님이 시작 하라는 사인을 했다. 발이 꼬인다. 눈치껏 다음 동작을 한다. 잠깐 딴 생각하면 순서는 온데간데없다. 한두 부분이 미흡하긴 했지만, 무사히 합격했다. 지금은 훌라댄스를 한다. 나이가 들어가도 무리가 되지 않 는다 생각해서다. 골반을 많이 움직이기 때문이다. 고관절 강화에도 좋다. 특히 끌리는 부분은 하와이 음악에 맞춰서 한다는 점이다. 수업 하는 날이 되면 발길이 어김없이 향하고 있다. 댄스를 사랑함은 내 육 신이 건강하다는 것이다. 움직일 수 있을 때 춤출 수 있는 건 나의 특 권이 아닐까?

3. 여행에 빠진 나

사람들이 나보고 성격이 좋다고 한다. 남의 얘기를 잘 들어준다고 한 다. 사기당하기 딱 좋은 성격이라고. 이유는 간단하다. 잘 믿고 거절 못 하기 때문이다. 그 밑바탕에는 자연을 사랑하는 마음이 있어서라는 생각을 해본다. 사면이 산으로 둘러싸인 보성에서 태어났다. 놀잇감은 자연물이었다. 드넓은 벌판과 산, 보성강 줄기를 다니며 해가 질 때까지 놀았다. 초등학교 2학년 때도 산 고개를 몇 개 넘는 친구 집까지 다녔다. 지금 생각하면 가능했을까 싶다. 엄마가 걱정도 안 됐을까? '안 돼'라는 소리를 못 들은 것 같다. 이때의 습성일까? 시간과 계기만 만들어지면 돌아다닌다. 중학교 때는 큰오빠가 철원군 갈말읍 부대에 근무할 때 주소 하나만 들고 찾아간 적도 있다. 캄캄한 밤에 도착했는데 군인 아저씨 한 분을 만나 간신히 집을 찾았었다. 산 고개 하나만 넘으면 북한. 잠을 자는 데도 총소리가 들렸다. 그런 불안함이 있어서인지 집마다 식량 대비용으로 미숫가루를 준비해 둔 것 같다. 아무튼 방학 내내 동생도 사귀며 재미나게 놀다 내려왔다. 고등학교 때는 진안 부귀면에 사는 외삼촌 댁에 병풍 여섯 폭을 수놓기 위해 들고 갔다. 마을에서 산속으로 두 시간을 걸어갔다. 산 중턱으로 올라가는 데는 30분. 혼자서 그렇게 걸어서 갔다. 도착하니 집이 다섯 채뿐. 표고버섯을 재배하기 위해 나무들이 즐비하게 놓여 있었다. 돼지고기에 갓 따온 표고버섯을 볶아주면 접시가 금세 바닥이 났다. 아침에 일어나면 운무 위에 앉아 있었다. 학교 다닐 때는 방학을 이용했고, 성인이 되어서도 강의조차도 여행이라 생각하고 돌아다녔다. 지금은 딸과 자주 다니려고 노력 중이다. 7번 국도도 3박4일 다녔고, 미국 갔을 때 나이아가라 폭포의 무지개도 같이 봤다. 폭포가 쏟아지면서 튀는 물에 비옷 속까지 젖었던 느낌도 새로웠다.

한번은 이런 일도 있었다. 거문도 백도를 가기 위해 새벽 세 시에 일어나 일행들과 버스를 탔다. 선착장에 갔는데 앞사람도 보이지 않을 정도로 안개가 자욱했다. 안개가 걷히길 기다린 시간이 2시간. 승선하라는 안내 음성이 들렸다. 배에 올라 방 하나 잡고 움직이기만을 기다렸다. 다시 2시간이 흘렀다. 백도까지 갈 수는 있는데 나오는 건 장담 할수 없다고 했다. 거기는 안개가 심하다는 것이다. 기대와 설렘을 뒤로하고 배에서 내릴 수밖에 없었다. 할 수 없이 가까운 여수로 향했다. 마음을 비웠다. 오동도의 동백꽃이 반겼다. 그래, 널 만나기 위함이었나 보다. 지금도 여행은 계속되고 있다. 오늘 딸이 서울표 끊었다고 문자가 왔다. 내일은 서울로 출발이다. 일상을 여행으로 생각하니 행복하다.

4. 사람을 좋아하는 나

2023년 어느 날. 손님이 들어왔다.

"어머, 감각이 있으시네요."

"왜요?"

"옷 입는 걸 보니까요."

이렇게 대화를 시작하게 되었다. 좀 있다가 직원이 와서 잘 아시는 분인가 봐요. 둘은 얼굴을 마주 보고 웃었다. 초등학교 입학 전부터 엄마 따라 동네를 다니면서 어른들과도 친했다. 낯가림이 없었던 것 같다. 이사를 자주 다닌 탓일까? 새로운 친구들을 사귀는 것이 부담으로 다가오지 않았다. 고등학교 때도 친구들이 집에 자주 와서 잤다. 집에 모내기하는 날은 스무 명 넘는 친구들을 초대해 모를 심게 했다. 벼를 수확할 때도 마찬가지였다. 학교 친구 아니면 교회 친구들을 초대했었다. 글을 써야겠다는 마음을 먹으면서 모임이나 단체 활동들을 많이 줄였다. 혼자라도 행복할 수 있는 일은 글쓰기인 것 같아서다. 글을 써야겠다는 맘을 먹으면서 감정에 파묻히는 일이 줄었다. 활동은 줄였지만, 꾸준히 사업은 하고 있다. 사람들의 만남도 이어진다. 다만 절제하는 만남을 하려 애쓰고 있다. 내가 힘들어하지 않는 범위 내에서. 예쁘게 나이를 먹고 싶다.

말하는 인생이 좋습니다

김 선 황

"선생님, 귀에 쏙쏙 들어와요."

성인 대상으로 강의할 때, 학생들 수업할 때 이 말을 들으면 기분이 좋습니다. 강의 자료 준비하느라 잠을 못 자서 힘들었던 기억이 물듭니다. 유화의 무거운 색채가 수채화 맑은 물빛으로 번지는 느낌이랄까요. 다음 강의를 더 즐겁고 유익하게 만들 아이디어가 꼬리에 꼬리를 물고 팡팡 터집니다.

어쩌다 책을 읽었는데 지금은 직업이 되었습니다. 책 읽기로 밥벌이를 할 수 있을 거라고는 생각지 못했습니다. 제게 독서는 현실을 잊게하는 도구였습니다. 도피용으로 읽었던 거지요. 책은 재미있기까지 했습니다. 좋아하던 일이 직업이 되었으니 성공한 '덕후'라고 할 수 있겠네요.

집에 책이 거의 없었습니다. 부모님은 오 남매 먹여 살리기도 힘들었으니, 책을 살 여력은 없었습니다. 일곱 식구가 단칸방에서 살았습니다. 생활에 필요한 물품만으로도 방이 꽉 찼습니다. 다락방이 있었지만, 처음에는 큰언니 차지였고, 그다음은 작은언니 차례였습니다. 40년 전에는 도서관에 가면 책을 볼 수 있다는 것도 몰랐습니다. 동네에 좀 잘 사는 친구네 집이 제 도서관이었습니다. 새 친구를 사귀면 새 책을 볼 기회가 생겼습니다.

제가 초등학교 6학년 때, 큰언니가 상업고등학교를 졸업하자마자 취직했습니다. 어느 날 학교에서 돌아오니, 〈세계 문학 전집〉 상자가 좁은 방 한가운데 놓여 있었습니다. 언니도 독서에 대한 열망이 있었나 봅니다. 책갑에서 책을 빼면 눈부터 호강했습니다. 조심스럽게 책을 꺼내 두꺼운 표지를 넘기면 종이 냄새가 진하게 올라왔습니다. 쩍쩍 소리가 좋았습니다. 함박눈 위에 첫 발자국을 남기는 기분이었지요. 1번부터 격파하기 시작했습니다. 그림 하나 없이 작은 명조체 글자만 가득합니다. 갈색 표지는 근엄하기까지 합니다. 학교에서 읽고 있으면 친구들이 슬쩍 표지를 들춰봅니다. 어떤 친구는 금방 흥미를 잃고 자리를 뜹니다. 개중에는 무슨 내용인지를 묻는 친구도 있었습니다.

"스칼렛 오하라라는 여주인공은 예쁘지 않대. 근데 개미허리야. 엄청 부잣집 딸인데, 남북전쟁이 터지면서 인생이 확 달라져."라고 이야기를 시작하면 친구들 눈이 반짝입니다. 저만치에 있다가 가까이 오는 친구도 있습니다. 저도 신나서 이야기에 살을 붙이고 손발을 움직여 가며 책 이야기해 주었지요.

그때부터였을까요? 말을 잘한다는 이야기를 제법 들었습니다. 대학교에 다닐 때는 '무지개'라는 토론 동아리에서 활동했습니다. 학번마다 무지개색 이름을 가진 일곱 명의 회원이 있습니다. 다음 기수는 선배들이 후배를 데려오는 방식으로 모집합니다. 저는 보라색 신입회원이 있다가 3학년 때 동아리 회장이 되었습니다. 지원금도 거의 못 받는 동아리였지만 열심히 쫓아다녔습니다. 복학한 선배가 동아리에 복귀하지 않으면 도서관뿐 아니라 교내 구석구석 찾아다녔습니다. 마주치기만 하면 모임에 나오라고 하는 것은 물론 모임에 빠지지 않도록 종용했습니다. 미리 주제를 정하고 토론을 준비하는 게 원칙이긴 했습니다만, 체계적이기보다는 주먹구구식이었습니다. 당일 참석자들이 즉석에서 찬반을 정했습니다. 상대 팀 반론을 꺾는 쾌감은 말로 표현할 수 없습니다. 상대 논리에 감탄하기도 하고, 팀이 토론에서 진 날은 뒤풀이에서 속을 달래기도 했습니다. 말의 재미에 빠져 지낸 시간은 지금도 잊히지 않습니다.

취미로, 동아리 활동으로 하던 '말'이 결혼 후에 이어졌습니다. 아이들을 낳고 독서지도를 시작으로 '책'과 관련한 일을 하고 있습니다. 이십 년이 넘어가고 있는데도 아직 즐겁습니다. 고등학생 국어 모의고사 지문에는 소설 일부만 실려있습니다. 〈보기〉에 배경을 설명하고 발췌문에 연관된 내용을 풀도록 합니다. 재미와 감동은 뒷전이고 점수를 얻기 위해 분석하며 문학 문제를 풉니다. 감흥 없이 풀거나 지루해합니다. 문제 풀이를 할 때 아이들에게 소설의 생략된 부분을 얘기해 줍니다. 자신들이 읽을 때는 무슨 말인지 모르겠다던 친구들이 "이런 내용이었어요?" 하는 반응을 보입니다. 억양을 줘서 끊어 읽고, 극적인 부분은 과장도 섞습니다. 책 읽을 시간이 없는 친구들에게 숨겨진 내용, 시대적 배경, 작가 이야기를 들려줍니다. 함께 읽으면 좋은 책도 소개합니다. 사실 듣는 아이들보다 말하는 제가 흥분합니다.

김동인의 〈역마〉는 제 이야기와 묶어 들려줍니다. 소독차를 따라 전주 시내 끝까지 달려봤다는 이야기나, 친정엄마가 "하여간 너는 아침부터 집을 나가서 찾으러 다니느라 힘들었어." 등의 역마살 경험에 관련된 내용 등이요. 이청준의 〈눈길〉은 이야기를 들려주려고 하기 전에 이미 목이 따끔거립니다. 가끔 눈물이 터지기도 합니다. 감정 조절 수위를 놓치고 주인공에게 지나치게 몰입해서 그렇겠지요. 눈으로 읽을 때보다 말로 표현할 때 풍부한 감정이 우러납니다.

청소년 수업 외에 성인 강의를 진행하고 있습니다. 매주 금요일 새벽마다 온라인에서 진행하는 〈교양 있는 어른을 위한 역사〉입니다. 2022년 1월부터 '동고동락'이라는 이름으로 한국사에 이어 세계사까지 한 시즌을 올해 1월에 마무리했습니다. 2월부터 시작한 한국사는 현재 현대 부분을 다루고 있습니다. 한 시간 강의를 위해 목요일에 5시간 이상을 투자합니다. 새벽에 화장기 없이 등장하는 동고동락 회원들을 보면 침이 바짝 마르면서도 말에 힘이 실립니다. 역사적 사실을 기반으로 하되, 최소한 이 정도는 알아야 한다는 내용을 정리하고, 영상 자료를 찾아 덧붙입니다. 그간 학생들을 수업해 왔던 내용을 성인 대상으로 바꿔 전달합니다. 새로운 것을 알게 되어 좋다고도 하고, 알고 있었던 내용이지만 다른 관점으로 볼 수 있어 좋다 합니다. 새벽에 애써 일어났는데 지루해서 잠이 드는 일이 없도록 저도 목소리 톤을 높이고, 감정을 고조된 상태로 진행합니다. 블로그나 인스타에 모집 공고를 올리기는 하지만, 대체로 회원들이 소개해 인원이 늘고 있습니다. 숫자로 가치를 매길 수 없는 인연입니다.

　책 읽기를 좋아합니다. 아는 내용을 말하는 것도 좋아합니다. 말할 소재가 있고, 말할 기회가 있는 인생이어서 행복합니다. 유익하다고 응원해 주는 동고동락 회원들이 있고, 어려운 것을 쉽게 전달한다고 치켜주는 학생들이 있어 수업이 풍성합니다. 간혹 수업 전에 골골해도 일단 줌에 접속하면 신이 납니다. 좋아하는 일을 하니 목 건강도 주인을 닮나 봅니다. 목이 쉬는 일이 거의 없으니 천직이겠지요. 다음 강의 시간에는 어떤 이야기를 준비할까. 교양을 쌓기 위한 내용을 즐겁고 쉽게 전달하는 말을 준비해야겠습니다.

　글을 쓰기 전에는 말하기를 좋아한다는 생각을 딱히 하지 않았습니다. '좋아하는 것'과 '인생'을 붙여 생각하니, 현재의 삶이 꽤 만족스럽습니다. 글을 쓰면서 나를 더 잘 알게 됩니다. 말하는 인생이 참 좋습니다.

진짜 받고 싶은 선물

김 희 진

여의도 가자.

초등학교 다닐 때부터 알고 지냈지만 친하지는 않았다. 초등부 주일학교 교사로 다시 만났다. 수연이, 미연이, 진희, 나. 우리 넷은 윤중로로 갔다. 니콘 카메라와 필름을 챙겨서. 추워도 하늘하늘한 블라우스는 포기할 수 없다. 스물세 살. 꾸미지 않아도 인생에서 가장 예쁠 나이다. 여의도 윤중로도 일 년 중 4월이 가장 예쁠 때다. 벚꽃에 어울리는 구두를 장만했다. 작은 리본이 장식된 베이지색 구두. 같이 간 친구들도 평소와 달리 꾸미고 나왔다. 내가 카메라를 챙겨간다고 하니 더욱 들뜬 모양이다.

봄이라지만 여의도 바람은 쌀쌀했다. 그래서인지 기대와 다르다. 공휴일인 식목일이라 꽃보다는 사람이 더 많았다. 해가 잘 드는 곳에 심어진 나무만 꽃이 활짝 피어있었다. 그 나무 밑은 사람이 모여 사진 찍느라 바빴다.

대학 다닐 때 쓰던 수동 카메라는 자동카메라보다 예쁘게 나온다. 초점을 잘 맞춰야 해서 까다롭긴 하다. 그래도 사진을 위해서라면 감수해야 한다. 수동 카메라는 '찰칵' 소리가 나니 찍는 맛도 좋다. 내가 카메라를 들고 하나, 둘, 셋 하면 다들 모델처럼 포즈를 취한다. 셔터를 누르려고 하면 추워도 아닌 척 벚꽃과 하나가 되어 예쁜 척을 해 보였다.

필름을 빼서 사진관에 인화를 맡겼다. 며칠 지나 사진을 찾으러 갔다. 사진관 아저씨가 돈을 받지 않는다. 제대로 된 사진 하나도 없단다. 내가 필름을 잘못 낀 거다. 차분히 집에서 확인했어야 했다. 능숙하다고 자만했다. 지금이야 스마트폰 카메라가 워낙 좋아 무거운 카메라가 필요 없다. 찍자마자 바로 확인한다. 마음에 안 들면 다시 찍으면 그만이다. 어떻게 나왔을지 설레며 며칠 기다리던 때와는 다르다. 사진은 하나도 건지지 못했지만 내 기억 속에 우리는 풋풋했다.

스물세 살. 옷 구경하고 패션 잡지 보는 게 좋았다. 직업으로 삼을 만큼. 팔랑팔랑하는 치마에 멋을 위해서라면 구두 굽 9센티미터도 이겨내는 꾸미기 좋아하던 여자였다.

내 생일 다가오면 윤이는 한 달 전부터 물어본다. 생일 선물 뭐 받고 싶은지.

"엄마는 자동차 받고 싶어."

"그러지 말고 내가 줄 수 있는 것으로 말해봐."

받고 싶은 선물을 갑자기 말하려니 모르겠다. 시간을 줄 테니 그동안 생각해 보란다. 사고 싶은 거, 받고 싶은 게 뭔지 떠오르지 않는다. 아이 낳기 전에는 쇼핑을 즐겼다. 뭐든지 마음 내키는 대로 해도 상관

없었으니까. 사고 싶은 것 다 사고, 하고 싶은 거 다 하며 살았다. 아이를 낳고는 딱 붙는 옷, 치렁치렁한 치마 입기는커녕 거들떠보지도 않게 되었다. 늘어지는 귀걸이도 거추장스러웠다. 화장은 하는 것보다 지우는 게 중요하다는데. 다 관두고 반쪽뿐인 눈썹 뒷부분만 갈색으로 채워 넣는다.

취미가 쇼핑. 백화점, 동대문 시장 가리지 않았다. 마음에 드는 옷을 보면 고민 없이 샀다. 입고 나간 티셔츠가 마음에 들지 않는 날은 보이는 옷 가게에 들어가 사서 바로 갈아입었다. 발이 작은 편이라 샌들을 주문해서 신었다. 신어 보니 두 가지 디자인이 마음에 들었다. 하나만 고르기 힘들다. 둘 다 샀다. 월급 대부분을 겉치장하는 데 썼다. 백화점으로 시장조사 나가면 돈을 더 쓰고 온다. 백화점 1층은 주로 명품, 화장품을 판매한다. 명품 가방은 못 사도 화장품은 살 수 있잖아? 하며 몇십만 원이나 하는 화장품 세트를 샀다. 피부가 맑아진다고 하는데 잘 모르겠다. 비싼 화장품을 써도 이십 대 피부는 변화가 없다. 시장조사를 일찍 끝내고 퇴근하는 날은 백화점 안에 있는 네일숍에 들른다. 내가 가장 선호하는 색은 파스텔 계열이다. 손톱 끝만 흰색으로 칠하는 것도 작은 손톱에 어울렸다. 날이 더워지면 샌들을 신어야 하니 발톱에도 신경을 썼다. 발톱은 손톱과 달리 진한 색으로 고른다. 여름이니까 시원해 보이는 파랑을 발랐다. 손끝, 발끝에 투자하는 비용이 아깝지 않았다.

신발, 가방, 옷, 목걸이, 귀걸이. 사면 살수록 더 욕심이 난다. 수납할 공간이 부족해졌다. 연예인처럼 드레스룸이 있다면 좋겠지만. 옷과 함께 생활할 수밖에. 나중에는 옷 속에 파묻혀 지내는 꼴이 되었다. 한쪽 벽면을 차지하던 옷걸이가 쓰러져 자고 있던 나를 덮쳤다. 징조는 있었다. 기둥 역할을 하던 봉이 삐그덕거렸다. 낌새가 있을 때 조치하지 않았다. 옷 정리를 미룬 탓도 컸다. 안 입는 옷을 나눠줬다. 나와 비슷한 체격인 친구, 언니, 동생들에게. 옷상자 하나씩 받은 지인들은 고마워했다. 지금도 가끔 말한다. 그때 좋았다고.

이런 내가 거의 사지 않고 지냈던 적이 있었다. 일본에 어학연수 갔었을 때. 단출하게 지냈다. 집에 있는 옷을 통째로 가져갈 수 없다. 그러니 신중하게 골라서 짐을 꾸려야 했다. 내 방 전신 거울 앞에 서서 신발까지 일일이 신어보고 어울리는 것들로 추렸다. 어떤 바지를 입어도 다 어울리는 외투. 디자인, 색상을 고려해야 한다. 베이지색 재킷과 무릎까지 내려오는 연한 핑크색 카디건이면 봄옷으로 적당했다. 이렇게 생활해 보니 나름 괜찮았다. 매일 뭐를 입을까 고민할 거 없다. 치렁치렁하게 입고 다니지 않으니 오히려 편했다. 일 년만 살다가 귀국하는 거라 짐을 늘리면 안 된다. 나중을 위해서. 덕분에 단순하게 사는 맛을 봤다. 유럽에 배낭여행 갈 때도 도움이 되었다. 여행 짐을 싸 보니 알겠다. 옷이 얼마나 부피를 차지하는지.

윤이가 또 물어본다. 생일 선물 뭐 받고 싶은지. 이번 생일에는 커피가 좋겠다고 했다. 윤이도 흔쾌히 사주겠다고 한다. 평소 가고 싶었던 카페에 가서 따뜻한 아메리카노 한 잔과 샌드위치를 시켰다. 윤이가 마실 사과주스는 내가 샀다.

"윤이가 사주는 거라 더 맛있다!"

평소보다 한 톤 높여 말했다. 윤이는 표정으로 대답한다. 사주는 맛이 이런 거구나. 지난해에는 펜을 선물로 받았다. 문구류 욕심이 있어서 필통 한가득 들고 다녔었다. 그림 그리는 펜으로 유명한 피그마 펜이 요즘 좋아하는 필기도구다. 정성껏 쓰고 싶은 명언 필사 노트는 피그마 펜 0.05mm로 쓴다. 얇게 써지는 느낌이 깨끗하다.

작아져서 못 입는 윤이 옷을 꺼내며 내 옷장도 열어봤다. 올겨울 한 번도 입지 않은 바지가 있다. 버려도 되겠다. 옷을 사지 않아도 매번 버릴 게 나온다. 안 입는 옷을 한 구석에 쌓아 두었다. 어떻게 알았는지 윤이는 예전 내 원피스를 입고 역할극을 한다. 쓸모없어 내놓은 것들이 윤이 연극 소품이 되었다. 이것저것 바꿔 입으며 패션쇼도 한다. 내가 좋아했던 것들이 지금은 윤이 차지다.

예전같이 옷 구경하라고 하면 못할 것 같다. 지금은 편한 게 좋다. 가방도 가죽은 무겁다. 에코백이면 충분하다. 화려한 작약을 좋아했다. 요즘은 오래가는 소국이 눈에 들어온다. 유리창 밖으로 초록 나무가 보이는 카페에 앉아 마시는 커피 한 잔이면 하루 행복이 채워진다.

파노라마 필름

송 주 하

〈슬램덩크〉에 나오는 빨간 머리 강백호. 흰색 면티 한가운데 새겨진 그림이었다. 넓은 어깨가 유난히 단단해 보였다. 왼쪽 어깨에서 오른쪽 허리까지 이어지는 검은색 크로스 가방. 지퍼에 늘 매달려 있던 인형 고리. 쨍한 노란색이라 검은색 가방 위에서 더욱 선명했다. 인형의 정체는 기억에서 희미해졌다. 호랑이였던 것 같기도 하고, 치타였던 것 같기도 하다. 청바지를 주로 입었다. 중간 정도 톤의 청바지였다. 빳빳하고 거친 소재가 아니라, 부드러워 보이는 질감이었다. 흰색 나이키 운동화를 주로 신었다. 키는 185cm 정도였다. 다른 남자아이들과 섰을 때 머리 하나쯤은 더 길었다. 그래서인지 멀리서도 눈에 잘 띄었다. 청바지에 면티 하나 걸쳤을 뿐인데 잘 어울렸다.

머리카락은 짧았다. 희미하게 갈색빛이 감돌았다. 앞머리에 젤을 약간 발랐다. 과하지 않았다. 부스스한 머리보다 깔끔하니 정돈되어 보였다. 얼굴은 작은 편이었다. 각지지 않은 턱 때문에 더 그래 보였다. 고등학교 때 생겼다는 여드름이 이마에 두어 개 남아 있었다. 피부는 약간 가무잡잡했다. 희멀건 피부보다 건강해 보였다. 눈썹은 짙고 선명했다. 쌍꺼풀이 없는 눈은 적당히 컸다. 웃음기와 장난기가 고루 섞인 눈이었다. 코가 유난히 높았다. 코끝 쪽에 작은 점이 하나 있었다. 보기 좋게 도톰하고 굴곡진 입술은 유난히 붉었다.

손이 큰 편이었다. 손가락이 유난히 길고 가늘었다. 마이크를 잡을 때도, 노트를 전해 줄 때도 손에 눈이 갔다. 남자 손은 거칠고 투박하다고 생각했는데, 섬세할 수도 있다는 걸 그때 알았다. 다부진 몸에 비해 약간은 어울리지 않는 듯한 손이었다.

강렬했던 건 따로 있었다. 환하게 웃는 표정이었다. 그런 미소를 보기 전까지만 해도 그리 신경 쓰이는 존재는 아니었다. 그저 군중 속에 섞여 있는 한 명의 '사람'에 불과했다. 누군가와 이야기하면서 지었던 그 표정을 보는 순간, 특별한 의미가 되었다. 그때부터였다. 내 눈이 그 아이를 쫓기 시작한 것이. 어디를 가나 그 아이를 찾았다. 대학교 중앙도서관에서도 찾고, 사람들이 많이 앉아 있었던 분수대에서도 찾았다.

3월이라 아직은 대학교가 낯설었다. 2지망이었던 학교에 합격했다. 그다지 마음에 들지는 않았다. 그래도 장학금을 받을 수 있다고 들었다. IMF 시기였다. 선택의 여지가 없었다. 우리 집도 다른 집들과 사정이 별반 다르지 않았다. 4형제나 된다. 아무리 철없는 나이라 해도 그 정도는 짐작이 갔다.

넓은 캠퍼스를 하나하나 찾아다니며 공간을 익히고 있었다. 학과도 어색했다. 그나마 동아리가 제일 익숙했다. 몇 가지 선택지가 있었지만, 그때는 그리는 거에 관심이 많았다. 그림을 정통으로 배운 게 아니어서 수채화는 멀게 느껴졌다. 지나가다 우연히 만화동아리를 보게 되었다. 이 정도면 그릴 수 있겠다 싶었다. 강의실 입구에서 신입생을 모으던 신배들의 모습이 떠오른다. 고민할 거를도 없이 가입 명부에 사인했다. 그때부터 난 만화동아리 회원이 되었다.

동아리 방은 수많은 별관 중 하나에 있었다. 2층 빨간 벽돌 건물이었다. 가로로 길게 늘어서 있었다. 거기엔 각종 동아리 방이 모여 있었다. 우리 아지트는 햇볕이 잘 드는 1층 제일 끝방이었다. 큰 창문을 열면 바로 족구장이 나왔다. 다른 곳에는 없는 거라, 특권을 누리는 기분이었다. 옆에는 갈색으로 칠한 나무 벤치가 쭉 늘어서 있었다.

내가 회원이 된 다음 날, 같은 과 여자 친구도 가입했다. 덕분에 심심치 않게 시간을 보낼 수 있었다. 강의가 없을 때마다 같이 동아리 방을 찾았다. 한참 놀다가 강의 시간이 되면, 가방을 주섬주섬 챙겨서 수업을 들으러 가고는 했다.

그날도 다음 수업까지 두 시간이 비었다. 자연스럽게 동아리 방으로 향했다. 실제 동아리 방의 용도는 짐을 보관하는 정도에 지나지 않았다. 우리는 주로 벤치나 족구장에 있었다. 친구와 등받이가 없는 나무 벤치에 앉아 있었다. 햇빛이 등을 따뜻하게 데워주었다. 잠시 눈을 감고 쉬고 있었다. 포근한 바람이 뺨에 닿았다. 마치는 시간이 비슷했는지, 동아리 사람들이 무리 지어 왔다. 언제나처럼 가방은 던져 놓고 인원이 되는 대로 팀을 짰다. 거기 그 아이가 있었다. 전에 몇 번 마주친

적은 있었지만, 그게 끝이었다. 키만 멀대같이 크고 약간 차갑게 느껴지는 인상이었다.

신속하게 팀이 꾸려지는 게 신기했다. 4대 4. 선배와 신입생이 자연스럽게 섞였다. 원래부터 알고 지낸 사람들처럼 보였다. 그 아이는 다른 사람보다 월등하게 족구를 잘했다. 여기저기 뛰어다니며 공격을 막아냈다. 남자 선배들이 실력자라며 엄지를 치켜세웠다. 칭찬에 보답이라도 하듯, 장난기 가득한 미소를 지었다. 내가 생각했던 이미지와 정반대의 모습이었다. 마치 애니메이션의 한 장면처럼 그 아이가 클로즈업되었다. 배경은 모두 흐리게 변하고 오직 한 사람만 보였다.

누군가 마음에 들어오는 것은 찰나였다. 해맑은 미소에 나도 모르게 빠져들었다. 심장이 찌릿하게 뛰기 시작했다. 이런 마음을 누가 알기라도 할까 봐, 최대한 무관심한 척했다. 말도 없고 무뚝뚝한 성격인 줄만 알았는데, 선배들과 장난도 치고 농담도 곧잘 잘했다. 무엇보다 웃는 모습이 그렇게 멋진 사람인 줄 몰랐다. 결국, 그 아이팀이 이겼다. 진 팀이 농과 대학 구내식당에서 밥을 사기로 했다. 나를 포함한 몇 명도 함께 갔다. 메뉴는 카레밥이었다. 의도하지 않았는데 마주 보고 밥을 먹게 되었다. 분명 어제까지 괜찮았던 심장이 요동을 치기 시작했다. 밥을 평소보다 적게 펐다. 김이 모락모락 나는 흰밥에 카레를 얌전하게 비볐다. 조금만 떠서 입에 넣고 오물거렸다. 한 입 먹을 때마다 휴지로 입술을 닦았다. 다들 아무렇지도 않게 밥을 먹는데, 나는 유독 뭔가가 불편했다.

전혀 의미가 없던 사람이었다. 어느 순간부터 신경이 쓰였다. 괜히 말도 작게 하게 되고, 곁눈질도 가끔 하게 되었다. 그가 하는 말에 귀를 쫑긋 세우기도 했다. 다른 사람들의 말소리는 필터링되어서 빠져나가고, 그 아이의 목소리만 남았다.

다음 수업 시간이 다가오고 있었다. 각자 다른 교양 수업을 듣기 위해 강의실로 향했다. 친구들과 어울려 걸어가던 뒷모습이 아직도 눈에 선하다. 유독 길게 뻗은 다리, 헐렁한 흰색 면티, 크로스 가방을 멘 채로 걸어갔다. 그 아이가 보이지 않을 때까지, 그 자리에 서서 바라보았다. 옆에 있던 친구가 무슨 생각을 그리하냐고 묻지 않았다면, 내내 거기 서 있었을지도 모른다. 그게 내가 기억하는 '첫 만남'이었다.

우리는 많은 하루를 살아간다. 지나고 나서 생각해 보면, 모든 날이 또렷하게 그려지지 않는다. 하지만 유난히 지워지지 않는 장면들이 있다. 크게 감동했을 때도 그렇고, 아주 힘들었을 때도 마찬가지다. 첫사랑을 만난 기억도 오래 남아 있다. 그날 날씨가 어땠는지, 어떤 옷을 입고 있었는지, 그 아이의 표정이 어땠는지도 기억난다.

삶에서 중요하다고 여기는 게 모두 다르다. 적어도 나는 '사랑하는 마음'은 꼭 리스트에 두려고 한다. 누군가를 조건 없이 아끼고 사랑하는 마음이야말로 인생을 살아가게 하는 연료가 된다. 오래전 일이라 어제 일처럼 떠오르는 건 아니지만, 잊히지 않는 몇 시간이었던 건 확실하다.

기억하기 가장 좋은 방법은 감동하는 거라고 했다. 꼭 사랑이 아니라도, 내가 좋아하는 무언가에 깊게 빠질 수 있는 경험이 많아진다면, 인생 밀도가 좀 더 진해지지 않을까 한다. 처음 만난 두어 시간만 떠올리는데도, 이렇게 할 말이 많은 걸 보니 말이다. 파노라마 필름처럼 몇 장면 속에 지워지지 않고 남아 있다.

나만의 힐링 주파수 찾기

안 지 영

"금일 오후 1시 30분부터 4시 30분까지 전기설비 정기 검사로 인하여 전기 공급을 일시 중단합니다."

아파트 안내방송이 울린다. 전기 공급 안 되는 집에선 할 수 있는 일이 없다. 노트북과 책만 챙겨 나왔다. 어디로 갈지 고민이었다. 미뤄왔던 할 일들이 줄지어 있다. 길어진 머리카락을 다듬어 볼까? 미용실에서 노트북 펴는 건 불편하다. 고민하다가 벤티 사이즈 커피와 2층 공간이 있는 스타벅스로 갔다. 커피가 넘치지 않게 카페 계단을 올랐다. 노트북 코드 꽂기 쉬운 구석 자리가 눈에 띄었다. 빠른 걸음으로 가서 앉았다. 매번 실패하는 명당자리에 앉으니 행운권 당첨된 듯하다. 옆자리는 수다 삼매경이다. 커피로 목을 축이고 책을 편다. 순간 모든 잡음이 책 속으로 빨려 들어간다. 나도 모르는 집중력이 생긴다. 카페에서 커피 마시며 책 읽는 시간이 편안하다. 집에는 방해 요인이 수두룩하다. 침대가 등을 잡아당긴다. 집안일이 끊임없이 나온다. 가족들은 항상 나를 부른다. 작년엔 카페에서 책 읽는 시간이 종종 있었다. 올해는 드물다. 나만의 자기 계발 시간을 '블루타임'이라 한다. 올해는 불타는 '레드타임'으로 채웠나 보다. 에세이나 소설 읽을 때는 꽃과 초록이 가득 찬 단골 카페로 간다. 카페마다 분위기가 달라서 감정에 따라 골라 간다. 커피 마실 때만 카페 음악이 들린다. 평화로움이 가득하다. 평일 오후엔 카페 안이 텅텅 비는 시간인가 보다. 날이 좋아 꽃구경 갔나 보다.

2년 전, 불면증으로 커피를 멀리했다. 새벽 2시에 커피 마셔도 잘만 잤는데 어느 날부터 잠이 오지 않았다. 숙면에 좋다는 음식을 먹어도, 가벼운 운동을 해도 뜬눈으로 지새웠다. 지금은 눈 감으면 5분 안에 잠이 든다. 다시 만나 반갑다. 커피는 영혼을 채우는 에너지다.

세상의 모든 색을 좋아한다. 색은 감정을 자극한다. 두 눈에 비추는 총천연색이 황홀하다. 물건을 고를 때, 디자인보다 색이 먼저 보인다. 별명이 많은 편인데 보라색을 좋아해서 '보라도리'라 불렀다. 보라색이 갖는 오묘한 매력이 있다. 신비롭고 우아하다. 핸드폰, 이어폰, 수첩. 다이어리, 텀블러, 시계 줄, 심지어 볼펜도 보라색이다. 별난 사랑 덕분에 주변이 보라색 물건으로 가득 찼다.

기분이 가라앉을 때 좋아하는 커피를 보랏빛 텀블러에 마시면 최고의 맛이다. 색이 주는 안정감과 만족감은 내게 더없이 소중하다. 어쩌면 '보라색'을 모으는 게 아니었다. 색을 보고 좋아하는 내 감정을 모으는 게 아닐까? 좋아하는 색을 보면 엔도르핀이 솟는다. 기분 전환되는 '색 주파수'는 에너지가 된다.

하늘 보는 건 힐링이다. 운전하면서도, 한숨 쉬면서, 감정이 벅차오를 때, 눈물 흘릴 때도 보는 게 하늘이었다. 흐린 날에는 손을 뻗쳐 본다. 하늘이 낮아져 가까워진 착각이 든다. 어릴 적, 구름 위에 올라타고 싶었다. 구름의 정체를 모를 때라 솜이불처럼 푹신할 거라는 생각만 했었다. 중년이 된 지금도 구름을 타고 싶다. 구름 위에 있으면 내려다보는 여유가 생길 듯하다.

코끝 시린 겨울 바다를 그리워한다. 추위도 얼지 않는 파도가 꿋꿋해 보여서다. 쉼 없이 되풀이되는 파도 움직임을 보는 게 질리지 않는다. '바다'란 글자만 봐도 파도 소리가 들린다. 뜨끈한 커피로 속을 채우면 커피 물결이 파도가 되어 출렁였다. 바다를 품은 듯 나도 멋져진다.

여행을 좋아한다. 떠나기 전 계획할 때부터 신난다. 기차나 비행기가 출발하기 전 설렘이 좋다. 일상을 벗어나면 몸도 마음도 자유다. 언젠가 이루고 싶은 버킷 리스트를 채우고 싶다. 만년설이 있는 알프스산맥에 오르고 싶다. 공기가 달라서 코부터 빌름거릴지도 모른다. 예전에 드라마 배경으로 나온 곳이 자꾸 떠 오른다. 주인공처럼 평온한 얼굴로 경치를 만끽하다가 카메라 보고 미소 짓고 싶다. 상상만 해도 벅차 오른다.

그리스, 스위스, 프랑스에 가고 싶다. 살고 싶은 나라가 있다. 크로아티아에서 한 달 살고 싶다. 그 나라에 스며들고 싶다. 같이 느끼고 숨 쉬고 생활하고 싶다. 태어난 곳이 아닌 머물고 싶은 곳에 살면 짜릿할 것이다. 그 나라의 시간을 현지인처럼 보낸다면 실감날 듯하다. 색다른 공간에서 글 쓰면 다른 느낌이 나오지 않을까? 상상만 해도 미소가 새어 나온다. 여러 각도로 시도해 봐야 나의 '기쁨 주파수'를 찾아낼 수 있다.

나의 이십 대는 우물 안 개구리처럼 좁은 사무실 안에서 팔짝거렸다. 소심하고 겁이 많았다. IMF로 직장을 잃었던 때였다. 여기저기 이력서를 넣으며 뛰어다녔다. 불황과 밀접한 분야라 쉽지 않았다. 어떤 부분에 재능이 있는지 몰랐다. 귀금속 신문에서 알게 된 홍콩 보석 전람회에 참가하게 되었다. 소속은 없었지만 절실함이 있었다. 보석 전람회를 보면서 국제 디자인에 눈 뜨는 계기가 되었다. 새로운 경험이었다. 제출했던 이력서가 눈길을 끌지 못한 이유를 알게 되었다. 3박 4일 동안 보석만 실컷 봤다. 돌아가는 마지막 밤, 홍콩 시내 구경에 나섰다. 겁도 없이 용감하게 혼자 돌아다녔다. 사람들 무리에 치여 가고자 하는 방향과 다르게 흘러갔다. 골목이 헷갈렸다. 홍콩에서도, 취업에서도 길을 잃었다. 미아가 된 듯 겁먹었다. 눈앞이 캄캄했다. 핸드폰도 안되고 호텔 이름도 생각나지 않았다. 돌고 돌다가 겨우 찾았다. 식은땀이 축축했다. 동화책에 나오는 모험심이 내게도 있었나 보다. 홍콩에서의 값진 경험 덕분에 가고 싶었던 보석 디자인 회사에 다니게 되었다. 주변에서 놀라는 눈치였다. 간절함이 내 안의 '용기 주파수'를 찾았다.

라디오 주파수를 잘 맞춰야 음악이 나온다. 자신이 좋아하는 것을 제대로 알아야 행복하다. 커피 마시며 책 읽는 시간, 보라색 수집, 여행, 하고 싶은 걸 해내는 나를 좋아한다. 글로 쓸 때마다 또 다른 나를 만난다. 몰랐던 나를 발견한다. 좋아하는 게 많으면 고난이 찾아와도 끄떡없다. 안테나를 세우고 내 안의 주파수를 맞추면 나만의 행복이 들린다.

김밥 한 줄, 커피 한 잔, 책 한 권

이 승 희

일곱 살 때부터 글로 써진 건 무엇이건 읽었습니다. 달리 할 일이 없기도 했습니다. 몸이 약해 친구들 놀이에 낄 수도 없었고 집안일도 잘 못했거든요. 엄마는 교과서와 참고서 외의 책은 읽지 못하게 했습니다. 동화책 한 권 사주지 않았지만 저는 어떻게 해서든 읽을거리를 찾아냈습니다. 읽을 책 없으면 아무 집이나 들어가 책을 찾았습니다. 시골이라 남의 집 안방에 쑥 들어가도 혼날 일 없었거든요. 그 집에서 읽을거리를 찾아내 죽치고 앉아 들여다보았어요. 국어책, 만화책, 소설책, 성경책, 종류 가리지 않고 읽었습니다. 심지어 친구 집 화장실, 휴지 대신 쓰던 잡지도 샅샅이 읽어야 일어날 정도였습니다. 얼마나 오래 엉덩이를 깐 채 쪼그리고 앉아 있었던지 다리 저려 하마터면 똥통에 빠질 뻔하기도 했습니다.

엄마는 시험 기간이 되면 저에게 교과서와 참고서를 안겨주고 작은 방에 밀어 넣었습니다. 특별히 가구점에서 짜맞춰 준 자개 책상 앞에 앉혀 놓고 두꺼운 커튼까지 쳐주고 나갔습니다. 시골 면 소재지 양장점. 재봉틀 소리와 손님들 웃고 떠드는 소리 들어오지 못하라고요.

마지못해 책상 앞에 앉았지만, 공부는 뒷전이었습니다. 교과서 밑에 동화책을 숨겨 놓고 읽었어요. 밖에서 엄마의 발소리가 나면 후다닥 책을 집어넣고 공부하는 척했습니다.

책 속 세상에 들어가면 모든 것을 잊을 수 있었습니다. 썩은 술 냄새 푹푹 풍기며 안방 벽을 보고 누운 아빠, 한쪽 눈에 시퍼런 멍 자국을 달고 재봉틀을 돌리고 있는 엄마. 언제 고성이 오가는 부부 싸움이 번질지 몰라 좌불안석인 집안 분위기, 회초리에 대한 공포가 없는 세상은 안온했으니까요.

〈명탐정 셜록 홈스〉의 마지막 페이지를 덮었습니다. 머리가 멍했습니다. 내가 있는 곳이 시골 면 소재지 양장점 안쪽 공부방인지, 셜록 홈스가 살았던 베이커가 221번지인지 구분하기 힘들었습니다. 그럴 때면 조용히 일어나 밖으로 나갔습니다. 엄마는 양장점 재봉틀 앞에서 일하고 있었습니다. 라디오에서 가수 이수미가 '나는 네가 좋아서 순한 양이 되었지. 내 곁에 있어 주, 할 말은 모두 이것뿐이야.' 구성진 가락을 뽑아내고 있었어요. 타박타박 걸었습니다. 발길이 집 뒤 강가로 이어지곤 했어요.

제 고향은 오래된 수양버들이 하늘하늘한 머리를 강가에 드리운 동진강 상류에 있습니다. 강둑에는 어린 제 키를 훌쩍 넘는 코스모스가 줄을 이었습니다. 하늘이 시뻘겋게 불타오르고 강물도 붉게 달아올랐습니다. 풍덩. 간간이 물고기가 은빛 비늘을 번쩍이며 뛰어오르고 강물은 고요히 몸을 뒤치며 흘러갑니다. 노을이 제 몸까지 붉게 물들이는 것 같았습니다.

어느 날은 강둑을 하염없이 걷다 안개가 드리운 산 쪽으로 걸어가기도 했습니다. 집집이 저녁 짓는 연기가 피어오르고 하늘이 검푸르게 물들어 가는 시간. 멀리서 "승희야아!" 부르는 엄마의 목소리가 들려오곤 했습니다. 어느새 또 눈앞에서 사라진 큰딸을 찾아 나선 엄마의 절규에 가까운 목소리. 엄마가 부르는 것이 꿈속인 것 같았고 조금만 걸어가면 안개 속으로 녹아들 수 있을 것 같았습니다.

찰싹, 등짝에 불이 났습니다. "아이고, 내가 못 살아. 이 가시내야. 어미 애간장 좀 그만 녹여." 짐받이 자전거를 끌고 사방을 찾으러 다녔을 엄마의 손은 크고 매웠습니다. 윽, 정신이 번쩍 났습니다. '죽었다. 또 디지게 맞겠네.' 하라는 공부는 안 하고 어디로 싸돌아 다니느냐. 매타작일 게 뻔했습니다. 그런데도 붉은 노을에서 눈을 뗄 수가 없었어요. 눈물 어룽진 눈에 번져 보이는 풍광이 아까웠거든요. 나중에야 알았습니다. 그때 저는 자연에 홀린 상태였다는 것을요.

한밤중 잠에서 깰 때가 있었습니다. 오줌 마려운 것도 아니고 누가 깨우지도 않았는데 저절로 눈이 떠졌어요. 온몸에 불이 켜진 것 같은 느낌이 듭니다. 창호 문을 뚫고 들어온 은은한 빛으로 방안이 환했습니다. 문을 열어보면 보름달이 휘영청 떠 있었습니다. 강 건너 할머니 집 마당에 환하게 비추던 다정했던 달빛. 한참을 바라보곤 했습니다.

비 오는 것도 좋아했어요. 솨 솨 쏟아지는 폭우가 마당을 연못으로 만들었지요. 떨어지는 빗방울이 저마다 작은 동심원을 만들고 있었어요. 수없이 많은 동심원을 바라보고 있노라면 내가 누구인지 어디에 있는지 잊을 수 있었습니다. 번찍, 어두운 하늘을 가르는 번개에 이어 우르릉 쾅쾅. 천둥이 치는 것도 좋았어요. 툇마루에 앉아 볶은 콩을 까먹으며 만화책을 보는 맛이란. 읽을거리가 있고 자연이 장대한 드라마를 연출해 준다면 언제까지라도 잠겨 있을 수 있을 것 같았어요. 엄마 아빠가 있는 지옥 같은 곳에 가지 않아도 되고, 시험 보는 학교에 가지 않아도 될 거 아니겠어요.

책과 자연은 제가 세상을 살아가는 힘이 되어 주었습니다. 삶에 지쳤을 때 피난처가 되어 주었고 즐거울 때 그것을 온전히 누릴 수 있게 해주었습니다. 막 서른을 넘겼을 때 이혼했습니다. 돈 한 푼 없이 집을 나왔어요. 보증금 백만 원에 월세 십오만 원. 서너 평 남짓한 사글세를 얻었을 때도 한쪽 벽면에는 책을 쌓아 두었습니다. 두고 온 다섯 살 난 아들이 보고 싶어 밤마다 울었습니다. 한참 울고 난 후엔 책을 펼쳤습니다. 무엇이든 읽다 보면 위안을 얻을 수 있었습니다. 살아갈 힘이 생겼어요.

20대 중반에 암벽등반을 배웠습니다. 회사 선배의 권유로 등산학교에 가게 됐는데 주로 암벽등반을 가르쳐줬습니다. 운동을 못했는데도 의외로 어려움 없이 할 수 있었습니다. 암벽을 오르는 것은 속도나 힘으로만 하는 것이 아니기 때문입니다. 암벽등반은 수직의 벽을 팔다리의 힘만으로 올라가는 것입니다. 중력을 거슬러 하늘을 향해 한 뼘 한 뼘 천천히 올라야 합니다. 자신의 속도에 맞춰 호흡을 잃지 말아야 합니다. 초집중, 저절로 완벽한 몰입상태가 되는 것이지요. 목표지점에 올랐을 때는 희열이 찾아옵니다. 바위산 정상에 서면 비경을 볼 수 있습니다. 일반 등산로만 갔을 때 보지 못했던 풍광입니다.

15년 후, 암벽을 타지 않게 되었습니다. 산악회 활동도 그만두었습니다. 그저 완등만을 목표로 하는 산행에 더는 끌리지 않았기 때문입니다. 대신 나만의 산행을 하기 시작했습니다.

등산로 입구에서 친구를 만납니다. 사람들로 북적입니다. 맞춰 입은 것처럼 형형색색 등산복에 장비들도 번쩍거립니다. 편안한 일바지 차림에 바람막이 점퍼, 시커멓고 큰 우산을 든 우리를 보고 사람들이 흘깃거립니다. 어디서 저런 이상한 아줌마들이 왔어, 하는 눈빛입니다. 친구 남편이 아내에게 이끌려 북한산 입구에 왔다가 화를 내고 돌아갔다는 말이 떠오릅니다. 다른 사람 다 그럴듯한 등산복 갖춰 입었는데 자신만 일상복 차림이라 창피했다나요.

아무려나 적당한 곳에 자리 잡고 앉아 커피믹스 한 잔 진하게 타 마십니다. "음." 고개를 끄덕이게 하는 익숙하고 깊고 달달한 맛입니다. 산에서 마셔서 더 맛있게 느껴집니다.

배낭을 메고 모자를 눌러쓴 채 우산을 등산스틱처럼 짚고 산길을 오릅니다. 저마다 목적지를 향해 걷느라 바쁜 사람들이 우리를 획획 지나칩니다. 어슬렁어슬렁 동네 마실 나온 것처럼 천천히 오릅니다. 이제

막 싹이 돋아난 새 부리 같은 나뭇잎, 흩날리는 벚꽃잎, 새소리, 졸졸 계곡 물소리, 쏴쏴 바람 소리 눈으로 담고 귀 기울입니다. 적당히 오른 뒤 등산로 옆 벤치에 앉아 쉽니다. 무슨 무슨 산악회, 아빠 따라온 꼬마들, 동창 모임에서 온 사람들, 좀 수상해 보이는 커플 구경하는 재미가 쏠쏠합니다.

한두 시간 걷다 등산로 옆으로 빠집니다. 정상 정복이 목표가 아니기 때문입니다. 계곡 옆 널찍한 바위, 인적 드문 작은 공터 어디라도 좋습니다. 배낭을 내려놓고 돗자리 펼칩니다. 커다란 우산은 활짝 펴 그늘을 만듭니다. 김밥과 컵라면에 산 공기를 곁들여 점심을 먹습니다. 가지고 온 책을 펼칩니다. 나는 어느새 '은하수를 여행하는 히치하이커'가 되어 우주를 누비고 있습니다.

베스트셀러 작가가 되고 싶었습니다. 돈과 시간의 자유를 얻어 세계 여행하고 싶었습니다. 그 정도는 되어야 행복을 얻었노라 당당하게 내세울 수 있다고 생각했습니다. 나이 들어서야 깨달았습니다. 살림 넉넉하지 않고 시간에 쪼들려도 행복할 수 있다는 것을. 책만 펼치면 킬리만자로, 해저 2만리, 화성으로 갈 수 있습니다. 5분, 10분 자투리 시간만 있어도 한 줄 아름다운 문장 만날 수 있습니다.

나를 바꿔준 글쓰기

이 정 화

어릴 때 좋아하는 게 없었다. 하고 싶은 것도 없었다. 부모님의 이혼으로 마음의 문을 닫고 살았다. 친구들과 수다 떨기, 노래방, 쇼핑 등 어느 하나 재미가 없었다. 몇 년 전, 알게 된 글쓰기로 글이 좋아지기 시작했다. 글을 쓰기 위해 책을 읽었다. 독서를 통해 다른 사람의 인생을 배운다. 수업을 통해 글이 전하는 의미와 가치도 알게 되었다. 글을 좋아하게 될 줄은 몰랐다. 글쓰기를 좋아하는 이유 세 가지만 소개해 본다.

글쓰기는 몸을 움직이게 한다. 글로 표현하는 과정에서 나를 알아간다. 세상을 배워간다. 매일 글을 쓰지 못하지만, 기회가 될 때 공저에 참여하는 시간이 작은 기쁨을 느끼게 한다. 과거에 세상을 등지고 살았던 지난날을 잊고 당당히 세상 밖으로 발을 내딛게 도와줬다. 글을 쓰면서 단점도 알게 되었다. 남편도 객관적으로 볼 수 있는 시간이 되었다. 생각이 정리되니 계획 세우기가 쉬워졌다. 하루를 살아내는 힘이 난다.

글쓰기는 일상을 돌아보게 한다. 작년 여름에 글을 쓴 적이 있다. 가족을 빗대어 별명을 만들었다. 하루를 기록해 보았다. 일상 타이틀을 '트라이앵글'로 글을 올렸다. 남편은 '투덜이', 아들은 '소심이', 나는 '버럭이'로 적었다. 매사에 불평불만이 많은 남편을 빗대어 만화 '개구쟁이 스머프'에 나오는 투덜이라 지었다. 아들은 말할 때 자신감이 없고 자기 의견을 확실하게 말하지 못해 남의 눈치를 보는 성격이다. 영화 '인사이드 아웃'에 나오는 '슬픔이'와 닮았다. '버럭이'는 화를 잘 내는 '앵그리 버드' 같다. 이름이 아닌 별명으로 쓰다 보니 재밌기도 했다. 쓰면서 나를 조금씩 보게 되었다. 남편과 아들도 객관적으로 보였다. '투덜이'가 투덜대는 이유와 '소심이'가 말 못 하는 이유를 생각해 보았다. 각자의 입장이 되는 시간이었다. 화를 내는 이유도 글을 쓰면서 정확히 알게 되었다. 가끔은 이유 없이 화를 낸다고 생각했지만, 아니었다. 생리통, 답답한 아들의 행동, 이기적인 남편이 보일 때 버럭 했다. 별일 아닌데도 화냈던 일도 깨달았다. '투덜이'와 '소심이'에게 미안했던 적도 있다. 갑자기 치밀던 화가 조금씩 줄었다. 지금은 글쓰기가 중단된 상태다. 며칠 전 지인과 트라이앵글에 관한 이야기를 나눴다. 재밌다며 더 적어보라 한다. 용기가 생겼다. 조금씩 '버럭이'와 이별을 준비하고 있다.

글쓰기는 감정을 분리한다. 남편의 잘못을 지적할 때도 있는 그대로 말하니 다툼도 줄었다. 깨끗이 헹구지 않는 남편이 설거지하고 나면 한 번 더 확인하는 습관이 생겼다. 하나씩 묻어있던 고춧가루나, 남아있던 기름기도 다시 제거해야 했다. "설거지 좀 잘해"라고 했다면, 지금은 그릇을 보여주며 "보이지? 헹굴 때 잘 좀 헹궈 줘!"라고 말한다. 아들에게는 높은 억양보다 낮은 억양으로 말할 때 잘 알아듣는다는 걸 알았다. 이유도 설명해 주어야 했다. 물건을 살 때 돈이 있는데 안 사는 경우와 없는데 못 사는 건 말을 다르게 해야 한다며 "안 사"와 "못 사"의 차이점을 말해줬다. 내가 바뀌니 주변도 조금씩 바뀌었다. 감정을 넣지 않고 말하니 어떻게 말해야 할지 정리가 되었다. 감정을 앞세울 때는 화를 내며 목소리가 커졌다. 답답한 마음이 들었다. 있는 그대로 말하니 상대방도 잘 이해했다. 다툼도 줄었다. 화가 안 나니 말할 때 편하게 말하게 되었다.

블로그에 글도 올리게 되었다. 공저에 참여하기도 한다. 혼자서 잘 쓰지 못하는 것도 함께 쓰면 책임감이 생긴다. 개인 저서도 6월부터 쓸 계획이다. 〈나는 오늘부터 달라지기로 결심했다〉. 그레첸 루빈 저자의 책에 나온 내용 강제형 성향이다. 내 의지로는 하지 못하지만, 남과 함께 하면 하는 사람. 스스로와의 약속은 잘 지키지 않지만, 남과의 약속은 잘 지키는 사람. 매일 글쓰기를 하려고 마음먹었다. 꾸준히 하기가 쉽지 않다. 단점을 극복하기에는 시간이 걸린다. 장점을 현실에 맞게 잘 적용하면 하게 된다. 잘하지 못하는 걸 생각하면 위축되지만, 잘하는 걸 생각하고 앞으로 나가면 자신감이 생긴다. 자신감이 생기면 생활에 활력이 생긴다. 남편에게 내 책을 보여줬다. 수고했다는 말 한마디 못 들었다. 하지만 친구에게 "잘 해냈어."라는 말은 듣게 되었다. 만족하는 삶이 되었다. 쓰지 않을 때는 몰랐다. 글을 쓰면서 내가 글쓰기를 좋아한다는 걸 알게 되었다.

'작은 숲 도서관'이 있다. 버스정류장 의자 옆에 책장이 있는 장소다. 마을에서 관리한다. 정류장 주변을 청소하고 책을 관리하는 일은 자원봉사자들의 몫이다. 해가 늘어가면서 책들도 많아졌다. 마을에서 빌려준 작은 사무실에 책장을 더 만들어 도서관은 넓어졌다. 일마 전 단톡방에서 현판 제작 안건이 나왔다. 올려준 예시 현판을 토대로 미리 캔버스 프로그램으로 뚝딱 만들었다. 세 번 수정 후 1등으로 뽑힌 현판으로 제작해 지난주 일요일에 현판식을 했다. 첫해에는 나도 도서관 주변을 청소했지만, 일을 다니면서 상황이 여의치가 않게 되어 못했다. 현판 제작 디자인으로 도와주게 되어 기뻤다. 할 수 있는 현판 시안에 초점을 맞추니 할 수 없는 청소에 대해 부담감과 미안한 마음이 줄었다. 누가 하라고 하지도 않은 일을 내가 그냥 하고 싶어서 했다. 남들과 똑같이 도와줄 수 없을 때 나만의 방법으로 도와주면 된다.

몸을 움직이게 하고, 일상을 돌아보게 하는 글쓰기. 감정을 분리하는 글쓰기는 나의 단점을 보게 했다. 단점을 극복하게 힘을 주는 것이 장점이었다. 완벽한 사람은 없다. 좋은 건 살리고, 나쁜 건 줄이는 인생으로 살아보려 한다. 글은 묘한 매력이 있다. 하루를 글로 표현하는 건 짧은 영상을 보는 것처럼 읽는 동안 상상하게 된다. 글은 내 안에 무언가를 끄집어내어 주는 잠재력 같다. 숨어있던 모습을 보여준다. 내 안에 숨어있던 건 바로 글쓰기였다. 다른 사람 안에 잠재력을 찾을 수 있게 도와주는 코치가 되고 싶다. 배우지 않았으면 모를 일이었다. 장점을 흡수하는 역량, 그리고 단점을 받아들이는 의지가 필요한 시간도 있어야 한다.

미더덕 오도독

윤 희 진

보리밥에 열무김치 좀 넣고 고추장 양념 약간 넣어 비벼 먹었다. 밥을 먹는 동안 빨갛게 양념 된 해물찜이 나왔다. 얼마 만에 먹는 해물찜인가!' 각종 해물이 큰 접시에 한가득이다.

젓가락은 어느새 미더덕을 집고 있다. 해물찜에 있는 미더덕을 누가 가져갈세라 재빨리 입에 넣는다.

"오도독, 팡!"

입에서 팡 터지며 나오는 미더덕 맛은 먹을 줄 아는 사람만 안다. 바다 향을 유난히 좋아한다. 미더덕이 오늘은 네 개나 들어있다. 찜에 있는 콩나물에는 매콤한 양념이 골고루 배어 있어 입맛을 돋운다. 해물찜 안에 있는 해산물을 건져 먹는 재미가 쏠쏠하다. 아귀 살 중에 쫄깃한 부분을 만나면 미소가 번진다. 새우는 까기는 좀 귀찮지만, 찜에 넣은 건 단단하며 꽉 차는 맛이다. 알집과 곤이는 양념이 잘 배어 있다. 해물은 가리지 않고 먹는 편이다. 외가가 삼천포라 1년에 명절 때만 갔지만, 외할머니께서 끓여주시는 탕국이 맛있었다. 안에는 문어를 비롯해 새우, 홍합 등 조개류가 많이 들어가 있어 국물 맛이 끝내줬다. 문어숙회를 소금 첨가한 기름장에 찍어 먹는 맛은 말로 표현할 수 없다. 해물찜을 먹으며 할머니와의 추억에 잠긴다.

대식가는 아니지만, 음식을 맛있게 먹는다고 주위에서 이야기한다. 어른들은 내가 어릴 때부터 복스럽게 먹는다고 칭찬하기도 했다. 밥을 먹으며 몇 번이고 '맛있다' 얘기한다. 뭐든 맛있게 먹어 기분 좋아하셨다. 좋은 사람들과 맛있는 음식을 먹을 수 있다는 건 더없는 행복이다. 식욕이 왕성한 사람은 삶도 열정적으로 산다. 무기력한 사람은 밥 먹는 것도 시원찮다. 젓가락으로 깨작깨작. 밥알 씹는 게 돌을 씹는 듯 느껴지는 사람도 있다.

밥을 먹는 것만큼이나 책 읽는 것도 좋아한다. 며칠 전 소설책 한 권을 앉은 자리에서 단번에 읽었다. 아쿠마루 가쿠 작가가 쓴 〈돌이킬 수 없는 약속〉이라는 소설이다. 예전 광고에서 15초 동안 강한 인상을 받은 책이었는데, 마침 아들이 국어 수행 평가할 때 쓸 거라며 빌렸다. 그 기회를 놓치지 않고 읽었다. 생각보다 두꺼운 책이었다. 처음부터 읽지 않고 중간을 딱 펼쳐서 읽었는데, 앞 내용이 궁금해서 앞부터 다시 읽었다. 소설을 그렇게 읽어보기는 처음이다. 노파는 죽었는데, 전화를 거는 사람은 누구일까? 풀려난 강간 살인범을 죽였는지 안 죽였는지 누가 알까? 궁금했다. 어차피 큰 줄기는 광고를 통해 알고 있던 터라 결말을 빨리 보고 싶었기 때문이다. 마지막에 주인공과 함께 일했던 사람이 전화를 걸었던 사람인 걸 알았다. 다시 첫 부분을 읽었다.

책을 읽는 순서는 독자가 정하기 나름이다. 목차를 보고 마음에 드는 부분부터 읽으면 된다. 하긴 소설은 발단, 전개, 위기, 절정, 결말로 구성되어 있어 중간부터 읽는 사람이 적다. 예전에는 책을 처음부터 끝까지 읽어야 독서라고 생각했다. 요즘은 그 생각이 바뀌었다. 하루에 한 페이지를 읽더라도 내 것으로 만들고 적용할 수 있다면 독서라고. 읽다가 마음에 드는 문장이 있다면, 그것으로도 족하다고. 책을 빨리 읽을 때도 있고, 정독할 때도 있다. 책을 읽어 주는 매체도 있어서 가끔 듣기도 한다. 나는 아직 종이를 넘기며 읽는 게 익숙하다. 책 넘길 때 나는 고유의 냄새, 종이의 촉감, 밑줄을 그으면서 색연필이 문장에 닿는 느낌 모두 소중하다. 마치 미더덕을 씹을 때 입안에서 톡 터지는 식감을 만끽하듯.

혼자 있을 때 책을 읽거나 산책을 즐긴다. 책 읽는 것만큼이나 사람을 좋아한다. 항상 사람 만나는 일을 했다. 대학교 졸업한 후에도 기독학생 동아리 행정 일을 했고, 이후에는 캠퍼스 전임 간사로 일했다. 결혼 후 육아하느라 경력이 단절되었다. 어느 정도 아이들을 키워놓고 난 후 다시 시작하게 된 일은 학습지 교사이다. 매주 1회 회원들을 만나 한글도 깨칠 수 있게 해 주고, 수학도 가르쳤다. 이 외에도 여러 과목이 있었다. 국어, 영어, 사회, 과학, 독해, 연산, 한자 등. 아이들이 모르는 것을 알려 주는 게 적성에도 맞았다. 한글 읽을 줄 모르던 회원이 읽을 수 있게 된 날은 아이도, 어머님도, 나도 뛸 듯이 기쁜 날이다. 수학 과외 했던 중학생의 성적이 점점 올라 80점 이상이 되었던 날, 뭔가 대단한 걸 해낸 것처럼 행복했다. 그 중학생을 처음 만났던 때가 생각난다. 원래 동생이 학습지 교사 때 만난 회원이다. 어머니께서 상담 요청을 해 오셨다. 큰딸이 있는데 학교 영어, 수학 성적이 너무 좋지 않은데 도와줄 수 없냐고. 지금 생각하면 터무니없이 직은 과외비를 받고 과외를 해주었다. 30점도 채 나오지 않았던 수학 점수를 받았던 데다가 무기력한 상태의 친구였다. 어려운 문제집을 풀지 않기로 했다. 어머니께 교과서 한 권을 더 준비해 달라고 부탁드렸다. 당시 2학년이었는데, 중학교 1학년 교과서부터 시작했다. 초등학교 과정이 필요하면 직접 덧붙여 설명해 주었다. 예를 들어 1단원 소인수분해에서 최대공약수와 최소공배수가 나온다. 처음 배웠던 5학년 과정이 이해가 안 되었다면 그 부분부터 설명해야 한다. 특히 수학은 이전 학년에서 나왔던 내용을 잘 알아야 해당 학년 문제를 풀 수 있는 과목이다. 쉬운 예로 덧셈과 뺄셈을 못 하는데 곱셈과 나눗셈을 잘할 수 없다. 곱셈, 나눗셈을 잘 하지 못하면 상위 학년에서 배우는 약분, 통분하는 게 보통 어려운 일이 아니다. 다르게 이야기하면 이전 학년 과정을 잘 이해하고 복습한 친구는 지금 학년이 두렵지 않다.

3월부터 67세 할머니 회원에게 국어를 가르치고 있다. 학생들 가르칠 때와는 다른 매력이 있다. 성적을 올려야 하는 부담도 적고, 편하게 대해 주셔서 감사하다. 친정엄마보다 3살 적기도 해서, '어머니'라고 부른다. 늘 '선생님' 하면서 존대해 주시고, 수업 끝나면 사과 한 개라도 깎아서 내어주시는 마음이 고맙다. 요즘 이 맛에 산다. 내가 좋아하는 인생은 맛있는 인생이다. 살맛 나는 인생, 그 인생이야말로 미더덕을 씹는 식감만큼이나 즐겁다. 오도독 씹어 팡팡 터진 후에야 먹을 수 있는 미더덕 속살처럼 인생의 참맛 또한 뭔가 시도해야 맛볼 수 있다.

작가가 되지 않았더라면, 내 글을 누구한테 써서 보이는 건 어려웠을 터다. 베스트셀러 작가가 될 역량이 있어서 글을 쓰는 것이 아니다. 돈을 벌기 위해 책을 출간하는 것도 아니다. 내가 쓴 글을 읽고, 1명이라도 희망을 품을 수 있다면 그것으로 된 것이다. 5년 전, 10년 전 나와 비슷한 상황에 있는 사람에게 도움이 될 수만 있다면, 작가로서 내 할 일은 끝난 것이다. 그 맛에 작가의 삶을 사는 것이다. 초등학교 과정도 아직 잘 몰라 힘들어하는 중학교 1학년 제자가 있다. 수업할 때마다 답답하지만, 이 회원이 조금씩 나아지는 모습을 보여 감사하다. 공부가 조금씩 재미있다고 하니 반갑다. 내가 가르치고 있는 제자 중 한 명이라도 성적이 잘 나와서 감사를 표현한다면, 교사로 보람된 일이다. 세상이 어둡고 힘들다 해도, 아직 내가 해야 할 일이 남아 있는 한, 살맛 나는 인생이다.

오늘도 미더덕 '오도독' 씹으러 해물찜 맛있게 하는 식당으로 가고 싶어진다.

자유롭게 상상하고 몸 마음 영혼을 치유하는 삶

최 경 희

상상하기 좋아합니다. 상상하면 무엇이든 이루어지거든요. 어렸을 때 버스 안내양이 "오라이" 하며 버스 옆면을 탕탕! 치는 모습이 근사해 보였습니다. 허스키한 목소리도 멋있었고요. 주머니는 돈으로 가득 차 있었어요. 안내양이 돼서 집에 돈 많이 가져다주는 모습을 상상했습니다. 어떤 날은 공부하고 싶은 아이들을 잘 챙겨주는 선생님이 되었고요. 또 다른 날은 간호사가 되어 몸 아픈 사람들의 마음까지 낫게 해주었습니다. 서점, 레코드 음반사 주인장이 되어 실컷 책 읽고, 하루 종일 음악 듣습니다. 여행 작가가 되어 전 세계를 돌아다닙니다.

생활 한복 입고 책 쓰기 클래스 강의장 문을 엽니다. 수강생들이 맞춤옷이라며 너무 예쁘다고 합니다. 강의 끝나고 디자이너 선생님을 찾아갑니다. 각자 마음에 드는 한복을 입어보고 마당 패션쇼를 합니다. 그 자리에서 글쓰기 여행 일정 잡고요. 예쁜 한복 입고 퀘벡으로 떠납니다. 드라마 〈도깨비〉에 나온 빨강 문 앞에 나란히 앉아 글 도깨비 소환합니다. SNS에 올렸더니 글쓰기 책 쓰기 멤버가 되고 싶다는 요청이 계속 들어옵니다. 글로벌 수강생들과 줌 수업합니다. 자연스럽게 영어 실력도 향상됩니다. 자유롭게 상상하는 시간이 행복합니다.

몸 치유를 위해 채소와 과일을 먹고 간헐적 단식을 합니다. 순대, 김밥, 떡볶이, 라면, 고구마가 최애 음식이었고 탄수화물 중독자였습니다. 과일과 채소는 헛배 부르다고 잘 먹지 않았고, 간식까지 해서 하루 네다섯 끼 먹었습니다. 임신 막달에는 단팥빵에 우유 먹는 맛까지 들였고요. 출산 후 살이 너무 쪄서 발목과 허리가 아팠습니다. 우울했습니다. 2017년쯤 과채 스무디를 먹으면서 알게 되었습니다. 탄수화물 위주 식습관 때문에 자주 체했다는 것을요. 채소 위주로 먹고 탄수화물 대신 고기로 대체했습니다. 속이 편해지고 체중이 금방 줄었습니다. 직접 만들어서 먹습니다. 외식할 때는 샐러드 전문점이나 채소 많은 메뉴가 있는 곳으로 갑니다. 쇼팽의 녹턴같이 가사 없는 클래식 음악을 틀어두고 천천히 먹습니다. 치유하듯이!

자연으로부터 에너지 얻습니다. 꽃보다 터뜨리기 직전 봉오리가 좋습니다. 겨우내 숨어있던 새싹 돋아나는 모습이 경이롭고 생명 에너지 넘칩니다. 숲 공원이나 바닷가 산책을 좋아합니다. 새와 꽃과 나무와 대화합니다. 바닷가 모래사장을 걸으면 다리 힘이 생깁니다. 자갈 밟는 소리와 그 위로 빗방울이 후드득 떨어지는 소리가 좋습니다. 자연의 소리를 들으며 천천히 걸으면 복잡한 생각 정리할 수 있습니다. 흐르는 물소리에 명상하고 일어났던 마음을 가라앉힙니다. 생각이 너무 깊어지면 산으로 갑니다. 가쁜 숨소리와 줄줄 흐르는 땀, 터질 것 같은 심장 소리로 내가 살아있음을 느낍니다. 자연에 감사합니다.

아로마테라피를 합니다. 불면증, 강박증, 결벽증, 우울증으로 정신과 진료도 받았습니다. 처방받은 약을 먹으면 잠은 잘 수 있었는데요. 자고 일어나도 개운하지 않았습니다. 약에 의존하게 되면서 점점 더 불안해졌습니다. 5년째 에센셜 오일로 관리하고 있습니다. 더 알고 싶고 제대로 쓰고 싶어서 아로마테라피를 공부했습니다. 천연 화학성분이 어떻게 우리 몸에 작용하는지 의학적 효과로 사용하는 방법을 공부했습니다. 프랑스 아로마 임상의학 대가 닥터 페노엘 '아로마 자연 의학 마스터 클래스' 과정 수료했고요. 아로마테라피의 의학적 효과를 입증한 세계적인 아로마테라피 학자 프라나롬 도미닉 보두의 '과학적 아로마테라피' 과정, 통합 의료 전문가 미국 닥터 힐 '아로마터치 테크닉' 과정을 공부했습니다. 아로마터치 테크닉(Aroma Touch Technique)은 여덟 가지 에센셜 오일을 척추나 발바닥에 정해진 순서대로 바르는 셀프 키트입니다. 자율신경계 밸런스를 맞춰주고 염증과 스트레스 감소, 항균 항바이러스까지 전반적 건강관리에 도움이 됩니다. 아로마테라피로 불면증이 사라졌습니다. 잠을 잘 자니까 예민하고 까칠한 성격이 부드러워졌습니다. 정리벽, 강박증도 줄고요. 하루에도 몇 번씩 청소해야 직성이 풀리는 결벽증도 사라졌습니다. 조바심도 없어졌습니다. 아로마라이프 루틴을 지킵니다. 자기 직전 발바닥 터치를 하고 눈의 피로를 풀어주는 블렌딩 오일을 바른 안대 끼고 잡니다. 아침에 일어나면 밸런스 오일 한 방울을 손바닥에 비벼 깊게 호흡하고 침대 스트레칭합니다. 숙면을 하고 평화스럽고 안정된 아침을 맞이할 수 있습니다. 밤새 나쁜 꿈을 꾸었다면 오렌지 오일을 사용하면 좋습니다. 페퍼민트 오일로 가글하고 양치하면 상쾌한 아침이 됩니다. 인공 향수 대신 피부와 감정 치유에 도움 되는 천연 아로마 향수 만들어 바릅니다. 천연 재료를 사용하여 자연 화장품을 만들어 사용합니다. 에센셜 오일 테라피로 감정 치유는 물론 불면, 불안, 우울, 안구 건조, 가려움, 구취, 호흡기, 셀룰라이트, 근육, 염증, 관절통, 질염, 구내염, 가벼운 감기, 어린이 성장통, 아기들 배앓이, 벌레 퇴치와 손발톱 건강까지 일상의 거의 모든 불편함을 미리 예방할 수 있습니다. 가벼운 증상은 바로 좋아지기도 합니다. 공부한 대로 직접 체험하고 자연치유가 필요한 분들에게 셀프 관리하는 법을 전달하고 있습니다.

희망을 상상하고 글로 쓰면서 나를 잘 데리고 살았습니다. 아로마테라피로 심신의 안정을 찾았습니다. 2024년에는 동명대학교 선명상치유학과에 입학하여 심신 수련과 명상을 공부하고 있습니다. 자연치유를 원하는 분들에게 올바른 아로마테라피를 전해드릴 겁니다. 글쓰기를 통해 자신을 깨닫고 내면을 여행하고 성장하는 빛을 찾는 방법을 나눌 겁니다. 좋아하는 삶으로 다른 이를 도울 수 있다면 그보다 감사한 일은 없습니다.

제2장

불편한 순간이 온다

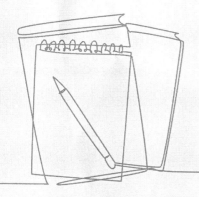

여전하다는 것

글 빛현주

'아버지가 죽었다. 전봇대에 머리를 박고' 정지아 작가의 소설 〈아버지의 해방일지〉에 나오는 첫 문장이다. 아버지의 죽음으로 아버지가 해방된 것인지, 주변 사람들이 해방된 것인지.

소설을 읽으며 친정 아빠에 대한 오만가지 생각에 눈을 감았다.

아빠가 불편했다. 모든 걸 우리 탓이라고 하는 아빠. 미웠다.

"넌 왜 그렇게 가리는 게 많아? 그러니 그렇게 작지. 꽉꽉 먹어! 꽉꽉! 어이구, 저거, 저거…"

"야! 파리 들어와. 빨리 문 안 닫아? 뭘 한다고 왔다 갔다 해. 공부도 못 하는 게. 빨리 문 닫아!"

"라면이 왜 이래. 어째 라면도 하나 못 끓이냐. 어? 잘하는 게 뭐야, 잘하는 게. 야! 다시 해."

"야, 울지마! 재수 없어. 저것들 때문에 아주 일이 안 풀려."

한여름 집에 파리가 날아다니는 것도, 받을 돈을 못 받는 것도, 일이 안 풀리는 것도 다 우리 탓이었다. 야, 너, 거기, 이것들, 저것들로 불렸다. 이러려면 이름은 왜 지어주었는지.

불 뿜는 용. 언제 갑자기 화를 낼지 몰라 눈도 마주치고 싶지 않았다. 화를 낼 일이 아닌 것도 앞뒤 따지지 않고 화 먼저 냈다. 이해가 안 됐다. 그렇게 싫은데, 이렇게 미운데 왜 같이 사는 건지. 왜 엄마는 이혼하지 않는 건지. 왜 계속 참기만 하는 건지. 나도 모르게 엄마를 보면 툴툴댔다.

아빠는 집 짓는 일을 했다. 집을 짓고, 다 지어진 집을 팔고. 주로 단독주택을 지었다. 가끔 의뢰가 들어오면 건물을 짓기도 했다. 대학교 졸업 때까지도 경제적 어려움 없이 지냈다. 엄마, 아빠는 매년 부부 동반 해외여행을 다녔다.

그러면 뭐 하냐고. 집이 떠나가라 소리를 지르고 화를 내는데. 때리지만 않았지, 완벽한 폭력이었다. 남들 보기엔 성격 좋고 화끈한 사장님. 가족은 피해야 할 대상이었다.

"똑똑한 것도 돈도 다 필요 없어. 아빠 같은 사람만 아니면 돼." 남자를 보는 기준이 됐다. 벗어날 방법이 없었다. 갑자기 얼굴이 시뻘게져 화내는 아빠를 볼 때면 아침 드라마 생각이 났다. '저러다 목 잡고 쓰러지는 거 아니야.' 한숨이 나왔다. '아빠와 우리' 우리 관계는 답 없는 문제였다.

사회생활을 하면서 아빠와 비슷한 성향의 사람을 피했다. 말 섞고 싶지 않았다. 웬만하면 옆에 가지 않았다.

"아니, 왜 저렇게 말하는 거야. 다들 불편해하는 거 모르나." 이해하기 싫었다. 직설적인 표현, 강한 자기주장, 이기적인 행동, 배려 없는 말⋯. 그런 모습이 보이면 어김없이 아빠가 떠올랐다.

2015년 5월 직업상담사 자격증을 취득했다. 첫 직장, 컴퓨터 학원에 다닐 때였다. 학원은 사차선 도롯가에 있었다. 사람들이 많이 오가는 길이라 크게 홍보하지 않아도 알아서 찾아왔다. 하루에도 수십 통. 수업 일정을 묻는 전화가 끊이지 않았다. 3층 건물엔 강의실이 빽빽했다. 5시 30분 일정을 마감하고 일지를 작성했다. 그 시간에 퇴근하고 컴퓨터를 배우겠다고 오는 사람도 많았다. 부부가 함께 운영하는 학원이었다. 여자 원장은 말도 잘하고 웃기도 잘했다. 남편이 대표였다. 대표는 종일 사무실에 들어가 나오지 않았다. 삼 개월 근무하는 동안 건물 밖으로 나가는 걸 못 봤다. 원장은 정문 앞에 자리 잡고 앉아 학원에 들어오는 수강생들의 이름을 부르며 반갑게 인사를 했다. 어떻게 수십 명, 그 이름을 다 기억하는지 신기했다.

대표가 사무실에서 나오지 않는 이유를 나중에 들었다. 건물에 설치되어 있는 CCTV를 본다는 것이다. 여자는 밖에서 남자는 안에서, 학원생들과 강사들을 확인하는 것이다. '감시하는 건가.' 불편한 생각도 들었다. 하지만 그래서 이렇게 잘 운영되나 싶기도 했다.

오후 세 시, 나른했다. 커피를 한 잔 마시며 오는 잠을 쫓았다. 한 남자가 문을 열고 뛰어 들어왔다. 대로변에 있는 학원, 길을 가다 화장실이 급해 들어오는 사람들이 종종 있었다. 남자의 얼굴은 이미 불그스름 열이 올라 있었다. 급했네. 단순하게 생각했다. 그런데 성큼성큼 들어오면서 뭐라고, 뭐라고 고함을 지르며 삿대질했다.

"원장 어딨어! 원장 나와. 빨리 나오라고 해!"

얼굴은 점점 더 벌겋게 상기됐고, 목엔 핏대가 울툭불툭 튀어나왔다. 상담실은 통유리로 되어있어 밖의 상황이 환하게 보였다. 큰 소리가 들리자마자 있는 구조라 바로 보였다. 큰 소리를 듣자마자 얼른 고개를 숙였다. 심장이 쿵쾅거렸다. 눈이라도 마주칠까 두려웠다. 책상에 코를 박고 서류 정리하는 척했다. 버럭버럭 고함치는 소리에 건물 전체가 울렸다. 무슨 말인지 내용을 모르니 알아들을 수 없었다. 다만 원장을 찾는 고성만 들렸다. 잠시 후 사무실에 있던 여자 원장이 나왔다. 덤덤하게 왜 그런지 묻고 있었다. 사무실 안엔 분명 대표가 있었다. 그런데 나오기는커녕 코빼기도 비치지 않았다. 다행히 그 남자는 원장과 몇 마디 나누고 바로 돌아갔다. 어쩌면 그날, 대표가 밖으로 나와 그 남자와 마주했다면 더 큰 다툼으로 번져 일이 커졌을 수 있었을 거다. 수업을 듣는 사람들에게 방해되고 학원 이미지도 나빠졌을 거다. 별일 없이 잘 해결되니 다행이었다.

남자 대표의 태도가 자꾸 생각났다. 그 모습에서 아빠가 보였다. 머리가 지끈거렸다.

집안에 문제가 생기면 해결은 늘 엄마 몫이었다. 사람들에게 연락해 사과하고 다독이고 엄마가 다 해결했다. 급하게 돈이 필요할 때도 아빠 모르는 척했다. 엄마만 돈을 구하러 여기저기 다니며 발을 동동 굴렀다. 화가 난 사람들이 집으로 찾아와 아빠를 찾기도 했다.

"내가 정말, 사모님 때문에 참는 거예요. 진짜, 사장님 그렇게 살면 안 되지."

한두 번 듣는 말이 아니었다. 한숨이 나왔다. 아빠가 사업을 하는 건지, 엄마가 하는 건지. 아빠의 무책임한 행동에 진저리가 났다. 같은 사람이 아닌 걸 아는데도 화가 올라왔다. 원장이 엄마처럼 보였다. 십 년 전 이야기다.

2024년 아빠 팔십, 엄마 칠십육, 내 나이 오십. 사람은 쉽게 변하지 않는다. 아빠도 비슷하다. 전에 비해 목소리가 조금 작아졌고, 키가 약간 줄었다. 머리숱은 빠져 바람 부는 사막 같고, 까맣고 주름진 얼굴과 손은 물기 빠진 수세미 같다.

엄마도 같다. 목소리가 조금 커졌고, 아빠에게 가끔 커피 심부름을 시킨다. 이모네로 놀러 가 며칠 외박도 한다. 여전히 날 붙잡고 아빠 흉을 본다. 난 여전히 아빠가 불편하고 여전히 어렵다. 엄마의 말에 장단 맞춰 아빠 흉을 본다.

〈아버지의 해방일지〉를 펼쳤다. 눈에 밟히는 문장, 중얼중얼 반복했다. '아버지의 유골을 손에 쥔 채 나는 울었다. 아버지가 만들어 준 이상한 인연 둘이 말없이 내 곁을 지켰다. 그들의 그림자가 점점 길어져 나를 감쌌다. 오래 손에 쥐고 있었던 탓인지 유골이 차츰 따뜻해졌다.

그게 나의 아버지, 빨치산이 아닌, 빨갱이도 아닌, 나의 아버지.'

개똥 같은 인생

김 미 예

"집 나갔다. 오늘 화랑부동산에서 가계약 했어!"

"집 보러 갈게요. 현관문 열어주세요."라고 부동산에서 전화 오면 "집 내놓은 적 없어요."

한마디로 딱 잘라 말했습니다. 이사 가기 싫었거든요. 정확히 말하자면 서울을 떠나 다른 지역에서 산다는 것이 두려웠고, 지금 삶이 편안했기 때문입니다.

2016년 대출을 받아 내 집을 장만했습니다. 다섯 식구가 살 공간으로 크진 않지만, 서울에 내 집을 장만했다는 기쁨은 말할 수 없었습니다. 어깨에 힘도 들어갔고요. 매월 돌아오는 대출금 생각은 하지 않았습니다. 집이 생겼다는 것에 우쭐하기도 했습니다. 맞벌이하고 있으니 어떻게든 갚으며 살아갈 수 있겠다 싶었습니다. 남편이 번 돈으로 생활하고, 내가 조금씩 번 돈으로 대출금을 갚으며 8년 살았습니다. 직장도 출퇴근이 버거워서 그렇지 안정적인 월급을 받고 있어 움직이지 않아도 된다고 고집을 피웠습니다. 각자의 월급으로 생활도 하고 개인적인 빚도 갚아나갈 수 있으니 괜찮다고 생각했습니다. 그런데 이사라니! 남편의 행동이 일방적이었고, 같이 살아갈 생각만으로도 숨이 막혔습니다.

2020년 코로나로 인해 남편은 친구가 있는 평택으로 내려가 일을 하면서 주말부부로 살아왔습니다. 일주일에 한 번 올라오는 남편에게 잘하려고 노력했습니다. 떨어져 있으면서 남편이 큰 버팀목이었다는 것도 알게 되었습니다. 고마운 마음으로 살았고, 나름 주말부부로의 생활도 익숙했고 편안했습니다. 일하고 독박 육아를 하다 보니 집안이 엉망인 건 인정합니다. 남편이 오는 금요일, 퇴근하고 오자마자 집안 지저분한 것을 청소하는 정도였는데 이제 꼼짝없이 붙어살게 되었으니 아! 환장하겠습니다.

주말부부로 살면서 하고 싶은 거 하면서 살았습니다. 일하고 저녁에는 글동무들과 공부하고 아이들과 외식도 하고 편안했지요. 계속 이렇게 주말부부로 사는 것도 괜찮다 여겼습니다. 남편의 잔소리를 듣지 않아도 되고 일주일에 한 번 오는 날 잘해주면 된다고만 생각했습니다.

"소주 한잔할까? 내 옆에 있어 주기만 하면 되는데!"

진지한 남편의 말에 장난스럽게 툭 치며 어디로 갈 건데요? 하며 따라나섰습니다. 동네 어귀에 있는 술집 '발짝'에 자리를 잡았습니다. 앉자마자 있었던 일에 대해 남편이 입을 열었습니다.

"이사 가자. 매주 올라오기도 힘들고, 이러다간 오다가다 길바닥에서 졸음운전에 언제 죽을지도 모르겠다."

쉬 입을 열 수가 없었습니다. 내가 원한 것도 아니었고 자신이 친구 따라 내려가 놓고 인제 와서 고되고 힘들다고 말하는 남편이 이해되지 않았습니다. 힘들면 언제든 올라와 조금 벌어도 좋으니 같이 살자 했었습니다. 우기고 내려간 건 남편이었습니다. 주말부부 4년 차가 되면서부터 더는 못 하겠다고 합니다. 술 한 잔 따라주면서 입을 뗐습니다.

"자기, 많이 힘들었구나. 말을 하지. 그렇게 힘들면 내려가요. 이사 가는 건 문제 되지 않는데 떨어져 살다가 괜찮겠어요? 부딪히는 일 많을 텐데."

속에선 부글부글 끓어올랐지만, 지금보다는 낫겠다고 말하는 남편의 마음을 이해해 보기로 했습니다. 그래 내려가요. 집 나가는 대로 애들 데리고 가요. 어떻게든 되겠지요. 말했지만 불편했습니다. 회사에 이야기도 해야 하고 시골로 내려가면 모든 게 낯설고 아이들 학교며 집안 살림이며 다 책임져야 하는데 미치고 환장할 노릇이었습니다. 이 남자! 들어가 살 집도 벌써 봐 놨다고 합니다. 한 대 때리고 싶었습니다.

'에잇! 얼마나 잘 되게 하려구 이렇게 맘고생 하게 만들까?'

내년까지만 고생하면 개인적인 빚을 갚을 수 있을 것 같았습니다. 업무량이 많아도 참고 버틸 수 있었습니다. 다혈질인 대행사 대표의 폭언도 웃음으로 넘겼습니다. 영업도 하고 콜센터에서 일하면서 기본급도 받기에 일할 수 있었습니다. 배려 없고, 자기만 생각하는 이 남자, 패주고 싶었습니다. 집이 나갔다는 남편의 말에 '그럼 그렇지, 김미에 인생 개똥 같은 인생인걸! 행복 끝이구나! 아!' 전생에 나라를 구했다고 했던 사람들에게 욕을 한 바가지 퍼붓고도 싶었습니다.

한편으로는 남편이 짠했습니다. 곰곰 생각해 봤습니다. 일주일에 한 번 집에 오는 남편에게 스트레스 때문에 못 살겠다고, 아프다고 징징거리기만 한 게 생각났습니다. 빚을 청산하고 시골에 가서 마음 편히 살자는 남편의 마음도 이해가 되었습니다. 이기적인 생각을 내려놓고 보니 아이들도 아빠와 떨어져 산 지 오래되었습니다. 4년간 내 맘대로 살았습니다. 이제 남편의 외로움도 달래주고 아이들에게도 아빠의 자리를 만들어주고 싶었습니다. 이사에 대한 거부반응도 점차 줄어들었습니다. 부정적인 생각을 할 때는 꼬리에 꼬리를 물 듯 짜증만 늘어 아이들에게도 툴툴거렸습니다. 마음 바꿔 아이들과 남편 생각하니 새로운 삶에 대한 기대감도 생겼습니다.

이사 가서 아빠와 살 수 있다는 사실에 좋아하는 아이들, 마누라가 해주는 밥을 먹고 싶다는 남편의 말, 과중한 업무에 시달려 탈출하고 싶었던 내 마음에도 봄이 왔습니다. 필요한 것들을 노트에 적어보고 남편과 하나하나 의논했습니다. 남편의 얼굴이 밝아졌습니다. 나를 챙기는 마음도 느낄 수 있었습니다.

일을 줄이고 새로운 환경에서 살아보는 것도 지금의 나를 돌보는 길이 되겠구나 싶었습니다. 복잡했던 머릿속이 가벼워졌습니다. 한 달만 있으면 새로운 집에서 아빠와 살 일이 기대된다며 떠들고 다니는 지효 얼굴이 활짝 폈습니다. 어린 딸도 기대와 설레는 마음 가지고 있는데 어른이 되어서 뚱하고 있으면 어른답지 못하겠지요.

개똥 같은 인생이 아니라 설레는 인생이라 말하기로 했습니다. 주말

부부로 살아서 행복했다가 아니라 신혼부부로 다시 살 기회가 생겼으니 설렌다고 생각하기로 했습니다. 불편했던 감정, 마땅찮았던 것들 싹 다 버리고 기대와 행복을 채우려고 합니다. 달달한 바닐라라테처럼요.

떨어져 살다가 함께 하면 당연히 힘 겨루기하며 싸울 겁니다. 겁나지 않습니다. 우리 부부 이야기, 아이들의 일상을 모조리 기록할 거니까요. 불편하면 불편하다고 말할 것이고, 기분 좋으면 어떻게 좋은지 표현할 겁니다. 남편과 아이들의 좋은 면을 더 많이 보려 합니다. 새로운 삶에 대한 기대와 쓸 거리를 생각하니 가슴 뜁니다. 얼마나 다행스러운 삶입니까! 내 인생은 지금부터 시작입니다.

가만있어도 불편함은 온다

김 삼 덕

1. 불편한 사람이 되는 순간

매일 안부를 전하는 사람도 어느 순간 낯설어지는 날이 온다. 나는 둘째 새언니와 전화를 자주 주고받으며 살았다. 시아버님을 모시고 사니 전화하기도 조심스러웠다. 밥 먹어야 하는 시간에도 전화가 오면 끊지 못하는 경우가 많았다. 난 수용하는 성격이었다. 전화를 잡으면 두 시간은 기본이다. 대답만 하고 있다. 질문을 하는 순간 쉽게 끊지 않을 거라는 걸 알기에 듣고만 있었다. 요양병원을 운영할 때다. 머리 좋은 환자는 번호 키 누르는 것을 보고 외워서 따고 나가는 경우가 생긴다. 새언니가 대구에서 출발해 남원을 지나고 있다고 했다. 환자 한 분이 사라져 초비상 상태였다.

"지금은 외출할 수 없는 상황이 생겼어요. 어쩌죠?"

식구니까 그리고 온다는 말도 안 하고 왔으니 이해해 주겠거니 했다. 그 이해는 오해의 결과만 남겼다. 그 이후로 아직 전화벨은 울리지 않는다. 별거 아니라고 생각했다. 오해가 생기면 바로 풀었다면 이런 결과는 없었을 것이다. 가끔은 소통의 중요성을 깨닫지 못할 때가 있다.

2. 예전에는 편하게 갔던 장소

모 교수님 인문학 특강을 들었다. 강사 연수 교육에서다. 나이를 먹어가니 인문학에 관심이 생겼다. 학교로 찾아가 교수님 강의를 수강했다. 십 년 정도 다녔다. 학교에서 하다 도시 근교로 옮겼다. 서당처럼 모여서 공부했다. 시골이라 멀고 무섭기도 했다. 그래도 모여서 공부하는 것이 즐거웠다. 어떤 날은 음식을 준비해 먹기도 했다. 평소에는 공부 끝나면 뒤풀이도 꼭 했다. 가까운 면 소재지에 있는 통닭을 주로 먹었다. 공부하다 분기별로 문학기행도 다녔다. 제주도, 강원도, 경상도여러 곳을 다녔다. 한번은 중국에 간 적이 있다. 공자 등 중국 성인들의 발자취를 좇아갔다. 독립군의 발자취도 살폈다. 십 년을 공부한 멤버들이니 얼마나 가까웠을까 짐작이 될 거다.

그날도 공부하러 갔다. 캄캄한 시골길을 달렸다. 으스스한 느낌이 들었다. 도착해서 들어가니 분위기가 어두웠다. 난 책장만 넘기고 있었다. "어쩌다 그런 일이 생긴 거래?" "어제도 늦게까지 마셨다지."

짐작이 되었다. 공부는 머리에 하나도 안 들어왔다. 끝나고 집에 어떻게 가지? 그 집 앞을 어떻게 지나가지? 집 앞을 지나치니 얼굴이 떠올랐다. 자동으로 액셀러레이터를 힘껏 밟았다. 칠 년째다. 가지 않은 날이.

　나에겐 불편한 장소로 남아 있다.

3. 빌려준 돈을 못 받는 일이 생긴다.

　"내일 3시에 계약입니다. 바로 드릴게요."

　얼마요? 일단 5백만요. 다음날이다. 계약했나요? 아니요. 자금이 더 필요합니다. 300이 더 필요합니다. 바로 계약되니 걱정하지 말고 더 해 주세요. '계약'에 '내일'에 계속 주게 되었다. 나한테 없으면 융통해서까지. 왜냐고요? 앞에 빌려준 돈을 받기 위해서 계속 주게 되는 거죠. 액수는 늘어났다. 약속한 날 전화하면 "없어요. 지금은 힘들어요. 조금만 기다려 주세요." 이 대답만 반복이다. 사업자금이 필요해도 그림의 떡이다. 강제 공증을 받았다. 그것도 본인 재산이 없으면 받을 수가 없다는 변호사의 말을 들었다. 나보고 사람을 잘 믿어서 문제라고 한다. 그래도 없을 때 서로 힘이 되면 좋지 않을까 싶다. 흔히 이렇게 말하는 걸 들어보았을 거다. 돈이 거짓말하지 사람이 거짓말을 하냐고. 요즘엔 잘되라고 빌어주고 있다. 잘 돼야 받을 수 있으니. 쉽게 풀어내기 힘든 문제 같다. 돈 때문에 사람과의 인연이 멀어질 수도 있는 것 같다.

4. 살면서 아플 때가 있다.

아침 일곱 시 큰솥에 멸치와 다시마, 새우, 무 등등을 넣고 끓인다. 밀가루를 반죽해서 랩에 싸서 냉장고에 넣어 숙성한다. 파와 양파를 썰어 통에 넣고 출입문을 잠근다. 출발이다. 아홉 시부터 강의다. 보건행정학과다. 대학교 입구 신호등에 걸려 서 있다. 3분 남았다. 주차하고 뛰어가면 정각 아홉 시는 되겠지. 아뿔싸, 이어진 행렬에 또 빨간불이다. 늦었다. 조교에게 전화한다. 출석 좀 불러주세요. 물도 못 마셨는데 세 시간째다. 끝남과 동시에 숨 돌릴 사이도 없이 시동을 건다. 가게 앞에 줄이 서 있다. 들깨국수요. 열무국수요. 돈가스요. 비빔국수에 물국수. 국수 종류도 다양하다. 같이 온 손님은 같은 음식을 시키면 좋으련만 제각각이다. 가마솥 뚜껑을 열고 한 주먹의 밀가루를 넣어 생면 국수를 만든다. 솥뚜껑을 열었다 닫았다. 그렇게 두세 시간이 지나면 썰물처럼 빠져나간다. 일은 반복되었고 손님은 갈수록 늘어났다. 어느 날은 서울 보건협회에서도 왔다. 그런데 몸에 이상이 왔다. 보폭이 자꾸만 줄어든다. 퇴근 후 벽에다 다리를 올려 보았다. 갈수록 통통해져 간다. 지인의 소개로 다음 날 한의원에 갔다. 고슴도치처럼 온몸에 침이 꽂혔다. 하루에 3kg씩 늘어났다. 얼굴은 동그라미. 겁이 났다. 이러다 어떻게 되는 건 아닐까? 큰 병원으로 옮겼다. 통통 붓던 몸이 하루에 3kg씩 살이 빠지기 시작했다. 눈이 들어간 거울 속의 얼굴은 낯설기만 했다. 일만 했는데 이렇게 가는 건가? 아쉬움이 다가왔다. 해야할 일도 많고 정리할 일도 많은데 어떡하지. 하늘이라도 맘껏 보기 위

해 창문 쪽에 침대를 옮겨 달라고 했다. 누워서 파란 하늘을 보며 기도
했다. 걸어서 다시 나가게 해 달라고. 약도 꼬박꼬박 먹었다. 이상하다.
남편 걱정보다는 아이들 걱정이 더 되었다. 결혼도 못 시켰는데. 아직
부모의 역할도 다 못했는데. 이런 아쉬움에 화장지가 필요했다. 그런데
감사할 일이 생겼다. 갈수록 나빠지던 증상은 점점 잡히기 시작했다.
그렇게 듣고 싶은 말. 퇴원이다. 이제 나가서 즐기면서 살아야지. 평생
대학교에 '펀앤송' 강좌를 개설했다. 일주일에 한 번 좋은 사람들과 맘
껏 노래하고, 맘껏 웃으며 지냈다. 아파 보면 내가 더 소중해진다. 내가
전부니까. 웃다 보면 웃을 일이 생긴다고 했던가. 진짜 그렇다. 아파 보
니 하루가 내게 얼마나 소중한지 알게 되었다. 짜증보다는, 불평보다
는, 단점보다는, 좋은 쪽으로, 긍정으로 바라보기로 했다. 아침을 맞이
함을 감사하며 하루를 보냄을 감사했다. 오늘이 소중함을 아픔을 통
해 알게 되었기 때문이다.

지킬 일도 줄어듭니다

김 선 황

"선생님, MBTI가 뭐예요?"

가끔 아이들이 묻습니다. 잘 모릅니다. 웃으며 얼버무리거나 대답하지 않습니다. 그래도 끈질기게 묻는 아이들이 있으면 중간에서 이쪽저쪽 성향이 다 포함되어 있다고 말합니다. 나란 사람은 이쪽과 저쪽을 넘나드는 사람인데, 16가지 틀로 설명하는 건 뭔가 억울합니다. 알파벳 4글자로 규정되는 것이 싫어, 일부러 검사하지 않았습니다. "너 T야?" 대화 중에 농담으로 맞장구칠 정도는 합니다.

아이러니하게도 MBTI는 신뢰하지 않는다면서 가끔 혈액형은 내세웁니다. 'A형이라서 그래'하고 말이지요. 주로 소심한 성격을 부각할 때나 대기만성형 인간이라고 자신을 위로하고 싶을 때도 사용합니다.

일반적으로 A형은 이런 특징이 있습니다. 성격이 신중하고 사려 깊은 편입니다. 그래서 자기 의견을 내세우기보다 상대방의 의견을 경청하고 받아들입니다. 겸손한 태도로 사람들에게 반듯하고 차분한 인상을 주어 신뢰를 받는 편입니다. 세심하고 꼼꼼한 성격을 가지고 있어, 완벽한 마무리를 선호하며, 안정성을 추구합니다. 감수성이 풍부하고 공감 능력이 뛰어납니다. 슬픈 영화나 문학 작품을 보며 과도하게 감정을 이입해 눈물을 흘리는 경우가 많습니다. 내적 자존심이 강해서 자기가 잘못했어도 순순히 사과하지 못하는 완고한 면도 있습니다. 타인의 입장을 먼저 생각하려는 따뜻하고 배려 깊은 성향도 있고 끝까지 의리를 지키려 합니다. 무엇보다 A형은 모범적이고 책임감이 강합니다. 이 틀에 맞게 생각하고 행동하려는 것인지도 모르겠습니다. 스스로 전형적인 A형이라고 생각합니다.

책임감.

'책임'이라는 단어에 특히 민감합니다. 정도가 심하다고 느낄 때도 있습니다. 어떤 일을 시작하려면 끝까지 할 수 있는가를 먼저 계산합니다. 그렇다고 판단이 되면 결과에 상관없이 끝까지 하는 편입니다. 시작이 어려운 대신 꾸준합니다. 문제는 타인에 대해서도 엄격할 때가 있다는 것입니다. 자신이 한 말과 행동을 지키지 않는 이들이 불편합니다. 사람을 판단하는 기준으로 삼기도 합니다.

책임의 잣대는 연예인 같은 공인에게도 적용합니다. 제품 광고를 찍었다고 광고대로 살아야 하는 것은 아닌데 일상에서 다른 모습을 보이면 실망합니다. 가령 국산 차 광고모델이면서 외제 차를 탄다든가 하는 거요. 그들의 선택이 자본주의 시스템에 따라 움직인다는 것을 알지만 기대하게 되는 것입니다. 말과 행동이 다르지 않음을, 책임지는 사람임을요. 기준치를 정해두고 기대치에 맞는지 확인하려는 것이지요.

말하는 것을 지키지 못하는 사람들을 흔히 무관심하거나 무책임하다고 합니다. 이들은 약속이나 규칙을 어기는 경향이 있지요. 의도하지 않았더라도 다른 사람들의 기대를 무시하거나 중요하지 않게 여기는 경우가 많습니다. 상대방이 말하는 내용을 제대로 듣지 않거나 이해하지 않아 생기지요. 지키려 해도 내용을 알 수 없는 경우라고 볼 수 있습니다. 이렇게 되면 의사소통에 문제가 발생할 수 있습니다. 대화 중 다른 일을 하거나, 딴생각하면 주요 내용을 놓치게 됩니다. 단체 대화방에 올린 내용을 건성으로 읽어 약속한 시각과 장소에 나타나지 못하는 경우도 그렇습니다.

또 솔직하지 못하고 종종 거짓말을 하거나 다른 사람을 속이는 경향이 있습니다. 자신의 감정을 말하지 못해 싫다는 표현을 못하기도 합니다. 이들은 자신의 감정을 통제하기 어려울 수 있습니다. 화를 내거나 공격적인 태도를 보일 때가 많습니다. 종종 자기만을 생각하고 다른 사람들의 입장을 고려하지 않아 주변 사람들을 불편하게 할 때도 있습니다. 물론 이러한 특징은 모든 사람에게 해당하는 것은 아니며, 개인의 성격, 경험 및 배경에 따라 다를 수 있습니다.

저는 스스로에게도 엄격한 편입니다. '말한 것은 반드시 지켜야 한다.'라는 강박관념이 지나쳐 아예 말을 안 하는 지경에 이르렀습니다. 지키지 못할 약속은 하지 않으려다 보니, 실현이 가능한 목표만 정하게 됩니다. 얼마 전 글쓰기 수업 시간에 벼룩이 있는 그림을 보았습니다. 총 세 컷 중 첫 번째 그림은 유리컵에 갇힌 벼룩들이 뛰다가 천장에 부덮히는 장면입니다. 두 번째 그림에 있는 벼룩은 28cm 정도까지 뛰어오릅니다. 마지막 그림에는 유리컵이 없는데도 벼룩이 28m 정도만 뜁니다. 경험이 아프지 않을 방법을 선택했고, 이후의 행동에도 영향을 줍니다. 세 번째 그림에 말 주머니를 넣어 벼룩의 생각을 듣는다면 어떻게 대답할까요?

"그래도 뛰고 있잖아. 책임질 만큼만."

2~4mm 벼룩은 몸길이의 약 200배 이상까지 뛸 수 있다고 합니다. 높이는 최고 18cm, 너비로는 33cm까지 점프한 기록이 있다고 하니 그림의 벼룩도 할 말은 있을 겁니다. 다만 첫 번째 그림을 기억하는 독자는 유리컵을 치웠을 때 더 높이 뛰지 않는 모습이 안타까울 겁니다. 이를 170cm 키의 사람이 뛰는 것으로 생각하면 150층 높이 건물 옥상으로 한 번에 뛰어오르는 것과 비슷하다고 합니다. 150층 높이라니요. 어쩌면 책임에 대한 무게 때문에 뛰어오르지 않는 걸까요? 갑자기 제 심장이 엇박자로 뜁니다.

'책임지는 말만 해야지 하는 생각'이 불편해지기 시작했습니다. 소심하지만 책임감 강한 성격을 활용한다면 나를 덮고 있는 유리컵 자체를 들어 올릴 수 있겠다는 생각이 들었습니다. A형은 신중하고 꼼꼼합니다. 계획적인 습관을 이용해 목표를 조금 더 높게 세울 수 있습니다. 단, 이를 말로 선언해야 합니다. 둘째 아이 낳고 생긴 부산물들이 아직 빠지지 않았습니다. 주변에 말로 선포하지 않으니 혼자 좀 하다 바쁘고 힘들면 슬그머니 그만두게 됩니다. 아무도 모르니 책임지지 않아도 되는 말인 거죠. A형은 성장과 발전을 추구하는 성향이 있습니다. 그래서 배우는 것을 좋아합니다.

물론 A형이 아니라도 배움에 진심인 사람들도 있을 겁니다. 통계적인 A형들이 그렇다 하니 좋은 것만 가지고 와서 유리하게 써먹는 것입니다. 다행히 새로운 지식을 습득하고 자기 계발에 힘쓰는 습관을 만드는 것을 좋아합니다. 소심함을 뛰어넘어 낯선 강의장을 찾아다닐 정도로요.

"당신이 정확하게 원하는 것을 직접적이고 명확하게 요청하라. 그러면 그것을 얻게 될 것이다." 〈퓨처 셀프〉에 나온 문장입니다. 책임져야 하는 말을 하지 않아 지킬 일도 줄어들었습니다. 불편해야 성장합니다. '말하기'는 나를 성장시키는 첫 번째 단계입니다.

2-5

정돈의 달인

김 희 진

"엄마, 내 리코더 어디 있어?"

나도 그랬다. 엄마한테 물어봤다. 돌아오는 말은 '네 거는 네가 챙겨야지'였다. 아무 데나 두면 어떻게 되는지 뻔히 안다. 나이가 들어도 정리 못 하는 버릇은 나아지지 않았다. 마흔이 넘어도 변하지 않는 이유가 뭔지.

쇼핑을 끊었다. 사용한 카드 내용이 줄어들었다. 필요 없는 물건을 이제는 사지 않는다고 생각했다. 휴지나 비누 같은 생필품만 떨어지기 전에 미리 사둔다. 매일 가던 '메가 커피'도 반으로 줄였다. 사고 싶은 물건은 바로 사지 않고 장바구니에 넣어뒀다. 책도 중고 서점을 주로 이용한다. 나름 알뜰하게 소비하고 있다고 자신했다.

물건을 고를 때 상품평을 본다. 별이 네 개 이상이면 악평이 있어도 감안하고 산다. 누구나 만족시킬 수는 없으니까. 책도 마찬가지다. 평이 많이 달려있고 좋다고 하면 장바구니에 넣는다. 내 책을 사면서 윤이 책도 같이 산다. 사고 싶던 책이 중고로 나오면 고민 없이 결제한다. 알라딘 중고 서점 플래티넘 회원을 몇 년째 유지 중이다. 초롱초롱한 눈으로 독서하는 윤이를 보면 계속 사주고 싶다. 선물도 종종 받는다. 영어 그림책, 인물 그림책, 어린이 과학 잡지. 꽂을 곳이 없어도 욕심에 받아 둔다.

이번에도 내 거랑 같이 주문했다. 삼만 원이면 중고 책 여러 권 살 수 있다. 택배가 오면 윤이가 먼저 뜯어 본다. 기다리던 책이면 만사 제쳐두고 의자에 앉았다. 하루는 '윌리엄 스타이그'의 〈진짜 도둑〉이 도착했다. 책을 보고 윤이가 하는 말.

"엄마! 이거 우리 집에 있는 책이야."

내 눈이 휘둥그레진다. 윤이는 책장에서 또 다른 〈진짜 도둑〉을 꺼내 가지고 온다. 겉표지가 다르긴 했지만 같은 책이었다. 이런 적이 처음이 아니다. 이뿐만이 아니라 물건도 사고 또 산다. 떨어진 줄 알았다. 참치통조림 같은 음식은 두고 먹어도 괜찮다. 하지만 우유는 다르다. 두고두고 마시는 게 아니니까. 냉장고에 얼마나 남았는지 확인하지 않고 지레짐작으로 사면 안 되는 것 중 하나다. 냉장고가 꽉 차서 냉장이고 냉동이고 뭐가 있는지 알 수 없던 때가 있었다. 요즘은 마구 쟁여 놓지 않으려고 노력 중이다. 썩어 버리는 음식물이 줄어들었다.

냉장고 정리하듯이 물건 정리도 시급하다. 묶음으로 사둔 윤이 치약. 새것을 쓰려고 하면 어디에 두었는지 기억이 나지 않는다. 없는 줄 알고 사고 나면 어디에선가 나왔다.

일을 할 때는 재고 정리를 꽤 잘했다. 누구나 찾기 쉽게, 몇 개 남았는지 알아보기 쉽게 기록하고 넣어두었다. 월급 받고 하는 일이라 그런지도 모르겠다. 집에서는 월급이 나오지 않아 소홀한가.

널브러진 물건들이 내 머릿속 같다. 싹 다 버리고 싶어 50L 쓰레기봉투를 샀다. 호기롭게 봉투를 벌렸다. 팔을 걷어붙이고 버릴 것을 골랐다. 막상 버리려고 보니 버릴 게 없다. 이건 나중에 쓸 거니까 빼고, 저건 추억이 있어서 버리면 안 되고, 좀 더 써도 될 거 같아서 놔두고. 쓰레기봉투 반도 못 채웠다. 먼지만 털어내고 원래 있던 자리에 두었다. 아직 버릴 준비가 되어있지 않은가 보다.

윤이 책상 옆에는 코 푼 휴지, 미술도구, 책, 클레이, 노트가 마구 섞여 있다. 필요한 노트를 찾으려면 우당탕 다 떨어진다. 아침마다 쓰는 영어 노트가 안 보인다며 심술이 났다. 이래서는 안 되겠다 싶었다. 공부 대신 10분 청소했다. 다음 날 아침, 독서 노트를 찾는데 금방 찾았단다. 정리하니까 이런 장점이 있다며 기분 좋게 아침을 먹는다. 며칠 후 윤이 책상 위에 잡동사니가 또 쌓였다. 정리하면서 한숨을 푹푹 쉬고 있다. 수납공간이 필요했다. 아이한테 맡겨버리면 마냥 쌓아 두기만 한다. 공책이나 작은 책을 꽂을 만한 트롤리를 주문했다. 물건 찾느라 애쓰지 않길 바라며.

정리 정돈하는 것도 습관이다. 윤이는 쓰지 않는 물건을 버리지 못하는 유전자를 물려받았다. 취미는 수집이다. 밖에 나가면 아직도 나뭇가지와 돌을 줍는다. 이번에는 가지치기로 버려진 개나리를 주워 왔다. 밖에 나갔다가 들어와 보니 싱크대에 개나리 한 줄기가 물컵에 담겨 있다. 한동안 노란 개나리를 보며 설거지하게 되었다.

옆 빌라는 화단을 예쁘게 가꾼다. 장미도 심겨있고 철쭉도 있다. 봄이 되면 꽃을 심고 죽은 가지는 정리한다. 깨끗한 상태가 유지된다. 소중하게 여기고 관리하는 곳에는 쓰레기를 함부로 버리지 않는다. 반면 누군가 쓰레기를 버린 곳에는 점점 쌓여 쓰레기장이 되어 버린다. 사람 사는 것도 그렇다. 잘 가꿔나가면 잡초가 자라도 뽑아내면 그만이다. 정돈된 주변은 나쁜 생각이 자리 잡지 못한다.

집이 넓어져도 물건 늘어놓는 습관이 없어지지 않는 한 소용이 없다. 점점 더 넓은 집을 원하게 될 뿐이다. 머리가 복잡하고 마음이 산란하면 물건으로 채우려 했다. 그럴수록 악순환이 이어진다. 물건이 늘어나면 둘 곳이 필요하다. 자리가 마땅치 않으면 일단 쌓아 둔다. 시간이 흘러 정리 안 된 곳에 잡동사니가 늘어난다. 당장 필요하지 않고 버리기도 아까운 것들, 쓰다만 공책, 해 지난 다이어리, 이것저것 그린 종합장. 그 위에 또 물건이 올려진다. 쓰레기 산처럼 되어버렸다.

세 가지가 맞물리면 스트레스 강도는 세 배 이상이다. 물건, 머릿속, 마음 정리. 원칙이 필요했다. 첫째로, 마구잡이로 물건을 넣어 둔 다용도실. 월급 받고 일할 때처럼 재고 조사를 해보려고 한다. 잘 지켜질지 모르지만 적어도 있는데 또 사는 건 막을 수 있을 거 같다. 두 번째로 머릿속은 종이에 털어놓는 것으로 쉽게 할 수 있겠다. 우선순위가 눈에 떠기 마련이니까. 세 번째로 지저분해진 마음은 샤워하며 씻어낼 것이다. 하루 애쓴 나에게 아로마오일 마사지도 해주고.

제때 비우는 습관이 필요했다. 물건, 마음, 생각을 정리하지 못하면 어느새 쓰레기가 쌓인다. 한꺼번에 비우려고 하면 한숨만 나온다. 꼼짝하고 싶지 않다. 걱정과 근심만 머릿속에 둥둥 떠다닌다. 분리수거, 설거지, 밀린 빨래, 공과금 납부. 빨리 해결하지 않는다고 큰일 나는 건 아니다. 독서와 서평 쓰기, 하지 않아도 살아가는 데 지장이 없다.

요즘 하는 게 있다. 종이에 먼저 적는다. 우선순위를 정한다. 공과금 납부를 처리한다. 연체료 붙지 않게. 상호대차 신청한 책을 받으러 도서관에 간다. 반납할 책을 가지고. 주중에 들어야 할 강의는 틈틈이 듣는다. ZOOM으로 하는 그림책 모임 할 때 쓸 자료를 찾아둔다. 윤이 미술, 음악 시간 준비물을 잊지 않고 미리 사둔다.

할 수 있는 일을 먼저 끝낸다. 할 일을 하지 않고 놔두면 옷으로 들어간 머리카락처럼 성가시게 한다. 신경이 쓰여 다른 일도 온전히 할 수 없다. 디자이너로 일할 때처럼 내 삶도 예쁘게 정돈한다. 말처럼 척척 어렵다면 가능한 일, 당장은 불가능한 일로 나눈다. 몸을 움직인 만큼 눈앞이 명쾌해졌다. 냉장고 속 비우듯이 마음, 머릿속도 청소한다. '채움'에서 존재 가치를 찾기보다는 '비움'에 초점을 맞추려 한다.

우울 유전자

송 주 하

한둘이 아니었다. 살면서 마음에 들지 않았던 상황 말이다. 태어날 때부터 가지고 있던 부분도 있었고, 나중에 어떤 환경적 요인으로 그리되기도 했다.

우울 유전자가 그랬다. 사람마다 생김새가 다르듯이 성격도 제각각이다. 다른 사람과 만나면서 스트레스를 푸는 사람도 있고, 혼자 조용히 시간을 보내야 마음이 행복해지는 사람도 있다. 누군가는 뜻을 알수 없는 도형이나 선으로 채워진 추상화를 좋아하고, 누군가는 당장이라도 살아 움직일 것 같은 사실적인 풍경화를 선호하기도 한다. 어딘가를 갈 때 꼼꼼하게 계획을 세우는 사람이 있는가 하면, 발길이 닿는대로 즉흥적으로 다니는 사람도 있다.

살아가면서 환경이나 주변 사람에 의해 성향이 조금씩 바뀔 때도 있지만, 어느 정도 타고나는 성향도 있다고 믿고 있다. 우울감도 마찬가지다. 사람마다 가지고 있는 우울 유전자가 다르지 않을까 막연하게 생각했었다. 사람들을 만나면서 그 생각이 좀 더 확고해졌다. 한 친구가 그랬다. 살면서 우울한 감정을 느껴본 적이 없다고. 처음에는 믿지 않았다. 어떻게 우울하지 않을 수 있는가 하고. 친구는 사실이라고 했다. 살면서 힘들거나 기분이 나쁠 때는 있었지만, 그렇다고 우울한 감정이 생긴 건 아니라고 대답했다.

난 아니었다. 수시로 찾아오는 우울감이 나를 괴롭혔다. 나이가 들수록 증상은 심해졌다. 열심히 살다가도 느닷없이 모든 게 무의미하게 느껴질 때가 종종 있었다. 그럴 때는 마음을 제어하는 게 힘들다. 끝없이 어둠 속으로 숨었다. 밖에 한 발짝도 나가지 않고, 스스로 감옥을 만들기도 했다. 결혼 후 아들이 생겼다. 내가 살아가는 이유를 조금은 억지스럽게 갖다 붙였다. 우울감이 불쑥 고개를 들 때마다 일부러 모성애를 들먹이곤 했다. 그래도 자식에 대한 책임감이 영 없진 않았나 보다. 아이가 없을 때보다 회복하는 속도가 빨라졌다.

가족 중 한 명도 심각한 우울증을 앓았다. 늘 걱정이 많았다. 답이 없는 문제를 허공에 대고 푸는 사람 같았다. 말려봤지만 아무 소용이 없었다. 점점 자신만의 세계에 갇히더니, 결국은 따뜻한 봄바람이 불어오던 날 아침에 쓰러졌다. 육신이 아프다고 생각했다. 온갖 검사를 한 후 결국 도착한 곳은 정신병원이었다. 'B 신경과'라고 써놔서 거부감이 덜했지만, 거기 있는 사람들의 상태는 선뜻 받아들이기 힘들었다. 한동안 면회가 안 됐다. 입원하고 며칠 만에 그곳에 갔었는지 가물거린다. 그래도 제일 크고 선명한 장면이 있다. 병원 문을 열고 들어가면서

부터 나올 때까지의 시간이다. 2인실이었다. 여자 두 명이 있었다. 잠깐 알아보지 못했다. 환자복이 낯설었고, 무엇보다 전에 알던 표정이 아니라서 헷갈렸다. 눈빛에 초점이 없었다. 무언가를 바라보고 있었지만, 한편으로는 보고 있지 않았다. 시선은 천장을 향할 때도 있었고, 철제 침대의 모서리를 응시할 때도 있었다. 우리를 알아보지 못하고 위아래로 훑어보기만 했다. 더 이상의 대화가 불가능해서 쫓기듯 나와야 했다. 그때 느꼈던 생경함은 여태 지워지지 않는다.

날이 갈수록 증세가 심각해졌다. 독한 약이 문제라는 말이 나왔다. 이러다 사람 구실 못 할 수도 있겠다며 탄식했다. 지체할 새가 없었다. 가족의 이름으로 강제 퇴원을 시켰다. 살리기 위한 결정이었지만, 어쩔 수 없는 선택이기도 했다. 집으로 데리고 왔다. 그때부터가 시작이었다. 살아도 사는 게 아닌 시간이 모두에게 찾아왔다. 갑자기 끊은 우울증약이 문제였다. 무슨 일이든 단계가 있게 마련이다. 하지만 부모님의 머릿속에는 절차 따위를 생각할 겨를이 없었다. 오직 낫게 하겠다는 다짐만 있을 뿐이었다. 뜻이 좋다고 늘 결과가 좋은 건 아니다. 극심한 불면의 밤이 이어졌다. 정확하지는 않지만, 일주일에 겨우 세 시간 정도 잤다고 기억한다. 그마저도 금방 깨질 듯한 얕은 잠이었다. 잠을 못 잔다는 사실을 이해할 수 없었다. 마땅히 그래야 하는데 안 되는 거니까 '병'이라고 부른다. 지금이라도 다시 병원으로 보내자는 소리가 나오기도 했다. 하지만 부모님의 고집은 완고했다. 어떻게든 가족이 힘을 합쳐야 한다는 소리만 돌아왔다. 말뜻이야 이해했지만, 돌아가는 상황은 점점 감당하기 힘들어졌다.

결국에 일이 터졌다. 생전 처음 들어보는 목소리. 거짓말 같았다. 전혀 다른 목소리가 입 밖으로 새어 나왔다. 남자 아기 목소리였다. 일부러 그런 소리를 내는 거라고 의심도 했다. 빙의(憑依)였다. 영혼이 옮겨 붙음. 그게 사전이 알려준 뜻이었다. 말이라는 건, 보통 필요해서 만들어진다. '빙의'라는 것도 전에 그런 상황이 있었을 테고, 누군가는 그 상태를 두고 쓸 말이 필요했을 터다. 어쨌든 드라마에서만 보던 현상을 직접 눈으로 목격한 그날을 잊을 수가 없다. 노력한다고 꾸밀 수 있는 목소리가 아니었다. 한두 번이야 억지로 꾸며낼 수 있겠지만, 오랜 시간 동안 연기할 수는 없다. 적어도 그건 가짜가 아니었다. 살아가다 보면 과학적으로 이해하기 힘든 상황도 마주한다. 도무지 해석이 불가할 때는 우린 다른 무언가를 찾는다. 종교가 될 수도 있고, 하다못해 무속신앙을 찾을 수도 있다. 그럴 때는 누구든 지푸라기라도 잡는 심정이 된다.

온 동네를 수소문했다. 신기(神氣)가 있다는 사람을 소개받았다. 대여섯 명이 집으로 왔다. 생각했던 것보다 겉모습이 평범했다. 거리를 걸어가다 흔히 볼 수 있는 중년여성의 모습과 다를 바가 없었다. 안방에서 의식을 시작했다. 빙의된 자를 가운데 앉혔다. 그러고는 동그랗게 둘러싸면서 앉았다. 나도 모르게 두 손을 모았다. 그리고 마음 다해 빌었다. 이 악몽 같은 시간을 빨리 끝내 달라고. 모든 가족이 함께했다. 어떻게 하는지 방법을 몰랐지만, 누구보다 간절했다.

며칠은 차도가 없었다. 4일쯤 지난 날이었다. 똑같은 방식으로 기도하고 있었다. 갑자기 거부하는 목소리가 들렸다. 나가기 싫다고 악을 쓰기 시작했다. 믿기 힘든 장면이 이어졌다. 그러더니 몸이 용수철처럼 튀어 올랐다. 분명 양반다리를 하고 있었다. 무슨 힘에 이끌리기라도 한 듯 몸이 치솟았다. 그러면서 쓰러졌다. 기도를 주관하던 분이 일으켜 세웠다. 의식은 흔들림 없이 계속되었다. 몇 번 반복하고 나서야 조금씩 진정하기 시작했다. 그날 이후, 그들을 몇 번 더 만났다. 차츰 잠을 자기 시작했다. 정확하지는 않지만, 한 달 정도 지난 후에는 예전 모습을 되찾을 수 있었던 거로 기억한다.

우울증에 대한 경험 때문에 더 신경이 쓰였다. 아니까 더 무서웠다. 예고도 없이 찾아오는 우울한 감정을 다잡아야 했다. 사람마다 우울을 느끼는 정도가 다르다. 누구에게나 공평하면 좋겠지만, 세상은 결코 그런 곳이 아니었다. 마냥 탓만 할 수는 없는 노릇이다. 그럴 때는 내가 어떤 상태인가를 알아차리는 게 가장 먼저다. 다소 불만족스러운 상태라도 받아들이는 마음이 중요하다. 세상에는 내가 바꿀 수 없는 것도 분명 존재하기 때문이다. 한탄하고 있을 시간에, 차라리 방법을 찾아보는 게 현명하다.

느닷없이 감정이 어두워지면 기운 낼 수 있는 걸 찾는다. 좋아하는 음악을 듣는다거나, 즐겨 보던 유튜브 영상을 찾아보기도 한다. 피아노를 배울 때도 있었고, 아무 그림이나 끄적이면서 털어내려고 한 적도 있었다. 가장 효과가 있었던 방법은 역시나 아들이었다. 어느 책에서 봤다. 우울증을 앓고 있는 남자에게 "당신의 아들이 지금 당신과 같은 마음이라면, 어떤 이야기를 해주고 싶으세요?" 별말 아닌 듯한 질문에서 눈물이 마구 흘렀다. 그 질문 하나에서 답을 찾기 시작했다. 아들이 나처럼 이렇게 살도록 내버려 둘 수는 없었다. 힘을 내야 했다. 적어도 강한 마음은 심어주고 떠나고 싶었다. 살아가는 이유를 아는 사람은 어떻게든 살아갈 수 있다.

블랙홀 안에 살고 있다

안 지 영

집에 손님 오는 게 스트레스다. 초대하지 않아도 주기적으로 올 수밖에 없는 사람들이 있다. 석 달에 한 번 정수기 필터 교체, 아파트 소독, 일 년에 한 번 가스 안전 점검, 교회 심방, 가족 모임, 주말에 오는 남편이 그렇다. 손님이 달갑지 않은 이유는 한 가지이다. 내 공간을 남에게 보이기 싫다. 집이 말끔하게 치워져 있지 않다. 내가 편한 대로 펼쳐 놓고 산다. 책장에 자리 잡지 못한 책이 구석에 돌탑처럼 서 있다. 논술 수업 교재를 직접 만들면서 생긴 종이 뭉치 양도 많다.

부엌 사정도 다르지 않다. 싱크대와 건조대 바닥을 구경하기 어렵다. 크기별 그릇, 냄비가 수북하다. 거기에 주말 남편에게 싸주는 반찬통도 종류별로 줄지어 있다. 나름 끼리끼리 모여 있지만 나 말고는 필요한 물건을 찾지 못한다. 남편의 잔소리가 듣기 싫어 목요일부터 하나둘씩 정리한다. 하필 금요일이 제일 바쁜 날이라 아쉽다.

무엇이 문제일까? 우선 성격이 급하다. 많은 일을 한꺼번에 하고 싶어 한다. 하나씩만 해도 치우기가 수월할 텐데 여러 개를 펼쳐 놓으니

어지럽다. 좋아하는 것만 먼저 하고 꺼리는 건 뒤로 미루는 습관이 있다. 요리하는 걸 즐긴다. 두어 가지만 만들면 되는데 하다 보면 음식 종류가 늘어난다. 재료를 다양하게 활용하다가 복잡해진다. 닭볶음탕을 만들다가 계란찜, 샐러드가 추가된다. 짧은 시간 안에 여러 음식을 차려내는 건 좋은데 싱크대 위는 늘 전쟁터다. 음식 맛이 없었다면 남편은 진즉에 폭발했을 것이다. 어지르는 습관이 불편함을 부른다.

　신혼을 25평 아파트에서 시작했다. 둘이 살기엔 넉넉한 집이었다. 둘만의 살림인데 점점 불어났다. 예쁘고 아기자기한 물건을 지나치지 못해서다. 출산하면서 아기 물품이 추가되었다. 이때부터 남편의 잔소리가 시작되었다. 일 년 후 여동생의 신혼집이 우리 집 근처로 왔다. 다른 33평보다 부엌이 넓었다. 정리 공간이 많아 마음에 들었다. 수납장이 있으면 정리 잘할 것 같았다. 전세 만기라 남편을 졸라 이사했다. 착각이었다. 공간이 늘어난 만큼 물건도 늘어났다. 습관을 바꾸지 않는 한 정리는 제자리였다. 그 당시엔 원인을 몰랐다. 고민하면서 정리에 관한 책과 동영상을 봤다. 정리를 못 하는 건 물건을 버리지 못해서다. 추가되는 물건은 있는데 버리는 물건이 없다. 특히 주고받은 편지, 카드를 버리지 못한다. 교통사고로 어깨와 허리에 디스크가 생겨 집 치우는 게 더 힘들었다. 보다 못한 친정엄마가 오셔서 버리고 정리하는 걸 도와주셨다. 열흘 후, 다시 원상태로 돌아왔다.

　욕실 청소와 소독은 무슨 일이 있어도 했다. 집에서 공부방 운영한다. 가족이 쓰는 화장실을 학생들도 이용한다. 수업 타임마다 간단하게 청소한다. 학생들이 다니는 학원 화장실보다 깨끗하다며 좋아한다.

청소하는 걸 좋아한다. 아이들이 어렸을 땐 청소기를 하루에 두 번 돌렸다. 침구 청소도 매일 했다. 일하면서 밥 먹을 시간도 없어서 집안일을 손에서 놓게 되었다. 나도 모르게 습관이 굳어졌다. 오십견이 고통스러워서 집안일이 두렵다. 한 집에 7년 넘게 살다 보니 묵은 짐이 세월만큼 쌓였다.

남편 직장동료의 집들이에 가게 되면서 생각이 바뀌었다. 부부 동반 모임에 처음 가는 거라 남편 혼자 보내고 싶었다. 친한 동료 약속이라 마지못해 동행했다. 안 갔으면 후회할 뻔했다. 이십 년 된 아파트를 인테리어 공사 후 들어갔다고 했다. 현관문을 여는 순간 모델하우스에 온 듯했다. 잡지나 텔레비전에 나왔던 집에 감탄만 했다면, 이 집은 살고 싶은 집이었다. 왜 살고 싶을까 생각했다. 집 전체가 하얀색이라 깨끗했다. 현관에 들어서는 순간부터 가지런히 정돈된 물건이 보였다. 책장엔 여러 종류의 책들이 질서 있게 꽂아있었다. 여백의 미도 보였다. 쉬고 싶은 편안함이 느껴졌다. 가족을 배려한 마음이 최고의 인테리어였다. 이런 공간이 '집'인데 난 어디에서 산 걸까? 정돈된 공간에서 보는 색은 더 빛났다. 색에 민감한 나에게 강렬한 인상을 주었다. 거실도, 부엌도, 욕실도 주인에게 사랑받는 느낌이 들었다.

오래된 아파트 단지 자체가 둥지 같은 안락함이 있었다. 이사 갈 집을 알아보는 중이어서 관심이 갔다. 직장동료의 단골 부동산을 소개받았다.

여러 집을 비교하느라 열 채 넘는 집을 보게 되었다. 세 번째 집을 보면서 얼굴이 화끈거렸다. 나이 드신 할머니가 직장 나간 딸 집을 열어준 것이었다. 여기저기 물건들이 쌓여 있고 집주인의 생활 습관이 군데군데 보였다. 나처럼 정신없이 사는구나 싶었다. 삼 형제를 키우고 있어서 정리가 힘들다고 했다. 벽지가 뜯기고 던져진 옷더미로 방바닥이 안 보였다. 우리 집도 이렇게 될 수 있겠단 생각이 들었다.

집을 본 후, 엘리베이터 안에서 부동산 사장이 소곤거렸다.

"부동산 경력 25년 만에 이런 집은 처음이네요. 집이 잘 나가려면 짐이 적고 깨끗해야 해요. 이 집은 계속 이 상태라 나가기 힘들겠어요."

집 가격 다음으로 중요한 건 집 구조나 방향이 아니었다. 집 정리 상태였다. 환기가 안 된 집, 오래되었지만 윤이 나는 집, 벽지가 뜯어지고 방문이 부서진 집, 어제 먹은 그릇이 쌓인 집 등 천차만별이다. 치우지 않아 짐이 꽉 찬 집 상태는 변명일 뿐이다. 집에 빨리 가서 껴안고 있는 물건과 헤어져야겠단 생각이 들었다. 쓰레기통 비우듯 집을 기울여 털어내고 싶었다. 교통과 거리 문제로 이사는 무산되었지만, 느낀 바는 컸다.

집은 단순히 잠만 자는 곳이 아니었다. 가족을 품어주는 보금자리다. 하루 동안 고생한 몸과 마음이 쉬는 곳이다. 에너지를 재충전할 수 있어야 한다. 그날 이후로 집을 정리하기 시작했다. 아무리 바쁘고 할 일이 많아도 가족을 위해 나를 위해 움직여야겠다.

우리 집에는 오래된 물건이 많다. 백 년 넘은 나비 괴목장, 결혼 전부터 아끼던 프랑스산 유리잔, 30년 된 피아노, 50년 넘은 찻잔 세트, 선물 받은 도자기, 액자 등이 차고 넘친다. 박물관에 기증해야 할까? 집주인은 나인데 짐을 모시고 살았다. 우리 집은 모든 걸 빨아들이는 블랙홀 안이었다. 짐이 화석이 되어 버린 공간을 깨트려야 한다. 그동안 끙끙거리며 마음의 문, 현관문 닫고 살았다. 공저 글을 쓰면서 내가 가지고 있던 고민 중 가장 불편한 진실을 내어놓았다. 속이 시원하다. 글쓰기가 이런 고민까지 풀 줄 몰랐다. 이젠 눈도 시원해질 차례다. 가족과 쾌적한 집에서 편히 쉴 수 있는 주말이 상상된다. 손님을 집으로 초대해 직접 만든 음식을 나누며 웃을 날 멀지 않았다. 행복한 인생은 블랙홀 너머에 있다. 불필요한 짐을 비우면 의미 있는 삶이 채워진다.

짝짝이 신발 신고 걸어도

이 승 희

"헉, 맙소사!"

"왜, 무슨 일인데?"

일주일에 한 번 있는 교육 시간. 함께 공부하던 독서 토론 논술 교사들이 비명에 가까운 내 한탄에 눈을 동그랗게 떴습니다. "내가 못 살아." 한숨을 내쉬자 다시 묻습니다.

"뭐, 가스레인지에 냄비 올려놓고 왔어?"

"누가 차 긁고 갔대?"

"그게 아니라……."

교사들 앞에 두 발을 번쩍 들어 보였습니다.

"응? 발이 왜, 아파?"

뭐가 문제인지 모르겠다는 표정들입니다. '그렇겠지. 급하게 나오느라 현관에 있는 거 그냥 발에 꿰차고 나왔으니까.' 시무룩한 내 얼굴과 발을 자세히 들여다보던 옆자리 교사가 푸하, 웃음을 터뜨렸습니다. 손가락으로 연신 내 발을 가리킵니다. 그제야 알아차린 교사들이 피식피식 웃습니다.

내 두 발에는 비슷한 굽 높이, 비슷한 색깔의 자주색 신발이 얌전히 신겨 있습니다. 문제라면 양쪽 신발 모양이 각기 다르다는 것입니다. 왼발에는 발등에 끈이 있는 신발이 오른발에는 발가락 부분이 트인 신발이 보입니다. 아무리 그래도 그렇지. 어떻게 짝짝이 신발을 신고 올 수 있냐는 사람들 말에 나는 어깨를 잠깐 들었다 내려놓습니다. 어찌 겠습니까. 이승희가 이승희 한 거죠. 하루 이틀 일이 아닌 것을요.

어렸을 때부터 그랬습니다. 도무지 뭔가에 집중하지를 못했어요. 머릿속은 온통 왕자, 공주, 괴물, 우주 여행선, 지구 멸망 같은 이야기가 떠돌고 있었어요. 한 번 이야기책 속에 빠지면 거기서 헤어날 줄을 몰랐거든요. 그러니 뭘들 제대로 챙겨 다니는 법이 있었겠어요. 늘 뭔가를 빠뜨리고 다녔고 넘어지거나 부딪쳐 멍들기 일쑤였고 실수가 잦았습니다. 무엇보다 경제관념이 엉망이었어요.

숙제, 해야 할 일을 제때 해내는 법이 없었어요. 뭐든 발등에 불이 떨어져야 급하게 시작하곤 했습니다. 방학 끝나기 이틀 전 울면서 한 달치 일기를 몰아서 썼고, 가정 시간에 내야 할 자수 숙제 마무리는 늘 엄마가 해줬습니다. 오죽하면 85년 중앙대 문예창작과에 합격해 놓고도 등록금 낼 날짜를 놓쳐(당시 문예창작과는 예술대로 분류되어 등록금 마감일이 12월 31일이었는데 일반대 마감일일 1월 2일인 줄 알고 1월 2일에 등록금 들고 갔다가 입학 거절당했어요. 이미 후 순위 입학 대기자가 등록금을 들고 왔더라고요.) 학교에 가지 못했을까요. 돈이 들어오면 그게 얼마가 됐건다 써버렸습니다. 한 달 식비 10만도 없어 친구에게 빌리기도 했고, 5백만 원이건 천만 원이건 수입이 생기면 다 쓸 때까지 놀았습니다.

1990년대 여성동아, 여성 중앙, 레이디경향, 신동아 등 여러 잡지에 글을 기고하던 자유기고가 일을 할 때였어요. 천리안, 나우누리 같은 PC 통신이 나오긴 했지만, 원고를 플로피 디스크로 받는 곳이 많았습니다. 원고 마감 날, 오전 10시. 당시 살고 있던 서인천에서 여성 중앙이 있는 서대문 가는 시외버스를 탔습니다. 마감하느라 이틀 밤을 꼬박 새웠습니다. 밥 먹는 시간도 아까워 분식집에서 사 온 김밥을 입에 물고 키보드를 두들겼었지요. 위장이 쪼그라드는 것 같은 압박감에 시달리며 원고를 쓸 때 다짐 또 다짐했습니다. 눈물도 몇 방울 찔끔거리면서요. 다음 달부터는 진짜 미리미리 일 끝내야지.

원고 마치고 플로피 디스크에 옮겨 담자마자 눈이 말똥말똥해졌습니다. 방금까지 다짐했던 건 이미 잊어버렸습니다. 어디로 놀러 갈까 마음이 바빠졌습니다. 이혼한 전남편과 살고 있는 아들을 만나러 갈까, 산악회에서 설악산 천화대리지 등반 간다는 데 거기 갈까 궁리가 한창이었지요.

신촌에서 내렸습니다. 여성 중앙이 있는 건물 방향으로 걸어가며 가방을 열었습니다. 몇 걸음 걷다 "아, 진짜" 소리를 치며 머리를 쥐어뜯었습니다. 귀신이 곡할 노릇이지. 서류봉투에 있어야 할 플로피 디스크는 어디로 사라진 걸까요? 바로 뒤돌아서 서인천 집으로 가는 시외버스를 탔습니다.

'어휴, 아들은 다음 주에 보러 가야겠네. 원고 넘기고 영화나 보자.' 와중에도 촌음을 아껴서 놀 생각 만만이었습니다. 한편으로 다른 걱정이 올라왔습니다. 플로피 디스크가 집에 있기는 할까? 들고 오다 또 어디 흘린 건 아니겠지. 다행히 플로피 디스크는 책상 위에 얌전히 있었습니다.

으이그, 이 등신아. 머리를 몇 번 쥐어박으며 봉투 안에 챙겨 넣었습니다. 다시 신촌행 버스에 몸을 실었지요. 여성 중앙 로비 의자에 앉아 서류를 점검했습니다. 담당 기자와 자료 점검하면서 자료나 사진을 빠트린 걸 발견한 적이 있었습니다. 안 그래도 잡지사 편집기자와 자유기고가는 갑과 을 관계인데, 이번에도 실수하면 다음 일 못 받을 수도 있었어요.

'원고 프린트, 플로피 디스크, 자료 사진이 아홉 장 있어야…….'

취재한 곳 사진 점검하는 손끝에 맥이 탁 풀렸습니다. 꼭 있어야 할 사진이 없네요. 다시 주섬주섬 챙겨 넣고 신촌으로 터덜터덜 걸어갔습니다. 이쯤에서 일이 마무리되었다면 무난한 편입니다. 놀랍게도 그날 저는 다시 한번 집으로 갔다 여성 중앙으로 가야 했습니다. 길에서 종일 보낸 셈이지요.

홍대에서 오피스텔을 얻어 친구와 함께 출판기획 일을 했습니다. 그 친구는 실수가 잦은 저를 보고 '저능아 아니냐', '머리가 이상하다', '나 같으면 칵 죽어버리겠다' 하며 화를 냈습니다. 일에 있어서는 완벽주의자였던 그 친구 눈에 저는 구제 불능으로 보였을 겁니다. 저도 제 머리가 이상해진 줄 알았습니다. 신촌 세브란스 정신 의학과에 가서 심리 종합검사를 했습니다. 검사 비용이 44만 원. 당시 제 수입에 비해 꽤 많은 돈이었어요. 그래도 검사를 신청했습니다. 뭔가 대책을 세워야 한다고 생각했거든요.

이틀에 걸쳐 몇 시간씩 지능 검사와 심리 검사, 혈액 검사까지 했습니다. 심리 검사할 때는 마치 자서전을 쓰듯 최초의 기억부터 끄집어내 의식 저편에 숨겨둔 수치스러운 과거까지 탈탈 털어 내보여야 했습니다. 검사 결과 지능 지수, 인지 능력에는 아무 이상이 없었습니다. 지능을 포함한 인지 능력은 상위 15%~30% 수준(유독 숫자에 약한 것 빼고)이라고 쓰여 있어서 놀랐습니다.

"직업과 인간관계에서 받는 스트레스와 우울증이 심하네요. 뇌에 다른 이상은 없습니다."

종합 병원이라 심리 상담은 하지 않는다고 해서 개인 정신 의학 상담 병원을 소개받았습니다. 찾아간 병원의 의사는 친절하고 나긋나긋했습니다. 제 이야기를 듣더니 흥미로운 사례라며 눈을 빛냈습니다. 자신의 연구과제에 적합한 사례라고 했어요. 꾸준히 상담받으시라고 하더군요. 치료비 감당할 능력이 안 된다고 하자 요금을 대폭 깎아주기까지 했습니다. 두 번 상담받고 더는 가지 않았습니다. 심리 상담하는 의사의 표정이 종합 병원에서 심리 검사할 때 검사자가 보였던 표정과 비슷했거든요. 제 상황에는 전혀 공감하거나 인정하지 않는 듯한 무표정, 연구 표본을 보는 듯한 시선에 불쾌해졌습니다.

내 상태를 알고 나니 오히려 마음이 편해졌습니다. 어쨌거나 지능도 정상이고 뇌에 심각한 이상이 있는 것이 아니라면 문제 해결을 위해 다른 방법을 찾아야 했습니다. 심리학, 자기계발서, 명상법에 관한 책을 찾아 읽었습니다. 마음공부를 많이 하게 되었습니다. 친구와는 관계를 끊었고 국선도 단전호흡 수련을 시작했습니다. 그랬더니 자학하는 마음이 옅어졌습니다. 실수도 줄었어요.

저는 지금도 덜렁거립니다. 주의력 결핍 장애가 심각하다고 자가 진단할 정도입니다. 경제관념은 여전히 나아지지 않았습니다. 빚 갚느라 힘들어요. 그래도 잘살고 있습니다. 이런 나를 인정하게 되었거든요. 자신의 결점만 곱씹으면 시야가 좁아집니다. 실수했던 자신을 자책하느라 괴로움의 늪에 빠져서 앞으로 나아가지 못합니다. 이럴 때 얼른 마음을 다잡아야 합니다. 현재 상태를 인지해야 합니다. 그래야 실수를 만회할 방법이 생각납니다. 실타래 풀 듯 하나하나 문제를 해결해 나가면 됩니다. 그러다 보면 저절로 위기 대처 능력이 길러집니다. 주의 집중력 떨어지는 인생이지만 즐겁게 살아가는 요령이 생깁니다.

말하기와 만나기

이 정 화

 말하기가 싫다. 남편과 말다툼에서 지는 쪽은 항상 나다. 잘못이 없어도 남편과 말하다 보면 나의 잘못으로 끝을 맺는다. 억울했다. 말을 잘하고 싶었다. 어떻게 해야 하는지 도무지 알 수가 없었다. 글쓰기 수업을 듣고 독서를 하게 되었다. 글쓰기에 앞서 독서를 빼놓지 않고 늘 언급하는 강사의 말을 듣고 시작했다. 처음에는 힘들었다. 한 권씩 읽으면서 조금씩 바뀌는 나를 보게 되었다. 읽기 싫은 날도 있었다. 그럴 때 쉬운 책을 골랐다. 쉬운 책은 빨리 읽을 수 있어서 부담이 없었다. 어려운 책은 시간을 많이 필요로 한다. 쉬운 책이 여운과 감동이 없는 건 아니다. 어떤 책이 더 좋은지는 읽는 독자마다 느끼는 감정이 다르다. 책을 읽다 보면 말하는 부분도 조금씩 바뀐다. 상대가 하는 말이 어떤 말인지 이해하게 된다. 말이 잘못 전달되면 풀어서 말해 주는 여유도 생긴다. 줌으로 많은 사람 앞에서 발표할 때 아직도 떨린다. 실수라도 하면 어쩌지? 잘할 수 있을까? 걱정이 앞선다. 예전에는 걱정에 꼬리를 물고 물어 그만두자고 마무리하기도 했다. 지금은 그래도 해보자,

못하면 다시 하면 된다고 나를 위로해 주고 앞으로 나가게 해본다. 말보다 글이 더 편하다. 학창 시절, 친구들과 대화 노트를 만들어 서로를 알아가던 시간이 기억난다. 지금도 전화 통화보다는 문자로 상대에게 말하는 게 편하게 느껴지는 경우가 있다. 말하다 보면 두서없이 말할 때가 있다. 글은 적은 걸 수정할 수 있어 좋다.

책을 볼 때 소리 내어 읽는다. 읽어 보면 눈, 귀, 입이 함께 활성화된다. 눈으로 읽을 때는 딴생각하며 글만 보기도 한다. 무슨 의미인지, 작가 생각은 잊고 글만 보다가 몇 줄 그냥 지나친다. 지나친 부분은 다시 돌아와 읽어야 앞뒤의 문장을 이해할 수 있다. 반면 소리 내어 읽으면 잡생각이 없어지고 집중력이 생긴다. 다른 생각을 하는 순간 글이 읽히지 않는 것을 느낀다. 글만 볼 때보다 빠르게 돌아와 내용을 보게 된다. 소리 내어 읽으면 말하기 연습도 함께 된다. 책을 읽으면서 말하기에 대한 두려움을 조금씩 떨쳐내 본다.

사람과 만나기도 싫다. 친한 친구 말고는 만날 약속을 잘 하지 않게 되었다. 약속한 시각이 되면 핑계를 대며 다른 날로 미뤘다. 만남을 다른 경험으로 생각하니 그 시간이 편해진다. 얼마 전 예식장에 다녀왔다. 직장동료 언니의 딸 결혼식이었다. 일주일 전부터 입고 갈 옷이 신경 쓰였다. 평소 편한 옷만 입었다. 옷장을 보니 반 팔 티셔츠와 청바지가 보였다. 그동안 경조사에 잘 가지 않았다. 기본 정장은 보이지 않았다. 몇 달 전 라이팅 코치 수료식에 입고 갔던 옷이 보인다. 한겨울 용이라 입을 수가 없었다. 빌려볼 주변 사람들을 떠올려 봐도 마땅찮았다. 인터넷으로 저렴한 가격에 정장 재킷을 샀다. 택배로 도착한 옷을 꺼냈다. 카라 다림질은 빗나가 있었고, 팔에도 주름이 많이 보였다. 모델이 입었을 때는 예뻐 보였는데 내가 입으니 남의 옷을 입은 듯 헐렁하고 커 보였다. 마음에 들지 않았다. 마음먹고 매장으로 사러 갔다. 예전에는 혼자 옷 사러 갈 엄두도 못 냈다. 지금은 그냥 간다. 매장에 들어서자 잘 정돈된 옷들이 보였다. 매장 직원에게 예식장에도 입고 평소에도 입을 수 있는 옷으로 추천해 달라고 했다. 기본 정장과 유행하는 옷을 여러 벌 보여주었다. 입어보았다. 짧은 다리를 길어 보이게 하는 바지. 재킷은 봄, 가을에 입기 좋은 두께에 구김도 잘 안 가는 원단으로 골랐다.

예식장 가는 길. 기차를 타고 계단과 건널목을 걸을 때 느꼈다. '아, 잘 샀구나.' 평소에 입고 다니던 옷처럼 편안했다. 외출의 긴장감이 날아가는 듯 마음이 가벼워졌다. 웨딩홀 3층으로 갔다. 한복을 입은 언니가 있었다. 나를 보며 환하게 웃는다. 밥 먹고 가라며 엄마처럼 챙겨준다. 집으로 오는 길에 새로 산 정장을 입고 다닐 생각 하니 기분이 들떴다. 길에는 벚꽃이 흩날렸다. 바람이 불어 재킷이 바람에 날렸다. 걸을 때마다 들리는 구두 굽 소리가 듣기 좋다. 만남은 때론 불편하지만, 나를 성장 시켜주는 계기가 되었다. 극복한 만큼 선물을 받았다는 생각이 들었다.

독서 모임을 만들었다. 모임을 주관하게 되니 마음가짐이 바뀌었다. 첫 모임에 선정한 도서는 다른 독서 모임에 참여할 때 처음 읽었던 책으로 했다. 책을 읽은 지 몇 년 되지 않아 다양하게 접해보지 않은 상황에서 내가 좋아하는 책으로 선정할 수 없었다. 모임에 참여한 사람들에게 조금이라도 도움이 되는 책을 선정해서 배우고 익혔으면 하는 바람이다. 모임을 시작하기에 앞서 진행 자료를 만들었다. 완독했나. 책임감이 느껴졌다. 독서 모임에 참여할 때는 생각을 몇 개만 정리했기에 어렵지 않았다. 지금은 줄거리, 메시지 등 일거리가 많아졌다. 준비하는 재미도 있었다. 함께 책을 읽고 이야기하고 나누는 시간, 성장을 위한 밑거름이 되는 시간이 좋다. 1회 모임을 끝내고 말하지 못한 부분이 생각났다. 단톡방 후기를 보았다. 참여할 때 망설였는데, 참여하고 나니 책을 깊이 있게 읽게 되었다. 재미있었다. 알차게 책을 읽은 느낌이라는 글이 눈에 들어왔다. 누군가에게 도움이 되었다는 생각에 기뻤다.

말하기를 개선하기 위해 독서를 한다. 책은 시간을 내어 읽어야 한다. 시간 없다는 핑계로는 책을 읽을 수가 없다. 한 권에서 작가가 전하고자 하는 메시지를 보는 건, 마치 보물 지도를 보고 가다가 보물을 만난 느낌처럼 두 눈이 번쩍 떠지는 일이다. 만남을 위한 준비하는 과정은 새로운 일을 해야 하는 어렵고 귀찮기도 하지만 보람도 있다. 독서 모임을 운영하는 과정에서 주도력도 배우게 되었다. 내가 잘 차려놓은 밥상에 지인들이 놀러 와서 맛있게 먹고 가면 그냥 흐뭇한 마음이 드는 것 같다. 모임 시간에는 사람들과 책이라는 바다에 함께 노를 저어 항해하는 여정이 재밌다. 불편을 맞이하지 않으면 극복이라는 단어는 무용지물이 된다. 마주하고 나아가는 과정에서 선물도 받고 성장한다.

글을 쓰면서 한 번 더 생각하게 된다. 불편한 시간이 앞으로 또 오겠지. 할 수 있어. 못하면 어때. 조금 천천히 하면 되지. 실수해도 괜찮아. 그래야 실수를 통해 배우는 계기가 될 테니 말이야. 불편한 인생이 편안한 인생의 시작점임을 기록해 본다.

이런 상황이 싫다

윤 희 진

수요일이다.

'지난주에 내준 과제를 잘해 올까? 주간 리포트는 어머니께 보여드렸을까? 한 강의라도 듣고 제대로 풀어봤을까?'

온갖 생각이 머리를 스친다. 2년 이상 어머니께서 학습기기를 약정하신 데에는 이유가 있다. 자녀가 매일 학교 다녀와서 복습하고 잘 사용하기를 바라는 마음. 나도 시켜봐서 안다. 한 두어 달은 잘한다. 무슨 콘텐츠가 있는지 살펴보기도 하고, 세워진 계획대로 공부도 한다. 오래가지는 못한다. 부모님들은 매월 학원비 외에 학습기기 비용도 기꺼이 지불한다. 문제는 학생들이다. 어머니들의 마음 같지 않다.

센터에 오는 학생 중에는 조용히 앉아 자기가 할 일을 잘하는 친구도 있다. 중학교에 막 입학한 친구 중 두 명은 '오늘은 무슨 장난을 치지?, 어떻게 하면 공부를 좀 적게 할 수 있을까?' 하고 오는 것 같다. 올해부터 자유학년제가 자유 학기제로 바뀌었다. 그 말은 2학기 때부터는 지필 평가를 친다는 거다. 다른 과목보다 수학은 어머님들도 민감하다. 말은 이렇게 한다.

"선생님, 우리 정수는 공부 그렇게 욕심 없습니다. 어차피 운동 쪽으로 갈 아이거든요. 그저 반 평균 정도 나오도록 잘 지도해 주세요."

아이들이나 어머니들은 적당히 될지 모르겠는데, 나는 그렇지 않다.

분명히 패드로 풀었던 문제인데, 문제집으로 다시 풀면 새로 보는 것 같아 한다. 집에만 다녀오면 지난주까지 배운 개념들을 홀라당 다 잊어버린다. 개념이 제대로 돼 있지 않으니 당연히 문제가 잘 풀릴 리 없다.

"선생님, 다 들었어요."

형진이다.

"개념 확인 문제는 풀었니? 몇 점 나왔어?"

"20점이요."

"뭐라고? 다섯 문제 중에 한 문제 맞혔다는 거야?"

내 옆자리로 앉힌다. 너무 어렵다고 한다. 아니, 개념 설명 들을 때에는 아무 말 없더니, 문제 틀리니까 어렵다 한다. 별내동에는 중학교가 세 개 있다. 학교마다 진도가 전부 다르다. 학교에서 잘 알아듣도록 학교 진도보다 조금 더 빨리 나가고 있긴 하다. 아무리 그래도 그렇지, 기본 유형 문제를 그렇게 틀리는지 이해가 안 된다. 느긋한 마음을 가지고 아이들을 지도해야 하는 센터 교사. 독서실처럼 자기 자리에 앉아 학습기로 먼저 강의를 듣고, 어려운 문제 코칭만 해주면 되는 줄 알았다. 지금 다니는 친구 중 세 명은 일일이 지도해 줘야 한다. 그중

한 학생은 한 시간을 따로 내어 지도한다. 과외비를 받아야 할 정도로 시간과 노력이 든다.

평소에는 딜렁거리는 성격이지만, 가르치는 것만큼은 꼼꼼하다. 살 이해할 때까지 반복해서 알려 주고, 잘 이해했는지 설명해 보라고 한다. 아이들은 조금만 어려운 문제가 나와도 죽는소리를 한다.

"선생님, 모르겠어요. 이 문제는 어떻게 풀어요?"

다가가서 보면, 기본 개념만 알고 있어도 풀 수 있는 문제이다.

"개념 강의는 들었니?"

"네."

목소리에 자신이 없다. 제대로 듣지 않은 눈치다. 패드로 먼저 강의를 듣고, 푸는 형식으로 수업이 진행된다. 스스로 잘하는 아이도 있지만, 일일이 신경 써야 하는 학생도 있다.

"이건 소인수분해를 사용해서 최대공약수 구하는 문제잖아. 분명히 개념 강의 때 선생님이 어떻게 푸는지 설명해 줬을 텐데."

한두 번도 아니고, 센터에서 계속 개념 강의만 할 수는 없는 노릇이다. 개인 학습기기가 있는 친구들은 주말에 꼭 집에서 보충해 오라고 한다. 강의 들었는지 물어보면, 안 들었거나, 들었다 해도 또 모른다고 한다. 모르는 것을 알려줘야 하는 것도 내 역할이다. 문제를 어떻게 푸는지 다시 알려 준 후, "선생님이 어떻게 풀었는지 설명해 볼까?"라고 한다. 비슷한 문제를 스스로 풀 수 있도록 해주고 싶어서다. 설명하다 막히면 다시 자세히 알려준다. 잘 들으라는 듯 목소리에 변화를 준다.

같은 말을 또 하자니 답답하지만, 꾹 참고 개념을 잘 이해할 수 있게 풀이해 준다.

살다 보면 불편한 순간도 있기 마련이다. 즉, 내가 마땅찮아하는 것들을 마주하게 된다. 목이 쉬도록 알려줘도 제대로 못 알아듣는 아이들, 장난이 심한 아이들, 그럼에도 잘 설명해서 알아듣게 해야 하는 나의 위치 그 사이에서 갈등한다. 따뜻한 말로 잘 가르치고 싶은데, 장난기 넘치는 얼굴을 보고 있으면 화가 올라올 때가 많다.

불편하다고 내 안에 있는 감정을 다 쏟아내면 어떻게 될까? 함께 일하는 동료 교사들 수업에도 방해될뿐더러 학생들에게도 피해를 준다. 공부하려고 왔던 다른 학생들은 무슨 잘못이 있는가. '원하지 않는 순간을 어떻게 슬기롭게 마주할 것인가' 이게 숙제이다.

글을 써 보지 않으면 모른다. 내 마음이 어떤 순간에 불편함을 느끼게 되는지. 있었던 일들을 가만히 생각하게 된다. 조금 더 친절하게 대할 수 있지는 않았을까. 한창 사춘기인 데다가 중학교 올라가 여러 가지 어려운 개념을 배우는 아이들이지 않은가. 그들을 조금 더 이해해 보려고 하지는 않는 걸까. 빠지지 않고 꼬박꼬박 잘 나와 주는 것! 그 것만으로도 기특하지 않은가. 욕심을 조금 내려놓아 볼까 한다. 아이들 입장, 어머니들 입장이 되어 보려 한다. 쉽지는 않겠지만 그런 마음으로 다가간다면, 지금보다는 친절한 교사가 될 수 있을 것이다. 교사가 기대하는 만큼 아이들도 자라주니까.

오늘도 내 마음을 들여다보는 글 한 편 적어본다.

예의와 적당한 거리 지키기

최 경 희

사람들을 만날 때 선입견을 품지 않으려 노력합니다. 재미있다, 신기하다, 개성 있다, 부담스럽다. 다름을 받아들입니다. 이해 안 되고 불편한 상황이 생기면 직접 물어봅니다. 친해질수록 적당한 거리를 유지하려 합니다. 개인 삶에 깊이 끼어들면 서로 불편해지는 시점이 오더라고요. 배려하는 행동을 고맙다고 생각하지 않고 당연하다고 여깁니다. 필요 이상으로 무언가를 요구하게 됩니다. 소원해지면 마음 변했다 서운해하고요. 감정이 상하면 험담으로 이어지게 됩니다. 그렇게 되면 주위 사람들까지 불편하게 됩니다. 존중하는 마음으로 적당한 거리를 지키면 좋은 관계를 오래 유지할 수 있습니다.

아이들 어릴 때 동네 엄마들과 하루 종일 지내곤 했습니다. 1층 우리 집이 모임 공간이었어요. 아이들이 유치원이나 학교 마치면 엄마! 하고 들어옵니다. 아침부터 모여 점심도 같이 먹고, 아이들 간식도 해 먹였어요. 매일 봐도 할 얘기가 왜 그리 많았던지요. 아이들은 만나면 투닥 투닥 싸웠습니다. 울다 웃다 가족처럼 지냈던 그때가 가끔 그립습니다. 여러 사람이 모이면 시기, 질투가 생기기 마련입니다. 대부분 내 마음이 더 중요하기 때문에 다른 사람의 공감을 받고 싶어 하고요. 자연스럽게 험담하게 됩니다. 당사자가 없는 상태에서 그 사람에 대해 말하는 상황이 불편합니다. 다른 화제로 돌리거나, 험담이 계속 이어지면 자리를 뜹니다. 험담을 전혀 안 할 수는 없지만, 처지를 바꿔 생각하면 멈출 수 있게 되더라고요. 서로 문제가 생기면 직접 물어봅니다. 오해는 풀면 되고 감정이 상했다면 사과하면 되는 거니까요. 대화하기 전 입장을 정리해야 할 필요가 있을 때는 자가 점검을 합니다. 어떤 행동을 했고 어떤 말을 했고, 태도와 기분 등 그때 상황을 구체적으로 써 보고 되짚어 보는 겁니다. 이해 안 되는 부분이 있거나 사과해야 할 상황이 있다면 진심을 담아 편지를 썼어요. 대부분 문제가 쉽게 풀리고 오히려 고마워했습니다.

우리 부부는 침대를 따로 씁니다. 소리와 움직임에 예민해서 옆에서 조금이라도 움직이면 밤을 꼬박 새운 적도 있고요, 피곤해서 곯아떨어진다 해도 한두 시간밖에 못 잤어요. 방 한쪽 벽과 맞은편 벽 쪽으로 침대를 따로 놓았습니다. 침대를 따로 쓴 이후로 둘 다 편하게 잡니다. 자라온 환경, 문화, 성격이 다른 부부가 살다 보면 부딪히는 일이 많습니다. 습관이 쉽게 바뀌지도 않고요. 많은 시간 함께 해야 하는 배우자와 오래 행복하려면 물리적, 정신적 공간이 필요합니다. 좋아하는 것을 다 해주지 못한다면 상대가 싫어하는 모습을 보여주지 않는 것만으로도 고마운 일입니다. 신혼 초기에 남편이 싫어하는 행동을 계속하길래 몇 번 부탁한 적 있었는데요. 짜증, 핀잔, 충격요법, 부탁, 협박 등 다양한 방법을 써도 소용없었어요. 이대로 가다가는 헤어질 수도 있겠다 싶어, 솔직한 마음 담아 진심으로 부탁하는 글을 써 이메일 보냈습니다. 남편이 고맙다고 답장 메일을 썼고 행동이 변하더라고요. 말로 할 때는 감정이 들어가서 기분 상하는 경우가 많습니다. 표정을 보면 더 기분 나쁠 수 있지요. 글을 써서 마음을 표현하니 존중받는 느낌이 들었나 봅니다.

아이들이 성인 되고 독립한 후부터는 자식이라기보다 지인이라 생각합니다. 얼마 전 남편과 큰아들이 대화하는데요. 남편이 무심코 한 말에 아들이 발끈했습니다. 분위기 안 좋아질 것 같아 얼른 다른 이야기로 돌렸어요. 부모와 자식 간에도 예의가 필요합니다. 아이들과 중요하게 할 말이 있을 때 문자나 전자 편지를 씁니다. 말로 할 때보다 글로 마음을 전달하는 것이 더 효과적이더라고요. 서로 존중하는 마음을 가지면 인생 친구가 됩니다. 구정 설날에 가족이 모두 모였을 때 새삼 감동스러웠는데요. 이렇게 다 같이 모여서 기쁘다고, 시간 내서 우리와 함께해 줘서 감사하다고 말했습니다. 생일에 큰아들은 용돈을 많이 보내주었고, 작은 아들은 선물과 케이크, 와인을 사 들고 와 생일 파티해 줬습니다. 감사하다 마음 전했더니 더 큰 감동으로 돌아왔습니다. 말하지 않으면 알 수 없습니다. 가족도 표현을 해줘야 마음을 알 수 있습니다. 자칫 소홀할 수 있는 가족에게도 감사하는 마음을 전하고 적당한 거리를 유지하면 행복해집니다.

사이가 가까워질수록 의지하려 하고 매 순간을 함께 해야 한다고 생각했었습니다. 한 번 맺은 관계는 영원히 지속될 거라 생각했습니다. 상처받기 싫어 사람을 만나는 게 두려운 적도 있었습니다. 만나고 헤어지면서 인연은 물처럼 흘러간다는 것을 알았습니다. 한꺼번에 폭발시키지 않으려면 감정을 쌓아 두지 말아야 한다는 것도 배웠습니다. 예의를 갖추고 적당한 거리를 지켜줄 때 건강한 관계를 유지할 수 있다는 것을 알았습니다. 좋아하는 것을 다 해주기는 어려운 일입니다. 무엇을 싫어하는지 살피고 조심하면 배려하는 마음이 전해집니다. 불편한 감정이 생기면 직접 풀려 노력합니다. 말로 하기 어려우면 글로 진심을 전해보는 것도 좋습니다. 글 쓰다 보니 소원해진 사람들이 생각납니다. 마음 아프게 떠나보낸 사람들도 생각납니다. 남편과 아이들, 우리의 부모님들 관계에 대해 돌아보게 됩니다. 이번 주에 시댁에 갈 때 어머님이 좋아하시는 베스킨라빈스 아이스크림 사가지고 가야겠습니다. 한 달에 한 번씩 만나는 친정엄마 보러 간 지 오래되었으니 여행 삼아 함께 할 시간 만들어야겠습니다. 가장 고마운 남편에게 꼭 인사를 해야겠습니다. 항상 지지해 주는 가족들과 응원해 주는 친구들에게 감사하는 마음을 전합니다.

제3장

나라서 다행이다 싶을 때

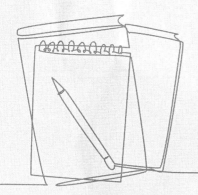

엄마가 되어간다

글 빛현주

　십 년 연애의 마침표. 1998년 땀이 줄줄 흐르는 9월 13일, 아빠 손을 잡고 식장에 들어섰다. 삼십여 분 반짝 결혼식, 마지막으로 가족들, 친지들과 사진을 찍었다. 누가 왔는지 무슨 말을 했는지 기억나지 않았다. 이마엔 땀, 입가엔 경련, 그렇게 유부녀가 됐다.

　1년이 조금 지난 1999년 10월 22일 오전 7시 23분. 열다섯 시간 진통 끝에 아들을 만났다.

　"산모가 예민한가 봐요. 임신한 걸 금방 알아차렸네."

　나이 지긋한 의사가 웃으며 말했다. 초음파 화면을 보여줬다. 깜빡깜빡 반짝이는 별 같은 아이. 자리도 잘 잡았고 임신 주수에 맞게 잘 크고 있다고 했다. 허니문 베이비. 생각지도 못한 임신에 조금 놀랐다. 건강하다는 의사의 말에 마음이 놓였다. 엄마가 된 거다. 간호사들은 연신 산모님, 산모님하고 불렀다. 볼살이 오동통하게 오른 갓난아기 사진이 있는 하늘색 네모난 산모 수첩을 받았다. 간호사들은 다음 달 정기

검진 일정과 시간, 출산 전 해야 할 검사를 빼곡히 적어 주었다.

설명이 없다면 어디가 어딘지 전혀 알아보지 못할 흑백 초음파 사진도 한 장 넣어 주었다. 병원에서 나오는 길, 갑자기 부는 찬 바람에 옷을 여몄다. 병원 앞은 신생아 물품을 홍보하는 사람들로 시장통 같았다. 분유, 장난감, 의류, 유모차 등등 산모들에게 공짜로 나눠주고 있었다. 모두 커다란 쇼핑백을 하나씩 들고 있었다. 와! 이런 것도 주네. 어색하게 서 있는 내게 누군가 쇼핑백을 안긴다. 잠시 멍하니 서 있었다. 작은 젖병이 보였다. 정말 엄마가 되는구나!

신혼이라고 특별할 건 없었다. 연애 기간이 길어서 그런지 결혼 생활에 익숙한 중년 부부 같았다. 계획을 하고 임신해 아이를 낳는 친구도 있었다. 우린 무계획이 계획이었다. 스물여덟 살에 한 결혼, 아기가 생기면 당연히 낳아야지 했다. 하나만 낳아 잘 기르자 마음먹었다. 이런저런 생각을 하니 준비할 게 너무 많았다. 마음이 급해졌다. 친정에서는 결혼도, 아이도 내가 처음이었다. 온 가족의 관심이 쏠렸다.

"뭐 먹고 싶은 거는? 있으면 얘기해."

"예쁜 것만 보고 맛있는 것만 먹고. 태교가 중요하대. 엄마가 보는 거 아기도 똑같이 본단다."

임신 소식에 가장 기뻐한 친정엄마. 좋다는 것, 먹고 싶다는 것 다 해주고 싶어 하셨다. 대전과 천안, 멀지 않지만 떨어져 있으니 전화통에 불이 났다.

아는 게 없어 책이라도 읽어야겠다는 생각에 가까운 서점에 갔다. 고등학교 참고서 두께와 비슷한 임신과 육아에 관한 책. 이것도 공부구나 싶었다. 두 권 샀다. 임신 초기증상에 대해 꼼꼼히 읽었다. 입덧과 졸음 증상은 비슷했다. 가장 궁금한 건 태동이었다. 예민한 산모들도 서너 달이 돼야 느낀다고 했다. 배에 손을 올렸다. 아직은 판판한 배, 아무런 느낌이 없다. 하긴 이제 겨우 육 주인데 느껴지는 게 이상하지. 피식 웃음이 나왔다. 고개를 숙여 최대한 배에 가까이 얼굴을 댔다. 작은 목소리로 '안녕' 인사했다. 아기가 귀를 쫑긋 세우고 내 목소리를 들을 것 같았다. 배를 위아래로 둥글게 쓰다듬었다.

'할머니 손은 약손, 현주 배는 똥배.' 외할머니 목소리가 들리는 듯, 조용히 불렀던 노래를 중얼거리며 배를 쓰다듬었다. 좋은 말만 하고, 예쁜 것만 보고, 자주 웃고, 행복한 생각만 해야지.

쏟아지는 잠, 울렁거리는 속, 오르락내리락 종잡을 수 없는 감정. 입덧만 멈추면 살 것 같았다. 그런데 팔 주가 조금 지났을 때, 거무스름한 분비물이 나오는 거다. 임신하면 원래 이런가. 겁나긴 했지만, 일주일 후면 정기검진 일이니까 참아 보자 했다. 배가 아프거나 열이 나는 건 아니었다. 힘든 일 어려운 일을 하는 것도 아닌데 마냥 피곤했다. 쉽게 지쳤다. 그러고 보니 입덧도 가라앉았다. 좋아했던 마음도 잠시 불안한 생각이 들었다. 책의 내용도 눈에 들어오지 않았다. 정기검진까지 기다릴 수 없어 다음 날 바로 산부인과에 갔다.

'계류유산', 책에서 읽은 기억이 났다. 태아가 죽은 채로 자궁 안에 있는 것. 의사는 당장 수술해야 한다고 했다. 빨리 보호자를 부르라고 했다. 자칫하면 산모 건강까지 안 좋아질 수 있다고. 급하게 수술이 결정됐다. 회사에 있던 남편은 놀라 병원으로 뛰어왔다. 수술복으로 갈아입으며 콧물에 눈물까지 줄줄 흘렸다. 숨이 막혔다.

"엄마 잘못 아니에요. 자연 유산은 산모들이 자주 경험해요."

"어쩌면 아기가 건강하지 못해서 그럴 수도 있어요. 엄마 잘못 아니니까 너무 울지 마세요."

간호사의 말이 귀어 들어올 리 없다. 모두 다 내 잘못인 것 같았다. 입덧으로 토를 대여섯 번씩 해도 밥 좀 잘 챙겨 먹을걸. 이상하다고 느꼈을 때 바로 병원에 올걸. 이렇게 짧은 시간 함께 있을 줄 몰랐다. 별별 생각이 다 들었다. 울면 수술하기 어렵다는 간호사의 말이 더 서러웠다.

그렇게 첫 아이 임신 두 달 만에 수술대에 올랐다.

눈을 뜨니 회복실이었다. 수술은 잘 됐다고 했다. 의사는 산모 건강이 최고니 잘 먹고 잘 쉬어야 한다고 했다. 몸이 회복되면 임신도 가능하다고 했다. 하지만 이렇게 수술을 한 것도 아이를 출산하는 것처럼 힘든 일이라고 했다. 산모의 건강을 위해 두 달이 지난 후 임신하는 게 좋다고.

집에 돌아왔다. 퉁퉁 부은 눈은 감아도 불편했다. 잠시 누워있는다는 게 잠이 들었다. 현관문 여는 소리. 누군가 들어온다. 엄마다. 조심스럽게 가방을 내려놓는다. 이마의 머리카락을 조심스럽게 쓸어 넘겨주었다. 소리 나지 않도록 조심스럽게 움직이는 엄마. 달그락거리는 소리가 들렸다. 베개가 또 축축해졌다.

보글보글 국 끓이는 소리. 미역국이다. 아기를 낳은 것도 아닌데 무슨 미역국이야. 임신 중절 수술은 아이를 낳은 거나 마찬가지라고 하며 대접 한가득 국을 떠 주었다.

"누가 뭐라고 해도 엄마는 내 딸 건강이 최고야. 후후 불어서 천천히 먹어."

미역국에 밥을 말았다. 무슨 말이든 하고 싶었는데 아무 말 못 했다. 그냥 고개를 끄덕이며 밥 한 숟가락 떴다. 꾸역꾸역 입속으로 밀어 넣었다.

금요일 저녁, 현관문 여닫는 소리가 들렸다. 딸이 소리친다.

"엄마! 엄마! 배고파. 반찬 뭐 있어?"

방문을 열고 아들이 나왔다. 가끔 신기하다는 생각이 든다. 내가 정말 저 둘을 낳고 키웠나? 이십 년이 넘는 시간 다 어디로 갔지. 육아에 지치고 힘든 시간 분명히 있었을 텐데. 누군가 좋은 것만 기억하라고 뚝 잘라 떼어낸 듯 가물가물하다.

"잠깐만 기다려. 엄마가 지금 청국장 끓이고 있거든. 너네 좋아하는 두부, 버섯 잔뜩 넣었어."

보글보글 끓은 찌개, 모락모락 김 나는 고슬고슬한 잡곡밥, 고소한 기름을 두르고 부쳐낸 계란말이, 바삭바삭 조미김. 아이들 수저질이 바쁘다.

"배고팠지? 천천히 먹어, 체한다. 내 새끼들 밥 더 먹을래?"

고맙습니다, 살게 해줘서!

김 미 예

죽을 고비 여러 번 넘길 때까지 사는 게 이렇게 감사한 일인 줄 몰랐습니다. 지금 내 삶은 덤으로 사는 인생입니다. 글쓰기 선생님의 말씀처럼 아침에 눈뜰 때 고맙고, 밤에 눈을 감을 때 아쉽습니다. 살아있다는 것이 그저 고맙고 나도 다른 사람에게 도움을 줄 수 있는 사람으로 살고 싶습니다.

"꼬마야! 여기서 자면 무서운 아저씨들이 잡아간다. 집에 가서 자야지!"

초등학교 4학년쯤으로 기억합니다. 체력은 약했지만, 학교에 가겠다는 욕심에 한 시간 거리나 되는 먼 거리를 걸어 다녔습니다. 아침에 등교할 때는 아이들과 같이 묻어가니 잘 따라갔습니다. 학교 마치고 돌아올 때는 각자 흩어져 집에 갔기에 늘 혼자 다녔습니다. 하루는 잠깐 쉬자 생각해 가방을 길바닥에 내려놓고 앉았습니다. 시간이 꽤 지났나 봅니다. 나를 깨우는 소리에 찡그리며 눈을 떴습니다. 지나가는 아저씨였습니다. 잠깐 쉰다는 것이 길바닥에서 잠들었던 겁니다. 허름한 옷차림과 옆에 물통을 찬 아저씨의 도움으로 겨우 집에 간 적 있습니다. 다들 그 아저씨를 거지라 불렀지만 내게는 고마운 분이었습니다. 엄마가 고슬고슬 지어놓으신 밥을 거지 아저씨에게 드렸습니다.

어려서부터 넉넉지 않은 집안에서 태어났고, 건강도 좋지 않아 곧 죽을 수도 있다 해서 할아버지는 나를 1년이 지나 서야 출생신고를 했다고 들었습니다. 남들 다 앓는 백일해, 홍역, 수두에 걸렸을 때도 집안은 초비상이었습니다. 한 번은 홍역에 걸렸을 때, 몸이 약한 엄마가 늦둥이로 낳은 나를 업고 학교에 가신 적도 있습니다. 그럴 때마다 가족에게 짐이 된다는 느낌이 들었습니다. 감기에 걸리면 아버지는 에잇 하면서 나를 들어 올려 바닥에 던지곤 했습니다. 그냥 죽으라고 하신 말씀 기억합니다. 그땐 무서웠습니다.

가난한 집 막내는 하고 싶은 것을 할 수 없었습니다. 하기 싫은 농사일을 거들어야 밥을 먹을 수 있었습니다. 부잣집에 태어나지 못한 것을 원망하기도 했습니다.

고등학교 2학년 겨울, 교통사고를 당했을 때도 이대로 죽는구나 싶었습니다. 사고를 당해 공부를 할 수 없었다는 핑계로 남 탓만 하다가 대학에 가지 못했습니다. 미대에 가고 싶었지만, 아버지의 반대로 공부하지 않았습니다. 성인이 되어서도 삶은 순탄하지 않았습니다. 잘해보겠다고 투자한 것이 사기에 걸려 돈과 사람을 잃었습니다. 결혼하고 아이를 키우면서도 남편과 나는 빚이 늘었습니다. 똑똑하지도 못했습니다. 잘난 척하다가 보이스피싱에 걸려들어 돈을 날렸습니다. 딱 죽고 싶었습니다. 부정적인 생각은 의욕을 잃게 했습니다. 주변 사람들의 시선이 부담스러웠습니다. 왜 이래야 하나 화도 났습니다. 마음 바꾸는 일이 쉽지 않았습니다. 이리저리 휩쓸렸지요. 내 생각은 없고 주변 사람들의 말에 움직이는 소심한 사람이 되었습니다. 누군가가 나를 위해 돈다발이라도 뿌려주기를 바라기만 했습니다. 안일하고 무책임한 나 자신에 지쳐갈 때, 알았습니다. 변화가 필요하다는 것을요.

2020년 7월 글쓰기 코치 이은대 작가를 만났습니다. '글 쓰는 삶을 응원합니다. 지금! 행복하십시오'라고 인사하는 모습과 글이 인상적이었습니다. 쓰기는 싫고 작가라는 타이틀과 명성을 얻고 싶다는 생각만 했습니다. 한 회 한 회 강의를 듣고 흉내를 내면서 '척'이라도 해볼까 덤벼들었습니다. 살아있으니 행복하게 살고 싶었습니다. 매회 정규 과정과 특강 등을 들으면서 나와 다른 사람들의 이야기에 대해 궁금했습니다. 죽지 않고 살려줬을 때는 이유가 있다는 생각을 처음으로 하게 되었습니다. 자이언트 덕분이었습니다. 덤으로 사는 인생, 어영부영 흘러가는 시간이 아까웠습니다. 나에게도 다른 사람을 도울 힘이 있다는 것을 일깨워 준 이은대 작가에게 고마웠습니다.

오늘 '하루만'이 일주일이 되었고, 한 달이 되었고, 3개월이 지났으며, 3년이 지난 오늘에까지 이르렀습니다. 4년째 글공부를 하고 있습니다. 좋아서 시작했지만, 하기 싫을 때도 있고 오늘은 좀 쉬면 안 되나 하는 날도 있었습니다. 그러다가 주먹을 불끈 쥐고 밀어붙이기도 했지요.

쓰는 행위에 기쁨을 느껴보라 말씀하시는 선생님의 말씀 새기면서 매일 흰 종이와 마주합니다. 뭐라도 끄적거리고 나면 후련합니다.

'때문에'가 아닌 '덕분에'라는 단어를 자주 사용합니다. 탓하기 전에 나에게 원인이 있나? 생각합니다. 나로 인해 원인과 결과가 생긴다고 배웠습니다. 고마웠던 순간을 돌아보고 이제는 다른 사람들에게 돌려주고 싶다는 생각으로 살기로 했습니다.

내 일을 하면서 조금 더 나은 인생을 살아보고 싶다는 생각에 자기계발을 시작했습니다. 단연코 자이언트 북 컨설팅의 이은대 작가 덕분에 삶이 감사한 순간들로 바뀌었습니다. 힘이 들어도 좋은 척, 회사 일에 치여 고통스러워도 괜찮은 척, 모든 일에 잘하는 척하다 보니 진짜로 좋은 일이 생깁니다. 부정적인 생각과 행동은 또 다른 사건으로 돌아옵니다. 내가 그랬거든요. 입이 방정이라고 아버지의 교통사고가 그랬고, 대학에 가지 못한 것도, 대행사 대표의 무능함이 회사를 망치고 있다 말한 것도 결국 내게 좋지 않은 결과로 돌아왔습니다. 반면 어머! 감탄사를 연발하며 좋다고 말할 때는 무던하게 지나갔습니다. 그 뒤로 말을 아끼고 모든 순간 '고맙습니다.'라고 말했습니다. 깊이 느끼고 기억하려 기록했습니다. 사람들에게 도움을 줄 수 있는 일이라 생각되면 오지랖 소리 들어가며 앞장섰습니다.

살아있어서 고맙고, 동행하는 사람들과 같은 곳을 바라볼 수 있으니 행복합니다. 지나온 날을 견디고 버텨왔기에 지금이 있다고 생각합니다.

매 순간 내가 선택합니다. 선택한 일에 대한 과정과 결과도 나의 것으로 받아들입니다. 내가 기분 좋아야 다른 사람들의 감정도 공감으로 끌어낼 수 있다고 생각합니다. 아침에 눈을 뜰 수 있다는 것이 고맙고, 밤에 잠드는 것이 아쉽지만, 다시 또 눈 뜨고 오늘을 살아낼 수 있다는 순간 덕분에 놓치고 싶지 않습니다. 하나하나 기록으로 남기며, 나를 보고 즐거워하기를 기대합니다. 눈을 감는 순간까지, '나'라서 다행이다 싶을 때까지 내 인생에 '감사'라는 두 글자를 잊지 않겠습니다.

3-3

배울 수 있어서 감사하다

김 삼 덕

마음 놓고 공부만 할 수 있다면 얼마나 좋을까. 학창 시절에 늘 생각했었다. 학교 갔다 오면 공부 대신 뭔가를 해야만 했다. 일이 항상 나를 기다렸다. 공부하고 싶은데, 아침에 학교 가면 기성회비 안 가져온다고 칠판에 이름이 적혔다. 또 집으로 돌려보내졌다. 그런 것이 싫었다. 돈이 뭔데 하고 싶은 공부도 못하고 제약을 받아야 할까? 그 때문에 이런 대접을 받아야 하나. 인문고 대신 취업을 할 수 있는 여상에 들어갔다. 이불을 뒤집고 자고 있지만 눈은 퉁퉁 부어 있었다. 다른 친구들은 공부를 안 해서 골치인데, 공부하겠다는데 여건이 허락지 않으니 답답한 일이었다. 장학금에, 점심시간에 학교 매점에 근무하면서 졸업했다. 대학은 그림의 떡. 취직했고 사회생활이 시작되었다. 서점을 지나가다 발을 옮겼다. 핵심 체크를 샀다. 퇴근하고 골방에서 공부만 했다. 벽은 흙이 보이고 도배도 안 한 상태였다. 벽에 신문지를 발라 보았다. 책을 보다가 가끔 고개를 들면 신문에 있는 기사도 읽을 만했다. 그렇게 공부는 시작되었고 입시 시험이나 봐 보자는 것이 원서를 내게 되었다. 세 살이나 어린 동생들과 동기가 되었다. 캠퍼스를 걷는 기분은 남달랐다. 주어진 시간을 만끽해 보고자 학생장 선거에 도전했다. 다방을 얻어놓고 학생장 선거 활동을 했다. 선거자금 마련하기도 그렇고 친한 네 명과 걸어 다니며 활동했다. 단과생 전부를 모아놓고 선거 연설을 했다. 내 소견을 말했다. 시간과 열정을 과에 쏟는 만큼 내가 공부할 시간은 줄어든다. 뽑아주신다면 과를 위해 일을 해보겠다고. 행운인지 학생장이 되었다. 대내외적인 활동도 많이 하며 안목이 넓어졌다. 가정대학이니만큼 대학 축제 때는 파전 등 음식을 팔아 과비를 만들었다. 합창대회도 해서 정서적인 면도 챙겼다. 무사히 졸업은 했고 사회생활을 시작했다. 사회생활을 하면서도 꾸준히 배움의 끈을 놓지 않았다. 실버 관련 자격증은 웃음 치료, 치매, 웰다잉 다수와 학생들을 상대로 하는 자격증은 독서 코칭, 마술, 안전, 성폭력과 매매, 인성, 난독증, 아로마 등을 땄다. 자격증이 교사자격증부터 60여 종류는 되는 것 같다.

나를 표현해 보라고 질문을 하면 식지 않는 배움의 열정이라고 말하고 싶다. 그만큼 배움은 내게 에너지를 주었다.

결혼하고 직장맘으로 살다 보니 배움은 피아노 같은 취미 정도였다. 그러다 나이 쉰이 가까운 중년의 나이에 사회복지대학원 석사에 도전했다. 요양병원을 운영했기 때문에 꼭 필요했다. 이 년 동안 재미있었다. 어릴 때 꿈이 대학교수였다. 먼 얘기였다. 등록금도 걱정해야 했다. 계속 공부를 한다는 것은 현실적으로 어려웠다. 접었던 꿈이 꿈틀거렸다. 병원행정도 알고 싶어 보건행정학과 박사과정에 원서를 냈다.

세 명이 박사를 했다. 20대 한 명, 40대 한 명, 50대는 나였다. 제일 어려웠던 것은 원서를 해석하는 것이었다. 이때는 남편 찬스를 썼다. 지성이면 감천이라고 과정은 다 마치고 논문만 남았다. 일을 하면서 논문 쓰기가 얼마나 어려웠던지. 설문지를 돌리는데도 부안부터 진안, 익산 등 돌아다녀야 했다. 통계를 내는데도 원하는 통계가 나오지 않으면 다시 설문을 받아야 했다.

그렇게 5차까지 심사를 받아야 했다. 어떤 날은 꼬박 뜬 눈으로 보냈다. 논문 수정을 하다 순간 졸았다. 자판에 고개를 떨구어 애써 수정한 것이 헛수고가 되었다. 날은 밝아오고 시간은 없었다. 심사 시간은 다가왔다. 글씨가 흐려 두 겹으로 보였다. 컴퓨터 옆에는 화장지만 쌓여갔다. 이런 일이 자주 생겼다. 죽거든 비석에 '논문 쓰다 죽다'라고 써 달라고 농담할 정도였다. 드디어 논문 가본이 나왔다. 나는 가본을 꼭 껴안았다. 지성이면 감천이다. 수정을 마치고 박사 졸업을 하게 되었다. 해냈구나. 너는 할 줄 알았어. 젊은 사람들 틈에서 살아나다니. 이전에 사회복지 대학에서 강의해 왔다. 보건행정학 박사 마치고 후배들 앞에 서는 처음이다. 나이 때문에 정식 교수는 될 수 없지만 꿈은 이룬 셈이다. 내가 '나'라는 게 자랑스럽다. 포기하지 않는 정신, 묵묵히 해내는 정신. 늦어도 결국은 그곳에 가 있는 나를 본다.

내가 생각했던 것은 이루었다. 남은 인생은 무엇을 하며 살지? 세 가지로 정리를 했다.

첫째, 글쓰기다.

나는 모 교수님한테 인문학을 십 년 공부했다. 그런데 고기만 먹었다. 고기 잡는 법을 배우고 싶었다. 운이 좋게 친구 소개로 이은대 작가님을 알게 되었다. 글쓰기 특강을 듣고 그 자리에서 결정을 내렸다. 멘토로 모셔야겠다. 삶과 현실이 똑같은 분이셨다. 드물지만 그렇게 살고 계셨다. 믿음이 생겼다. 바로 평생 수강을 신청했다. 글쓰기 첫 강의에서 감동하였다. '바로 책을 쓰자.' 이런 마음이 들 정도였다. 하지만 일에 파묻혀 강의만 듣고 있다. 듣다 보니 조금씩 성장하는 느낌이다. 콩나물에 물을 주면 다 빠져버리는 것 같아도 성장하듯이 말이다. 지금은 혼자가 좋을 때가 더 많다. 그만큼 내면이 단단해진 것이다. 하루에 블로그건 메모건 매일 글은 쓰고 있다. 출간 준비도 마음먹고 있다. 작가님이 말씀하시듯 나의 책을 읽고 단 한 명이라도 영향을 받는다면 가치가 있는 것이다. 글 쓰는 삶이 즐겁다.

둘째는, 춤을 추는 것이다.

셋째는, 음악을 즐기는 것이다.

예전에 배웠던 피아노를 다시 치기 시작했다. 다 잊어버려 다시 연습해야 한다. 하지만 손가락이 움직일 때마다 잠자고 있던 그 부위를 깨우는 것 같다. 시간 부족으로 매일 치기는 어렵다. 그럴 때는 고정 FM 방송을 듣는다. 클래식과 친구가 된다. 음악회도 혼자 가 본다. 혼자서 온전히 느끼기 위해서다. 몰입할 수 있는 글쓰기와 춤 그리고 음악이 내게 주는 힘은 크다. 나이 들어 외롭지 않을 근육을 키우는 건 배움이 아닐까, 감히 말해 본다.

말을 예쁘게 합니다

김 선 황

"말을 참 예쁘게 하시네요."

결혼 전 전라도에 살고 있을 때는 들은 적이 없는 말을 경상도에 와서 종종 듣습니다. 유아나 초등 저학년을 맡기러 오는 엄마들에게도 듣고, 독서 모임에서도 듣습니다. 억양이 세지 않고 직설적인 표현을 잘하지 않아 그렇게 들리나 봅니다. 감사한 일입니다. 말을 예쁘게 하면 외모만큼이나 첫인상에 도움이 됩니다. 그리고 보니 '침묵하는 말, 예쁜 말, 부드러운 말'이 저를 키웠습니다.

엄마는 말이 많지 않습니다. 아버지와 달랐지요. 아버지는 술에 취하면 고장 난 레코드였습니다. 아버지가 잠이 들 때까지 아버지의 레퍼토리를 반복해서 들었습니다. 외울 정도로요. 아침나절 알코올 성분이 하나도 없는 아버지는 시골에 낙향한 선비 같았습니다. 그다지 말이 없었습니다. 맨정신에 못 하는 말은 아버지 몸 안 어딘가에 갇혀있다가 알코올이 산화될 때 함께 휘발되었나 봅니다. 엄마는 점잖았습니다. 지금도 그렇지만 잔소리가 거의 없었습니다. 어쩌면 잔소리할 기운도 없었을지도 모르겠습니다. 엄마를 보러 시장에 가면 여기저기서 속된 말이 들립니다. 손님과 물건값을 흥정하다 다투는 소리, 일상어에 섞여 아무렇지 않게 내뱉는 비속어들. 어쩐지 따귀보다 오래 남아 저를 괴롭히는 것들입니다. 엄마의 인생은 비속어가 난무하는 시장바닥 같았는데, 엄마는 물 위에서만큼은 우아한 백조였습니다. 막말이라도 시원하게 내뱉을 수 있었다면 엄마 인생은 조금 편했을까요? 차라리 침묵을 택한 엄마에게 저는 하지 않아야 하는 말에 대해 배웠습니다.

아홉 살에 동네 교회에 가게 되었습니다. 먹을 것에 정신 팔려 갔지만, 결혼 전까지 15년 동안 한 교회에 다녔습니다. 일요일에 교회에 가면 목사님과 사모님, 선생님들이 웃으며 반겼습니다. "어서 와~" 환영해주고 안아줍니다. 좋은 냄새가 났습니다. 엄마에게 안겼던 기억이 그다지 없어 어색할 법도 한데, 교회 분위기에 자연스럽게 물들었나 봅니다. 오히려 안아주기를 기다릴 정도였습니다. 일요일이 참을 수 없이 멀게 느껴질 때는 학교 마치고 교회에 들렀습니다. 우아하게 꼬인 모습으로 보랏빛 향기를 내뿜는 등나무 아래에 앉아 있으면, 인기척을 듣고 목사님이 나왔습니다. 목사님은 세련되게 사모님은 푸근하게 이런저런 이야기를 들려주었습니다.

교회 선생님들은 매년 바뀌었습니다. 헤어질 때마다 아쉬워 울 때는 언제고, 금방 적응해서 새로운 선생님 옆에 찰싹 달라붙었습니다. 교회 선생님들은 한결같이 긍정적이고 예쁜 말만 했습니다. 종교라는 특수성에서 기인한 부분도 있겠지요. 말은 외모를 능가합니다. 작고 통통하고 평범한 선생님이 동네에서 제일 예쁘게 보였습니다. 윗목인 유년 시절에서 추억만큼은 아랫목일 수 있었던 것은 교회 선생님들 덕분입니다. 엄마는 나를 사랑했겠지만 직접 표현한 적은 거의 없었습니다. 매일 엄마의 사랑을 확인하지 않아도 매주 교회에서 예쁜 말들로 마음을 채울 수 있었습니다.

　스무 살에 남편을 만났습니다. 군 제대하고 대학교 2학년에 복학했습니다. 동아리 선배의 친구라서 처음에는 선배라고 불렀습니다. 아저씨라 여기긴 했지만요. 6년 연애하고 결혼 후 남편 직장을 따라 창원에 왔습니다. 큰아들을 낳고 또래 엄마들과 어울렸습니다. 경상도 토박이 새댁이 많아 경상도 언어를 배웠습니다. 제가 말하면 서울에서 왔냐고 묻는 이도 있었습니다. 전라도에서 왔다고 하면 말이 예쁘다고 했습니다. 아이가 친구면 부모들도 바로 친구가 됩니다. 여러 부부와 식사한 다음 날 엄마들을 마주치면 "빈이 아빠 말투가 되게 부드러워요." 하는 소리를 들었습니다.

　연애를 길게 해서 남편 말투가 어떻다는 생각을 별로 하지 않고 살았습니다. 결혼 25주년이 되도록 큰소리 나게 부부 싸움을 한 적이 없습니다. 제가 성격이 좋아서 다툼이 없는 줄 알았습니다. 남편의 말투가 거칠지 않아서였습니다. 부부 싸움을 하는 여러 이유 중 하나가 말투 때문이라는데, 남편 말투가 거슬려 화를 낸 적이 별로 없었습니다. 아재 개그로 웃음을 주고, 손 편지로 감동을 주기도 합니다. 흔한 풍경처럼 여겼습니다.

독서 모임에 가면 책에 나온 텍스트를 기반으로 이야기를 나누기 때문에 감정 상할 일이 별로 없습니다. 자기 계발은 미래를 준비하는 방법을 의지적인 언어로 알려줍니다. 미술사를 읽는 모임에서는 우아한 언어가 차고 넘칩니다. 고전문학을 읽는 모임에서는 시대를 뛰어넘는 주옥같은 언어를 맛보기에 바쁩니다. 삶이 어우러진 말이 넘치는 향연에 부정적인 말들은 설 자리가 없습니다. 책도 사람도 아름다운 시간입니다.

엄마, 교회 선생님, 남편, 독서 모임 사람들 등 주변에 예쁘게 말하는 사람들이 있어 저도 닮아갈 수 있었습니다. 나이가 들수록 말투도 말의 내용도 부드러운 사람이 되고 싶습니다.

말하는 것은 습관입니다. 부모의 언어습관은 아이들에게 큰 영향을 미칩니다. 말뿐만 아니라 인생을 바라보는 시각, 자존감에도요. 아이들은 주변 사람들에게 들었던 말들로 자존감의 기초를 쌓는다고 합니다. 부모 언어가 부정적인 표현이나 비속어, 명령조의 말, 판단하고 평가하는 말투 등의 말투라면 아이는 자존감을 형성하기 어렵습니다.

예쁜 말은 주변과의 관계를 개선하고 유지합니다. 상대방과 소통도 원활합니다. 유난히 사람을 기분 좋게 하는 이들을 보면 대부분 긍정적인 말을 합니다. 이런 말을 계속 들으면 더 나은 사람이 되려고 노력하게 됩니다. 말은 생각을 유도합니다. 뇌는 언어와 유기적인 관계를 맺고 있습니다. 믿음의 말, 감사의 말을 계속하면 뇌는 속아 넘어갑니다. 진짜 그렇다고 믿고 활동하게 됩니다. 예쁜 말은 미래에 대한 기대를 품게 합니다. 긍정적인 말은 단절과 실망이 아닌 다음을 기약하게 합니다. 상대방을 격려하고 발전시키는 말은 상대방은 물론 말하는 이에게도 긍정적인 결과를 가져올 수 있습니다.

〈바람과 함께 사라지다〉의 스칼렛 오하라는 사촌의 남편을 사랑한다고 믿었습니다. 자신이 세 번째 남편을 사랑한다는 사실을 인지하자마자 이미 지친 남편은 떠나버립니다. 그녀는 이런 말을 남깁니다. "내일은 내일의 태양이 뜬다." 스칼렛의 말은 강렬한 해바라기를 연상하게 합니다. 힘들 때마다 노란 그녀의 말을 떠올리며 버텼습니다. 말도 아름다운 꽃처럼 색깔이 있다고 합니다. 파스텔처럼 맑은 색을 가진 주변 사람들의 말이 지금의 저를 있게 했습니다. 좋은 말을 하는 사람이 점점 더 많아졌으면 합니다. 여전히 그리고 아주 오래, 말이 예쁜 사람으로 누군가의 기억에 자리하고 싶습니다.

이렇게 잘 살아서 감사합니다

김 희 진

어두웠다. 모두 집으로 돌아가고 혼자 남았다. 더 이상 나를 찾아올 사람이 없다. 사무치게 외롭다는 게 이런 것일까. 순간 잠에서 깼다. 블라인드 사이로 빛이 들어온다. 윤이는 아직 자고 있다. 다행이었다. 꿈이라서.

외롭거나 고독할 시간이 없었다. 인구 밀도가 OECD 국가 중 1위인 서울. 내 일터는 동대문 시장이었다. 낮에도 밤에도 동대문 시장은 북적거렸다. 낮보다 밤이 더 활기차 보이기까지 한다. 시장 디자이너는 직업 특성상 밤에 시장조사가 필수다. 다른 가게들은 어떤 옷을 파는지, 잘 파는 가게는 어떤 디자인을 걸어놨는지 주기적으로 조사한다. 아침 여덟 시 반까지 출근해서 밤 시장조사까지 하면 열 시가 넘어야 집에 들어갈 수 있다. 새벽에 일본어 학원 다니기 전까지는 2호선 지하철을 타고 출근했다. 숨이 턱턱 막히는 지하철을 왜 지옥철이라 부르는지 알 것 같았다. 앉기는커녕 몸을 돌리기도 힘들다. 땅에 발이 닿지 않는 경험을 한 건 나뿐만은 아닐 것이다. 차라리 일찍 출근하는 편이 낫겠다는 생각이 들었다. 어차피 일찍 가기로 했으니 마음먹은 김에 일본어를 배우러 다녔다. 종로에 있는 어학원에서 동대문사무실까지는 이십 분이면 충분했다. 학원 끝나고 사무실에 도착하면 여덟 시. 일찍 출근해 청소 후 마시는 커피믹스가 소소한 행복이었다. 내 일은 주로 업체를 돌아다니며 부자재 발주하는 업무였다. 혼자 다니는 게 익숙했다. 사람들에게 치이지 않도록 다니는 날렵함이 몸에 익었다. 인정도 받고 재미도 있었지만 채워지지 않는 무언가가 있었다. 그래서 어학연수를 선택한 것일지도 모르겠다. 지금 아니면 못 갈 거 같다는 생각에 결단을 내렸다.

4월의 도쿄는 생각보다 추웠다. 서울보다 벚꽃이 일찍 피기 때문에 벚꽃 구경은 제대로 하지 못했다. 어학원은 아홉 시에 수업을 시작했다. 내가 살던 기숙사는 도쿄에 있는 '아야세'라는 동네였는데 학원까지는 한 번 갈아타고 오십 분 정도 걸렸다. 우리나라와 마찬가지로 직장인들은 주로 지하철을 탄다. 도쿄 여덟 시의 지하철은 서울에서 온 내가 탈 수 있는 게 아니었다. 이곳 출근 전쟁에는 '푸쉬맨'이라고 불리는 인력이 필수였다. 검은 정장을 입은 회사원들이 무표정한 얼굴로 몸을 밀어 넣는다. 그 정도로는 부족하다. '푸쉬맨'의 힘으로 승객을 욱여넣는다. 아침부터 진을 빼고 일터로 가면 일 하는 데 지장이 없을까 하는 생각이 들었다. 나는 이렇게는 다닐 수 없을 거 같았다. 다행히 '아야세'역에서 출발하는 승강장이 따로 있었다. '아야세'발 열차 승강장도 역시나 줄이 길다. 이 열차를 타면 일단 앉을 수 있다. 무지막지

하게 밀어 대도 숨이 막히지는 않는다. 일부러 열차를 한 대 보내기도 한다. 십 분 넘게 기다려야 하지만 상관없다. 앉을 수만 있다면. 삼 개월 후에 반 배정을 했는데 오후반으로 바뀌었다.

일본에서 구한 아르바이트는 빵집이다. '아야세'역 상가. 기숙사까지는 걸어서 십오 분 걸린다. 그 정도 거리는 역세권이다. 일주일에 서너 번 하는 일이라 많은 돈을 버는 건 아니다. 그래도 혼자 쓸 한 달 생활비 정도는 된다. 일본은 제빵 제과가 유명해서 유학생이 많이 온다고 한다. 같은 반 학우 중에 대만에서 온 사람도 그랬다. 그래서일까. 맛있다. 한입에 먹는 치즈 빵. 좋아하는 빵을 많이 먹어서 그런가. 일 년 후 서울로 돌아올 즈음 입던 바지가 꽉 꼈다. 십여 년이 지나도 생각나는 달콤한 기억이다.

일본 빵집도 크리스마스는 대목이다. 12월 24일. 원래대로라면 나는 쉬는 날이다. 날이 날인만큼 아르바이트생들이 모두 동원되었다. 케이크 상자를 잔뜩 쌓아 두고 '케이크 사세요'를 외쳤다. 평소와 달리 가게가 시장처럼 북적북적했다. 일이 끝나고 크리스마스 선물로 딸기 생크림 케이크를 받았다. 뜻밖의 케이크가 기숙사로 돌아가는 발걸음을 가볍게 했다. 기숙사는 조용했다. 밤 열 시. 아직 잠들 시간이 아니다. 연말인 데다가 방학 중이라 자기 집으로 돌아간 모양이다. 내 룸메이트도 '지바현'에 있는 부모님 집에서 연말연시를 보낸다고 했다. 기숙사 복도에 온기가 없다. 작은 케이크이지만 혼자 먹기에는 크다. 그래도 초를 켰다. 별 전구도 켰다. 크리스마스 분위기를 내려고 100엔 숍에서 장만한 거다. 나 홀로 크리스마스. 난생처음이다. 촛불을 끄고 텔레비전을 틀었다. 케이크 한 조각 먹으며 크리스마스이브를 보냈다. 다음날 케이크 반을 잘라 기숙사 관리인 '료쌍'에게 가져다주었다. 큰 눈을 더 크게 뜨며 좋아했다. 손녀와 같이 먹는다며.

고독한 경험을 해본 적 없이 살았다. 부모님, 할머니, 동생 둘. 좁은 집에 여섯이 살았으니 조용할 날이 없었다. 영화〈나 홀로 집에〉가 생각 났다. 주인공 케빈은 혼자라는 사실을 알고 신났다. 크리스마스이브에 도둑을 혼내주며 잊지 못할 하루를 보냈다. 하지만 케빈은 성당에 가서 기도한다. 가족이 돌아오기를. 나도 케빈처럼 생각했다. 혼자 사는 것은 하루면 족하다고.

아무것도 하기 싫은 날이 있다. 그래도 윤이 밥은 차려줘야 한다. 혼 자라면 대충 먹고 치웠을 텐데 윤이가 있어서 다행이다. 밥하기 싫어서 사 먹거나 배달시켜 먹는 날이 허다했을 나다. 가족이 있어 음식 골고 루 챙겨 먹는다. 서로 좋아하는 게 달라서 좋다. 다양한 맛 경험을 할 수 있으니.

"우리 딸이 있어서 다행이야. 엄마 혼자 있었으면 대충 먹었을 텐데."

"나는 그냥 있기만 한 건데 좋은 거네?"

신혼 초에는 퇴근하면서 저녁 먹을거리를 사서 들어왔다. 요리하지 않아도 바로 먹을 수 있게. 남편도 늦게 들어오고 혼자 먹는데 굳이 차 려 먹을 일 있나 싶었다.

요즘은 밥을 먹으며 감사 기도를 한다. 이렇게 한 끼 먹을 수 있게 도와준 분들에게. 미역국 한 숟가락에는 미역을 키운 손길이 하나, 소가 먹은 여물들, 마늘밭의 땀, 수많은 이의 수고가 들어있다. 직접 농사를 짓지 않아도 밥을 먹고 채소를 먹는다. 한 사람 한 사람의 노동이 모여 나는 편하게 살고 있었다. 윤이랑 대화하다 보니 감사할 사람이 한둘이 아니다.

이탈리아 레스토랑에서나 먹을 수 있는 감바스. 나도 할 수 있다. 윤이 덕분이다. 알리오 올리오. 봉골레처럼 짭조름한 올리브 오일 스파게티를 좋아한다. 새우는 별로 좋아하지 않던 윤이가 감바스에 반했다. 새우 감칠맛을 알게 된 거 같다. 종종 감바스를 해 달라고 한다. 밀키트를 사다 먹었다. 부족하다. 직접 만들어 보려고 레시피를 찾아봤다. 요리 초보인 내가 하기에 어려워 보이지 않는다. 큼지막한 새우를 사다 손질하는 게 제일 중요하다. 지글지글 소리가 책에 빠져있는 윤이에게도 들리나 보다. 한 번 와서 보고 간다. 냄새를 맡더니 너무 먹고 싶단다. 얼추 익은 새우 하나를 입에 넣어줬다. 엄지를 들어 보였다. 우리집 요리 천재 남편도 고개를 끄덕였다.

결혼하지 않고 혼자 살았다면 편했을 거다. 외로울 거라는 생각은 못 했다. 마음이 불편한 날은 후회하기도 했다. 이렇게 살려고 결혼했나? 요즘은 사는 게 이런 거구나 싶다. 가족이 있어서 다행이다. 함께 나눌 식구가 곁에 있어 감사하다.

진짜 마음

송 주 하

딱히 감사했던 적이 없다. 사는 건 늘 풀기 어려운 시험문제 같았다. 어떻게 식을 쓰는지도 몰랐고, 답은 늘 막연했다. 사랑도 그랬다. 바쁘기만 했던 부모님에게서 따뜻한 말을 들어본 기억이 없다. 관심을 받으려고 무던히도 애썼던 지난 날이었다. 하지만 늘 기대에 미치지 못하는 눈빛 때문에 실망만 했었다. 태어난 김에 사는 인생이었다. 원해서 온 세상이 아니었다. 의도치 않게 떨어진 행성에 발을 디뎠을 뿐이다. 아무도 기대하지 않았기에 열정도 없었다. 대부분이 회색빛인 날이었지만, 아주 가끔은 누군가에게서 '진심'을 발견하는 순간도 있었다.

스물여섯 살에 운전면허를 땄다. 그전까지는 버스를 타고 다녔다. 새 도로가 생기기 전이라, 버스정류장에서 집까지 걸어가려면 20분 가까이 걸렸다. 밤 9시에 지친 몸을 이끌고 집으로 갈 때면, 다리에 감각이 없을 때가 많았다. 그나마 날씨가 좋은 날에는 어찌어찌 걸을 만했다. 뼛속을 에는 듯한 한겨울에는 사정이 달랐다. 방향 없이 쏟아지는 비까지 맞으면 옷이 금방 축축해졌다. 차디찬 냉기가 몸에 스며들었다. 종일 서 있어서 누적된 피로와 한겨울의 추위가 한데 엉겨, 울고 싶은 심정이 되었다. 더는 안 되겠다 싶어서 운전면허 학원을 알아봤다.

강사가 옆자리에 앉았다. 나보다 한 살이 어렸다. 눈이 유난히 크고 착해 보였다. 좋은 향기가 났다. 브레이크를 밟아야 하는 순간에 액셀을 밟았다. 위험한 순간이 많았다. 그래도 화내지 않고 그럴 수 있다며 용기를 주었다. 덕분에 운전을 배우는 시간이 힘들지 않았다. 조금씩 익숙해지면서, 이런저런 이야기할 여유가 생겼다. 도로 연수도 함께 했다. 학원 안에서 연습할 때와 완전히 달랐다. 끼어들기를 못 해서 진땀이 났다. 뒤에서 빵빵거리는 차도 있었다. 누구나 처음은 있다. 첫 운전, 첫 출근, 그리고 첫 도전. 모든 게 낯설고 어설프다. 시간이라는 약이 방법을 하나씩 알려 준다. 익숙해지면 어느새 자신감이 생기게 되는 거다. 사람들은 금방 잊는다. 자신의 나약했던 시절을. 처음을 잊어버려서 배려도 잊어버린다.

큰 차가 지날 때마다 나를 덮칠 것 같았다. 심장은 뛰고 얼굴은 뜨거워졌다. 잠시 뭐에 씌었는지, 빨간불이 초록불로 보여서 그대로 간 적도 있다. 다행히 건널목에 사람이 없었다. 뒤에 차가 오는지 확인하다가 앞에 가던 학원 차를 들이받은 적도 있다. 다행히 트럭 후면이라 약간의 보상으로 넘어갔다. 몇 번의 위기를 겪은 다음에야, 내 사진이 새겨진 '운전면허증'을 손에 쥘 수 있었다.

운전면허 시험을 친 그날 밤, 그에게서 전화가 왔다. 쉬는 날 영화를 보자고 했다. 마침 쉬는 요일이 같았다. 몇 번 자연스럽게 만나면서 연인이 되었다. 드라이브를 자주 했다. 아침 일찍부터 길을 나섰다. 하루가 아까웠다. 그전까지는 여행을 많이 다니지 못했다. 사람들과 쉬는 날이 다르기도 했고, 종일 잠만 잤기 때문이기도 했다. 하지만 그 사람 덕분에 다양한 경험을 할 수 있었다.

한 번은 거제도에 갔었다. 딱히 목적지가 있었던 건 아니었다. 유명한 곳을 몇 군데 정해 놓고 다녀보던 참이었다. 봄 즈음으로 기억한다. 흰 면티에 노란 카디건을 걸쳤었다. 지친 일상에서 잠시 벗어난 것만으로도 숨이 자유로웠다. 풍차가 있는 '바람의 언덕'이라는 곳에 가 보기로 했다. 길가에 흰 꽃나무가 가득 피어있었다. 나중에야 그 나무가 '조팝나무'라는 걸 알았다. 작은 꽃잎 하나하나가 모여 버드나무처럼 가지를 드리우고 있었다. 그냥 지나치기가 아쉬웠다. 마침 공터가 보였다. 잠시 주차하고 사진을 몇 장 찍기로 했다. 마치 눈 속에 파묻힌 것처럼 나왔다. 한참 사진을 찍고 있는데 서늘한 기분이 들었다. 몇 걸음 떨어진 곳에 큰 개가 있었다. 세퍼드와 비슷했다. 덩치가 컸다. 주인이 누구인지, 왜 여기 있는지 생각할 겨를이 없었다. 으르렁거리던 개와 눈이 마주쳤다. 남자친구는 차 근처에 있었고, 나는 개 바로 옆에 있었다. 순간 몸이 얼어붙었다.

그때 그가 내 손을 잡아 주었다. 아주 조심스럽게 한 발짝씩 나를 차 쪽으로 이끌었다. 세퍼드의 눈이 우리의 움직임을 따라왔다. 남자친구가 조수석 문을 조용히 열었다. 여전히 눈은 개한테 향해 있었다. 내가 차에 탈 때까지 방패막이 되어 주었다. 개와 단둘이 남은 상황.

그는 단거리 선수처럼 순식간에 차에 탔다. 개는 더는 따라갈 수 없다는 걸 느꼈는지, 다른 곳으로 발길을 돌렸다. 깊은 한숨이 새어 나왔다. 차에 있는 생수를 한 모금 마시고 나서야 조금씩 진정이 되었다.

극도의 긴장감 뒤에 오는 안도감. 살았다 싶으니까 웃음이 났다. 그도 마찬가지였다. 큰일이 없어서 다행이라고 했다. 다시 시동을 걸었다. 운전하는 그의 옆모습을 잠시 바라봤다. 그러고는 지나치는 가로수에 눈길을 돌렸다. 그때 알았다. 이게 바로 '진심'이라는 것을. 자신도 물릴 수 있는 상황이었지만, 내가 있는 곳으로 와서 손을 잡았다. 차에 탈 때까지 개로부터 나를 지켜주었다. 그는 도망치지 않았다.

한 번은 진주에 갔다가 돌아오는 길이었다. 오후 6시쯤이었던 걸로 기억한다. 해가 산꼭대기에 반쯤 걸쳐있었다. 어둠이 농도를 더해갈 즈음, 졸음이 밀려왔다. 라디오 소리를 들으며 나도 모르게 깜빡 잠이 들었다. 얼마나 잠들었을까. 눈을 살포시 떴다. 그는 여전히 운전 중이었다. 하품이 새어 나왔다. 그때였다. 휘어지는 도로였는데 차가 중앙분리대 쪽으로 돌진하고 있었다. 몇 초 사이에 일어난 일이었다. 나도 모르게 비명을 질렀다. 남자친구는 순간 정신을 차렸는지 오른쪽으로 핸들을 돌렸다. 굉음을 내며 중앙분리대를 쓸었다. 자동차 왼쪽이 모두 스크래치 나면서 찌그러졌다. 왼쪽 사이드미러는 산산조각이 났다. 부딪힐 때 충격으로 핸들이 남자친구 가슴을 쳤다. 차 사고를 당한 게 그때가 처음이었다. 머릿속이 하얘졌다. 빨리 뭔가를 해야 했다. 제일 먼저 어깨를 흔들었다. 울먹이는 내 소리에 그가 눈을 떴다. 가슴을 움켜

쥐었다. 천만다행으로 뒤에 따라오는 차가 없었다. 2차 사고를 막아야 했다. 지나가던 무쏘 차 운전자가 우리의 상태를 살폈다. 바로 신고를 해주었다. 잠시 후 흰색 그랜저가 사고를 보고 멀찌감치 섰다. 뒤에 오는 차에 신호를 주기 시작했다. 얼마 지나지 않아서 경찰차와 레커차가 왔다. 가까운 병원으로 가서 응급처치받았다. 차가 많이 찌그러졌지만, 나는 크게 다친 곳이 없었다. 그도 가슴 통증만 있었고 차가 파손된 거에 비하면 상태가 나쁘지 않았다.

정비를 맡기고 렌터카를 타고 집으로 왔다. 집에 와서 가만히 사고 났던 장면을 떠올렸다. 순간적이지만 내가 다치지 않도록 애썼다는 생각이 들었다. 속도가 100km에 가까웠다. 몇 초만 늦었어도 중앙분리대에 정면충돌하는 상황이었다. 왼쪽으로 돌렸다면 내가 크게 다칠 수도 있었다. 그는 정신을 차리자마자 내 상태부터 살폈다.

누구나 웃을 수 있는 상황에서 웃는 것은 긍정이 아니라고 했다. 도저히 웃을 수 없는 상황에서도 웃어내는 것이 진짜 긍정이라고 배웠다. 진심도 마찬가지다. 누구나 할 수 있는 상황에서 아껴주는 건 진짜가 아니다. 위급한 상황에서도 상대방을 먼저 생각해 주는 마음이 '진심'이었다. 한순간을 지내더라도 진심이면 후회가 없다. 파블로 피카소는 이런 말을 했다. "진심은 가장 진실한 형태의 소통이다."라고. 누군가 베풀어 준 진심은 오랫동안 살아가는 연료가 된다.

새우의 재발견

안 지 영

"아빠는 예준이 편만 들고 나한테만 뭐라고 하잖아!"

큰아이 불평 소리가 일요일 저녁 식탁을 채운다. 학습할 자료 프린트 하다가 늦게 식탁에 앉았다. 동생이 고기를 세 점씩 먹어서 자신의 몫이 줄어든 줄 알고 화가 났다. 아빠가 따로 남겨 놓은 삼겹살 양에 만족하지 않았나 보다. 말대꾸하며 동생에게 화내고 있었다. 웃어넘기던 남편 머리 위로 증기가 뿜어져 나왔다. 아들은 목에 핏대를 세웠다. 내가 나설 때였다. 두 고래 사이에 끼어들었다. 내가 나서야 다툼이 끝난다. 화염을 진압하는 소방관이 물을 뒤집어쓰고 들어가듯, 나 또한 물 한 잔 들이켜고 그들 사이에 선다. 속이 타들어 간다. 가까스로 부자간 전쟁을 막았다. 일요일 저녁, 가정을 지켰다. 이 집에 내가 꼭 필요하다. 내가 아니었다면 부자간에 상처 주는 말들이 서로의 가슴에 꽂혔을 것이다. 남편은 요즘 애들 마음을 모른다. 특히 큰아이 마음을 헤아리지 못한다. 월드컵 예선과 야구 경기에 쏟는 관심으로 사춘기에 관한 책을 읽었다면 상황이 나았을 것이다. 자신의 어린 시절과 비교하니 이해될 리 없다. 직장인으로서 업무 스트레스도 이해 간다. 주말 가족으로 떨어져 산 세월이 야속해지는 시간이다.

남편과 큰아들은 서로 비슷한 외모와 성격이기에 잘 부딪힌다. 역지사지를 무시하고 서로의 티만 집어낸다. 둘의 분이 풀리려면 시간이 걸린다.

어제가 결혼 19주년이었다. 아산에 근무하는 남편이 굳이 올라왔다. 내려간 지 하루만이다. 아이들은 내신과 수행 평가 준비로 분주했다. 나 또한 공저 초고 마감이 있어서 그냥 넘어가자 했는데 남편을 말리지 못했다. 혼자 있으면 외롭단다. 차라리 내가 지방으로 발령 나고 싶다. 남편이 끄덕이며 웃는다. 내가 좋아하는 블루베리 케이크를 사느라 열차 놓쳐 막차 타고 왔단다. 그런 남편이 측은해 보였다. 열아홉 개의 초를 꽂았다. 촛불을 붙이니 그동안의 위기가 광고처럼 지나갔다. 몇 년 전 말다툼하다가 남편이 대뜸 로또 같다고 했다. 순간 좋은 말인가 했다. 로또처럼 맞히기 어렵다는 의미였다. 만나는 주말마다 큰소리가 났다. 따로 지내겠다고 짐 싸는 남편을 말렸다. 이 정도로 헤어지면 세상 사람 다 헤어지겠다며 진정시켰다. 이성의 끈을 잡은 덕분에 오늘 같은 날, 케이크를 먹을 수 있는 게 아닌가? 의미 있는 달콤함이었다. 촛불을 끄는 순간 다시 현실로 돌아왔다.

큰아들이 고3이다. 수험생 엄마라서 힘든 것보다 아들이 집에서 먼 고등학교 다니는 게 힘들다. 기숙사가 있지만 학기마다 성적으로 줄을 세워 들어간다. 남학생은 집이 먼 장거리 학생을 제외하고 16명 안에 들어야 한다. 안타깝게도 예비 1번이다. 수능 보는 11월까지 8개월을 통학해야 하니 아찔할 뿐이다. 매일 아침과 밤, 2번씩 데리러 가야 한다. 아침마다 열 개의 알람이 울린다. 음량을 최대로 키워놓았는데 다섯 번째 알람이 울어야 눈이 떠진다. 아이 학교까지 왕복 시간이 1시간 40분이다. 출근 시간대라 조금 늦게 나가면 30분이 더 걸린다. 하교하는 시간까지 합치면 긴 시간 동안 운전대를 잡는다. 아이가 아침 먹는 동안 아침 일기를 쓴다. 시간이 딱딱 맞아야 한다. 아침 메뉴는 시간과 소화를 고려해야 한다. 김밥이 제격이다. 10분 동안 먹을 수 있는 양을 맞춰야 한다. 자극적이지 않고 소화 잘되는 재료로 만든다. 중2인 막내는 혼자 등교한다. 잘 다녀오란 인사를 못 해 미안하다. 중간에 일어났는지 확인 전화도 잊으면 안 된다. 다행히 늦지 않고 잘 다니고 있다.

오래된 올빼미족이라 새벽 기상이 버겁다. 개학 첫 주는 눈 감은 채로 김밥을 썰었다. 한 번은 긴 바늘이 10에 가 있었다. 늦은 줄 알고 아이 방으로 뛰어갔다. 다시 보니 4시 10분이었다. 강박증이 생겼다.

운전할 몸 상태가 아니다. 멀미가 심하다. 자가운전을 해도 마찬가지다. 허리 디스크와 오십견이 있다. 같은 자세로 오래 앉으면 허리와 등에서 통증이 올라온다. 오른쪽 어깨가 아파 왼손으로만 운전한다. 일주일에 2~3번 주기적인 치료를 받아야 몸이 움직인다. 교통사고 후유증으로 생긴 통증이다. 이 상태로 운전할 수 있어 다행이다.

저녁마다 강의를 듣는다. 책 쓰기 수업은 선택할 수 있는 시간대가 있어서 다행인데 글 쓰기 코치 수업은 시간대가 하나다. 나름 머리를 써 본다. 아이 데리러 1시간 일찍 나간다. 학교 근처 도서관에 가서 한 시간 듣고 나머지는 돌아오는 차 안에서 듣는다. 아들이 말 시키지 않게 먹을 간식을 준비해 간다.

"엄마는 운전하면서도 강의 들어야 해요?"

아들이 뿔났다. 가는 동안 엄마와 학교 얘길 하고 싶은데 강의 듣고 있으니 섭섭한가 보다. 이어폰을 꽂고 듣는다. 화내지 못할 간식을 준비해야겠다. 아이와 내게 좋은 여건을 만드는 게 나의 몫이다.

운영 중인 독서 논술 수업이 고민이다. 대부분 학부모가 독서의 중요성을 모른다. 학부모와 학생은 성적을 올리기 위해 마음이 조급해진다. 영어, 수학학원 시간을 늘리고 독서 시간을 줄이거나 생략한다. 성적을 높이려면 문해력이 필요하다. 문해력은 독서를 통해 나아질 수 있다. 성적과 독서 사이에 내가 있다. 간극을 좁힐 수 있는 건 나의 역량이다. 친구들에게 뒤처질까 불안해하며 학원에 의존하는 모습이 안쓰럽다. 나도 부모기에 이해한다. 독서는 성적을 올리기 위한 수단이 아니다. 책은 평생 의지할 수 있는 스승이다. 인간은 고난을 이겨내면서 성장한다. 이겨내는 과정이 쉽지 않다. 나 또한 인간관계로 버겁다. 누가 도와줄 수 있을까? 진심 어린 조언이 힘이 될 수 있다. 이럴 때 필요한 게 책이다. 책 안에는 위대한 스승이 많다. 읽다 보면 마음이 토닥여진다. 11년 동안 독서 논술, 토론을 지도하면서 성과와 보람도 많았다. 꿈을 찾고 마음도 안아주고 성장하는 책을 알리고 싶다. 나는 아이들과 책을 연결하는 '새우 메신저'니까!

자려고 누우면 어깨 통증으로 두 시간 넘게 뒤척인다. 괴로워서 움츠린 어깨가 새우 닮았다. 어릴 적에 엄살쟁이였다. 주사 맞을 때마다 도망가며 울었다. 지금도 무섭긴 하다. 이것보다 더 한 것도 견뎌 냈는데 이 정도 못 참겠냐며 침을 넘긴다. 통증도 삼켜본다. 아프다고, 상황이 힘들다고 운다고 달라지진 않는다. 고심하며 구부린 새우처럼 지혜롭게 대안을 찾는 게 낫다. 이만하길 다행이다.

'안 새우'란 별명은 내가 지었다. 성이 특이해서 익살스럽다. 남편 고래와 아들 고래의 싸움을 막는 역할이 새우 같기 때문이다. 가정에 웃음소리를 채우는 '웃음 새우'이기도 하다. 학생들의 미래를 만드는 '독서 새우'도 되고 싶다.

새우의 등이 구부러진 건, 바다가 좁게 느껴지기 때문이란 우스갯소리가 있다. 내 생각은 다르다. 나와 상대방 사이에서 완충재 역할을 하고 있어서 구부린 게 아닐까? 세상은 넓고 해내지 못할 게 없기에 강한 새우가 되어 보련다. '안 새우'의 활약이 기대된다.

소중한 자산

이 승 희

"내가 언니 땜에 못 살아. 길에서 애 낳은 줄 알았잖아."

친정집 앞에서 서성거리던 넷째 여동생 은희가 빽 소리를 질렀습니다. 그도 그럴 것이 출산 예정일이 보름밖에 남지 않았거든요. 만삭의 임산부가 친구들 만난다고 나가 11시 가까이 들어오지 않고 있었으니, 엄마와 동생들이 꽤나 걱정했던 모양입니다.

다음 날, 은희는 의정부 집까지 데려다주면서도 잔소리를 해댔습니다. 저는 알아서 잘 갈 건데 구박이라며 구시렁댔습니다. 큰언니지만 거의 막냇동생 취급하는 동생들에게 좀 멋쩍어졌기 때문입니다. 집에 도착했더니 시어머니가 굳은 얼굴로 문을 열어 주셨습니다. 시어머니 역시 출산이 임박한 며느리의 외출이 마땅치 않았던 탓이지요. 그러거나 말거나 화장실이 급했습니다. 변기에 앉자마자 뭔가가 아래로 왈칵 쏟아졌어요.

"어, 어머니! 이상해요. 양수 터진 거 같아요."

"애도 참. 아직 애 나오려면 보름이나 남았는데 웬 호들갑이냐."

애를 셋이나 낳아 본 시어머니 말이 옳기야 하겠지만 아무래도 미심쩍었습니다. 다니던 성모병원 산부인과로 전화했어요. "당장 출산 준비하고 빨리 병원으로 오세요." 설명을 들은 간호사가 다급하게 일렀습니다. 동생과 함께 병원으로 갔어요. 입원 절차 마치고 병실에 눕자마자 찌르는 듯한 통증이 덮쳤습니다. 정신이 아득해졌어요. 양 옆방에서 내지르는 산모들의 비명이 아스라이 멀어졌다 가까워졌다 했습니다. 거기 제 비명을 보태다 입술을 깨물었습니다. 소리를 질러 봤자 통증이 가라앉지 않았어요. 소리 지르는 걸 멈췄습니다. 차라리 아픔으로 들어가는 게 낫지 않을까.

아홉 살에 우물에 빠졌을 때, 암벽 등반하다 손을 놓쳐 15미터를 미끄러졌을 때, 아무 생각도 계산도 없이 오로지 오르는 것에만 집중했을 때처럼 숨을 깊이 들이마시고 천천히 내뱉었어요. 후, 후. 통증이 찾아오면 그 속으로 들어갔습니다. 통증이 잦아들었다 다시 찾아올 때마다 그렇게 숨을 들이쉬고 내쉬며 통증과 하나가 되었습니다. 까무룩 아픔 속으로 들어갔다 나왔다가 하면서. 산도가 열리고 아이가 나오기 시작할 때까지 비교적 차분할 수 있었습니다.

마침내 아이가 나오는 순간에는 눈앞이 캄캄해지고 저절로 비명이 터져 나왔습니다.

아이 울음소리가 들리고, "축하해요. 건강한 아들이에요." 의사의 말을 듣고 온몸이 축 늘어졌습니다.

잠시 후, 병원 침대 옆에 누운 나를 맞은 건 2.8kg밖에 안 되는 하얗고 조그마한 아이였습니다. 아이는 울지도 않고 머루알 같은 눈동자를 이리저리 굴렸습니다. 시력이 발달하지 않았는데도 마치 어미를 알아 보는 것처럼 눈을 맞추었어요. 갓 태어난 아기들은 빽빽 잘만 울던데. 어디가 잘못됐나? 걱정될 정도로 조용했습니다. 30분쯤 후에야 걱정하 지 말라는 듯 "응애에. 응애." 하고 조그맣게 울었어요.

"신기해. 신생아들 다 빨갛고 쪼글쪼글한데, 얘는 하얗고 맬꼬롬 해. 이렇게 이쁜 애기 첨 봤어."

동생의 말을 들으면서도, 아이를 안고 퇴원할 때도 실감이 나지 않았 습니다. 구름에 둥둥 뜬 것 같았어요.

내가 애를 낳다니. 죽음 따위 두렵지 않아. 하고 싶은 대로 살다 그 냥 없었던 것처럼 스러질래. 되지도 않는 말이나 지껄이며 천둥벌거숭 이처럼 살았는데……

내가 엄마가 되었구나. 자각은 뒤늦게 찾아왔습니다. 아이에게 젖을 물렸을 때입니다. 새끼손톱보다 작은 입으로 젖을 문 아이가 힘차게 젖 을 빨았습니다. 젖을 빨면서 말간 눈으로 저를 보았습니다. 아이와 눈 이 마주친 순간, 세상이 고요해졌습니다. 우리 곁에 빙 둘러앉은 가족 들의 말소리가 하나도 들리지 않았습니다. 아이와 제 호흡이 하나로 연 결되고 후광처럼 투명한 돔이 우리 두 사람을 둘러싼 것 같았습니다. 평온과 감사가 아이와 저를 빈틈없이 감쌌습니다. 많은 엄마가 말하듯 저 역시 세상에서 제일 잘한 일 중 하나라면 우리 아들을 낳은 일이라 생각합니다. 첫 번째 결혼에서 얻은 가장 귀한 보물이지요.

산을 좋아했습니다. 아이가 대학에 들어가고 혼자 남게 되었을 때 어디 조용한 곳에서 살아 볼까 생각했었어요. 자연 속에서 글 쓰며 살고 싶었거든요. 우연히 두 번째 남편을 만났습니다. 그는 제 고향 바로 옆 섬진강 상류 해발 560미터 종석산 꼭대기에 집을 짓고 있었어요. 종석산은 꼭대기가 평평했습니다. 6만여 평에 산양삼밭을 일구고 있었어요. 종석산은 사람에게 내어주는 것이 많은 산이었습니다. 6·25 전까지 16가구가 화전을 일구고 살았던 곳이에요. 울며 들어갔다 웃으며 나온다는 말이 있을 정도로 옥수수, 감자, 고추 농사가 잘되던 곳입니다. 나물도 많고 30년 이상 된 참나무가 울울창창했지요. 남편을 만난 지 한 달 만에 산으로 들어갔습니다. 함께 황토집을 지어 완성하고 서울에서 짐을 날랐어요. 내 살림살이와 책으로 채운 황토집. 조경은 사방을 둘러싼 산들과 발아래 섬진강, 봄가을 펼쳐지는 운무가 대신했습니다.

종석산에서 지낸 8년 동안 쉽게 얻지 못할 경험을 했습니다. 멧돼지, 노루, 고라니, 다람쥐, 까치살무사, 구렁이, 담비, 오소리, 하늘다람쥐, 원앙을 앞 뒷마당에서 만났고요. 쑥, 머위, 취나물, 다래 순, 고사리, 두릅, 우산나물, 곰취, 표고버섯, 싸리버섯, 능이, 철철이 나물 뜯으며 채집하는 기쁨을 누렸습니다. 새해 해맞이하러 갈 필요 없었어요. 뒷마당에 오르면 바로 눈앞에서 뜨는 해를 볼 수 있었거든요. 붉게 물든 저녁노을 원 없이 볼 수 있었습니다. 바로 앞산으로 붉은 해가 졌거든요. 고된 노동을 마친 남편은 종석산 노을은 가장 값진 하루 품삯이라고 했습니다. 겨울밤이면 하늘 가득한 별을 셌습니다. 북두칠성, 카시오페이아, 북극성, 오리온, 쌍둥이자리를 찾으며 자연에 대한 외경을 느꼈습니다. 멧돼지 탕수육, 노루고기 장조림, 용봉탕, 다슬기 수제비, 두릅튀김, 장어 어죽, 쏘가리 매운탕, 메기찜. 온갖 자연산 요리를 해봤습니다. 온전히 자연을 향유하고 경험하고 활용해 본 셈이지요.

저는 지금 혼자 살고 있습니다. 아이를 낳아 품에 안았던 첫 결혼, 산꼭대기 황토집에서 비밀의 정원을 꿈꿨던 두 번째 결혼 모두 이혼으로 맺음을 했기 때문입니다. 헤어졌을 당시에는 상실의 아픔과 우울, 분노, 고통, 온갖 부정적인 감정에서 헤어나기 힘들었습니다. 첫 번째 이혼했을 때는 시어머니와 함께 살면서 힘들었던 순간 곱씹으며 도망치듯 떠나온 자신을 정당화하기 바빴습니다. 두 번째 이혼했을 때는 잘하려고 했는데 어쩌다 이렇게 되었을까 자책하고 절망에 빠져 지냈습니다.

시간이 지나니 아픔이 조금씩 희석되었습니다. 살다 보니 살아갈 힘이 생겼습니다. 느리게 회복하는 동안 지난 시간은 무조건 잊으려고 했습니다. 추억은 사진처럼 태워버릴 수 없습니다. 그래서 무의식 가장 안쪽에 결혼 생활의 기억을 봉인해 두었습니다.

이번 장은 감사의 순간에 관해 쓰는 장입니다. 내 인생에서 감사했던 순간이 언제였을까 곰곰 생각하고 있었어요. 문득 무의식에서 작은 빛 방울이 퐁, 솟아올랐습니다. 그 빛 방울 속에 고통인 줄만 알았던 기억과 함께 행복과 감사가 함께 들어 있었습니다. 지난날을 힘들었다고만 기억한다면 고통과 한 세트처럼 붙어 있던 행복, 깨달음까지 외면해야 합니다.

저는 이제 제 모든 지나온 시간을 햇볕 아래 꺼낼 수 있게 되었습니다. 아이를 두고 나와야 했던 순간에 대해 죄책감 없이 떠올리고 기록할 수 있게 되었습니다. 그림 같은 자연을 누리기 위해서 치러야 하는 노동의 치열함, 고독, 사람 사이의 갈등에 대해 담담하게 얘기할 수 있게 되었습니다. 날 것 그대로의 경험이 제 소중한 자산이 된 것이지요.

대기실에서 기다리세요

이 정 화

한 달 전, 엄마가 입원했다. 보호자가 필요하다고 했다. 입원할 때 엄마 친구가 곁에 있어서 다행이다. 시술하게 되면 직계 보호자 동의가 있어야 한다. 보호자로 와달라는 거다. 목요일 오전에 받은 전화. 엄마는 금요일 오전에 시술한다며 목요일에 와야 한다고 했다. 간단한 시술이겠지. 가벼운 마음으로 노트북과 책, 짐을 챙겨 기차역으로 갔다. 밤 12시, 부산역에 도착했다. 다음 날 오전 7시 30분에 병원에 도착했다. 심장 초음파실에서 검사했다. 일반 병동으로 가서 기다렸다. 간호사가 와서 시술 내용을 말하고 동의서에 사인을 받아 간다.

"대기실에서 기다리세요. 안내방송이 거기밖에 안 나와서 다른데 게시면 안 됩니다. 안내방송으로 보호자 오라고 하면 얼른 오셔야 합니다."

시술실 입구 문이 닫혔다. 천장에 붙어 있는 '시술중'이라는 글자에 노란불이 켜진다. 보호자 대기실로 향했다. 의자에 앉자마자 책을 손에 들었다. 맞은편에 앉아 있는 부부의 말이 들렸다.

"에고 어떡하노. 연락할 사람도 없고, 우리라도 없었으면 어쩔 뻔했노."

"그러게, 연고도 없고 뭐 아는 누나가 오는 거 같더만, 얼굴만 보고 갔다 아이가."

눈은 글을 보지만 귀로 다른 사람이 하는 말이 들렸다.

"장갑점 보호자 분 들어오세요."라는 방송이 들리고 빠른 걸음으로 갔다.

"여기 보세요. 어딘지 알겠죠? 지금 이건 만약에 시술이 안 되면 수술하게 될 수도 있습니다. 이 정도면 즉사까지도 갔을 일인데 그래도 어머님은 소화가 안 된다고만 하셔서 진짜 잘 버텨오신 겁니다. 지금이라도 발견해서 다행입니다. 일단은 최대한 시술 쪽으로 해볼 겁니다. 만일에 수술하게 되면 그때 다시 부르겠습니다."

의사의 말을 듣고 머리가 하얘졌다. 심장을 감싸고 있는 세 개의 관동맥이 있는데 만나 갈라지는 지점에서 1개만 선명하게 보이고 2개는 덜 선명하게 보였다. 심장이 뛸 때마다 혈액이 공급되어야 하는 혈관이 내가 봐도 막혀 있는 게 틀림없었다. 의사는 삼거리라는 표현을 하며 막힌 부분을 정확히 보게 했다. 사진을 찍어도 된다는 말에 동영상과 사진을 찍었다.

한 시간 후 보호자를 찾았다. 의사는 다행히 시술이 잘 되어서 수술까지는 안 해도 되었다고 말한다. T자 관을 두 군데 삽입했으며 중환자실에 하루 정도 경과를 봐야 한다고 했다. "지금 중환자실에 간호사가 부족해서 좀 걱정이긴 한데, 중환자실에서 하루 있어야 하니 경과를 좀 지켜봅시다." 의사의 말이 끝나자마자 침대에 누워 눈을 감고 있는 엄마의 얼굴이 보였다. "엄마, 괜찮나?" 물음에 고개만 끄덕일 뿐 말은 없었다. 부산에 내려오기 전 회사 동료 언니들의 말이 생각났다.

"아니, 내가 아는 사람은 S대 갔다가 수술 못 하고 돌아왔다는데, 너희 엄마는 시술해 줄 의사를 만나 다행이다. 잘 다녀와."

"내가 아는 사람도 수술을 한 달 미뤘다고 했어."

전국적으로 의사들이 파업을 진행하고 있었다. 엄마는 병원과 의사를 잘 만나 성공적으로 시술할 수 있었다. 일요일 오전에 일반병실로 오게 된 엄마는 두통을 호소했다. 낮에는 참다가 밤에 약을 먹고 간신히 잠을 청했다. 일요일 하루는 보호자가 곁에 있어야 한다는 말에 밥 먹을 때 외에는 옆에 있었다. 보호자가 되어 병원에 있어 보기는 처음이다. 옆에서 잠을 자고 밥을 먹고, 말동무도 되었다. 옆에 누워있는 환자가 있었다. 곁에서 다정하게 보살피고 엄마라는 호칭으로 환자를 대하였다. 딸인지 알았는데 나중에 알고 보니 요양보호사였다. 건너편에 있는 환자는 같은 또래의 친구 같아 보이는 사람이 간호를 해주고 있었다. 이 사람도 요양보호사였다. 엄마도 내가 없었더라면 어떻게 했을까 생각해 본다.

중학교 이후로는 엄마를 미움으로 대하는 존재였다. 부모가 되고 이혼한 엄마의 마음을 이해하게 되면서부터 통화도 하고 선물도 주고받고 하는 사이가 되었다. 같이 살지 않아도 다시 만난 엄마는 그냥 엄마였다. 곁에서 지켜보는 엄마는 고생스러운 인생에도 불구하고 평소 아프다는 말을 아꼈다. 병원에서 그간 아팠던 일을 들으니 짠한 마음도 들었다. 엄마가 나를 생각하는 마음은 병원에서 있는 며칠간 잘 알게 되었다. 끼니때마다 밥과 잠자리 걱정하고, 나의 얼굴을 살피며 걱정스러운 말을 하는 엄마였다. 어릴 때 미워했던 마음이 조금 녹아 없어지는 듯했다. 나도 나중에 아플 때 아들이 곁에서 봐 줄 수 있을까 생각해 본다. 남에게 의지하지 않기 위해 건강할 때 건강을 지켜야겠다는 생각도 해본다. 퇴원하는 날 엄마의 목소리가 다른 환자들보다 크게 들렸다. 퇴원해서 기분이 좋았겠거니 생각했다. 논산으로 가는 기차를 타고 엄마와 통화를 했다.

"우리 딸이 곁에 있으니 내가 든든하더라. 의사나 간호사가 말해 주는 것도 엄마는 잘 못 알아듣겠던데, 딸이 와서 다 듣고, 해주니 좋더라. 고생 많았어. 조심히 잘 가, 사랑해."

엄마의 말에 나도 모르게 어깨가 으쓱해진다. 병간호로 바뀐 일상. 피곤함을 잊으려 애썼던 시간을 보상이라도 받는 듯 기뻤다.

며칠 보지 못했던 남편과 아들의 얼굴을 보니 반가웠다. 엄마 나이에 아직도 고된 일을 하는 게 안타깝다. 약을 잘 챙겨 먹는지 아침저녁으로 전화를 걸어 확인했다. 비타민C의 효능도 알려 주며 밥 먹고 30분 안에 무조건 먹으라고 일러두었다. 혈관이 머리에서 막히면 뇌졸중, 심장에서 막히면 심근경색증. 정확한 원인은 알 수 없다. 재발 위험도 있기에 관리가 중요하다고 한다. '소 잃고 외양간 고친다'라는 말이 떠오른다. 미리 예방은 못 하겠지만, 이미 벌어진 일이기에 앞으로 더 이상의 소는 잃지 않아야 한다. 몇 년 전 돼지국밥집에서 일하며 국밥을 많이 먹었다는 엄마를 떠올리며 식습관을 돌아보게 된다. 바쁘다는 핑계로 음식을 골고루 먹지 않았다. 채소 먹는 습관이 중요함을 배운다. 엄마의 말로 필요한 순간에 곁에서 도와주는 존재가 된 것만으로 감사하다.

학습지 교사로 산다는 것

윤 희 진

"선생님은 어릴 때 꿈이 뭐였어요?"

아이들이 나에게 종종 하는 질문이다. 물론 처음부터 학습지 교사가 나의 꿈은 아니었다. 내 어릴 적 꿈은 선생님이었다. 중학교에 입학하면서, 국어 선생님이 되고 싶어졌다. 다른 많은 과목 중에서 왜 하필 국어였냐고 물어올 것이다. 중학교 국어 선생님이 특별히 잘 가르치거나 이런 건 아니었다. 다만, 다른 과목보다 흥미 있었고, 점수도 잘 나왔다. 고등학교 때 극심한 스트레스로 시험 치다 쓰러지지만 않았어도 어쩌면 꿈이 현실이 되었을지도 모르겠다. 학교 선생님은 안정적인 직업이기도 했다. 대학교 입시의 문턱에서 교사의 꿈은 접게 되었지만, 늘 가르치는 일은 하고 싶었다.

대학교 3학년 때 부전공으로 국어 국문을 선택했다. 네 학기 동안 국어 국문 전공필수 과목들을 들을 수 있는 것만으로도 감사했다. 국문학개론, 국어학개론, 한국어 음운론, 국어문법론 등 전공보다 재미있게 공부했다. 전공은 수학 능력 시험 점수에 맞춰 들어갔기 때문에 솔직히 어려웠다. 부전공했다고 예전 꿈이었던 선생님이 될 수 있었던 건 아니다. 교직 이수를 해야 하는데, 부전공자에게 그런 길이 열리진 않았기 때문이다. 졸업 이후 고등학교 1학년 국어 과외 하는 데 큰 도움이 되었다. 사교육 현장에서도 전문적으로 가르쳐 줄 수 있었다.

평범한 학습지 교사로 살아가던 중, 작가의 삶에 눈뜨게 된 계기가 있다. 네이버 카페 활동을 하던 현직 학습지 교사가 책을 출간하고 저자 특강을 한다는 소식을 들었다. 지금은 여러 권을 써서 기독교 방송에도 나온 작가다. 예전에는 전문가들만 작가가 되는 줄 알았다. 뭔가 자기가 하는 일에 큰 성과가 있거나, 유명인이 책을 출간한다고 생각했다. 쏟아지는 책 중에는 내가 모르는 사람들도 많다.

'아하, 평범한 사람도 자신의 이야기를 글로 써서 출간할 수 있구나!'

내 이름으로 된 책을 출간하는 것에 관심 없이 살아오다가 2018년, 한 카페에서 책 쓰기 온라인 과정이 개설되었다고 해서 등록했다. 책을 출간하면 등록비의 반을 돌려주고, 만약 출간되지 않으면 전액 환불해 준다고 했다. 손해 볼 게 없다고 생각했다. 몇 가지 질문이 있는 과제를 제출하면 제목은 기획해 주었다. 장 제목, 소제목은 수강생이 주차마다 강의를 보고 과제로 해야 했다. 다섯 개의 장 제목을 정하기 위해 여러 책을 참고해서 5개씩 네 세트 과제로 제출했다. 그중에 대표가 다섯 개를 골라 주었다. 각 장에 맞는 소제목을 찾을 차례, 이건 더 어려웠다. 각 장마다 20개 넘게 찾았던 것 같다. 물론 이 과정을 통해 책을 볼 때 제목을 보면서, '내가 책을 쓴다면 소제목을 어떻게 바꿔 쓸 수 있을까'를 배울 수 있었다. 이 과정을 통해 스물세 꼭지 정도가 완성되었다. 지금 같으면 그 양만으로도 출간이 가능할 수 있었다. 당시에는 한 꼭지가 A4 기준 두 장 반에서 세 장 분량이었기 때문이다. 그 이상 진도가 나가지 않고, 매 꼭지를 쓸 때마다 대표에게 메일을 보내지 않아, 흐지부지 끝났다.

다른 저자 강연회에 참석하게 되었다. 강연장을 가득 채운 사람들, 아는 사람이라고는 없었지만, 강의에 매료되었다. 인상적인 건 무대 근처 책상에 놓여 있는 책 표지와 같이 제작된 케이크였다. 소속 작가 중 한 명이 주문해서 가져온 것으로 보인다. 무료 특강은 두어 번 들었는데, 오프라인 특강이 있다고 해서 가게 되었다. 책 쓰기에 관한 책이었고, 글쓰기에 관한 내용이었다. 강의를 들으면서 책을 내고 싶다는 마음이 다시 살아났다. 강의 후 사인 받으려고 줄을 섰다. 사인과 함께 신기한 도장을 찍어주었다. 명함도 받았다. 검은색 바탕에 금박 글씨로 '자이언트 북 컨설팅 이은대 대표'라고 쓰여 있었다. 그렇다. 지금 내 글쓰기 스승이자 대한민국 1호 출판 프로듀서 이은대 작가의 강연회였다. 굳은 결심을 하고 6개월 카드 할부로 책 쓰기 정규 과정에 등록했다. 이은대 대표는 내가 보아왔던 다른 책 쓰기 코치들과는 달랐다. 새벽 4시에 일어나 글 쓰는 삶을 사는 모범을 보여주고 있는 그에게 배우고 싶었다. 입과 후 어느덧 2년 반이 흘렀다. 평생 무료 재수강이라는 말도 안 되는 혜택을 지금까지 받고 있다. 매주 수요일과 토요일, 세 번의 정규 과정에 목요일 문장 수업, 격주 일요일마다 서평 쓰는 독서 모임 등 한 번도 강의를 쉰 적 없는 선생님! 그의 글쓰기 철학과 삶의 태도는, 나도 다른 사람들에게 글쓰기 코치로 살 수 있도록 만들었다.

누군가 나의 삶을 보고 배울 수 있다면, 그 인생이야말로 잘 사는 삶이 아닌가 싶다. 그중 작가로 산다는 건 조금은 특별하다. 작가가 글로 자기 경험을 독자에게 전달하면, 글을 통해 독자가 작가의 삶을 간접적으로 경험할 수 있다. 진정성 있는 글을 써야 독자가 공감하게 된다.

2023년 9월 25일, 추석을 앞둔 월요일이다. 그날도 방문 수업이 있어서 별내별가람역 근처 아파트 수업을 하러 갔다. 중학교 1학년 친구 한 명이 편지를 건네줘서 받았다.

"선생님, 이따 집에 가서서 꼭 읽어 보세요."

부끄러운지 당장 읽으려는 나를 보며 이야기했다. 수업 마치고 인사하려는데 어머님이 선물을 주셨다. 승강기 버튼을 누르고 기다리는 동안 친구가 준 편지를 꺼냈다. 조그만 편지봉투를 열자, 봉투 크기 네 배 길이 세 장에 연필로 빼곡 글씨가 적혀 있었다.

"선생님께서는 거의 온 정신을 집중해서 가르쳐 주셨는데……. 제자로서 부끄럽습니다. 하지만 선생님이 아니셨다면 저는 중학교에 올라와서 수포자가 되었을 것 같아요. 선생님은 지금까지 만났던 분들과 달라요. 단순히 가르치시는 것이 아닌 마치 제가 공부의 세계로 들어갈 수 있도록 도우시고 바른길로 이끄시는 분 같아요. (중략) 생각보다 편하고 솔직하면서 거침없는 입담과 어딘지 모를 야무짐에 매력과 귀여움을 느꼈어요.(개인적으로) 그래서 열심히 하기로 마음을 먹었던 것 같아요."

다시 그 친구의 편지를 읽어 보며, 내가 어떤 마음으로 아이들을 가르쳐야 할지 생각하게 되었다. 수포자(수학 포기자)로 살 뻔했던 친구를 잘 가르쳐 주었던 것처럼, 학습센터 오는 친구들에게도 조금은 따스하게, 친절하게 알려줘야겠다. 센터 오는 친구들에게 모질게 대하고 있다. 방문이 아니기도 하고, 학생 중 일부는 집중을 잘 못하기도 해서이다. 무엇보다 이제 자기 삶의 경험을, 글을 통해 독자를 돕는 작가로 살기 원하는 수강생들에게도 모범이 되어야겠다.

실행 없는 다짐과 각오는 힘이 없다. 의지와 결심도 마찬가지이다. 오히려 그것을 지키지 못했을 때 주저앉게 될 뿐이다. 매일 주어진 하루에 감사하며, 내가 원하는 모습을 생생히 그리며 살아갈 뿐이다.

나를 잘 데리고 산 나, 칭찬해

최 경 희

외로워도 슬퍼도 나는 안 울어 참고 또 참지! 울긴 왜 울어. 들장미 소녀 캔디의 주제가 첫 부분입니다. 웃을 일도 없었지만, 울지 않는 것이 더 중요했습니다. 우는 순간 모든 것이 무너지는 것 같았으니까요. 내 세상이 무너지면 더는 살아갈 희망이 없다고 생각했습니다. 어떤 일이 있어도 절대 나는 안 울 거야 결심했습니다. 아버지 때문에 아기 때부터 엄마와 헤어졌습니다. 어린 나이에 여기저기 맡겨지면서 살았습니다.

"쟤네 아버지 야반도주했다며?"

"그렇대 쯧쯧… 여자애를 어쩌 저래 맡겨놓는대?" 학교 가려고 나서는데 동네 아주머니들이 수군댑니다. 맡겨진 집에 오빠 둘과 언니가 있었어요. 눈칫밥 먹는 것 따위는 별일 아니었습니다. 내 편이 없어 외로웠습니다. 군식구로 살았습니다. 나를 바라보는 안쓰러운 시선과 수군거림을 참아내야 했습니다. "도대체 쟤는 언제 데려간대?" "몰라 아직

한 번도 안 왔다더라." 맡겨졌던 집에서 얼마나 오래 있었는지 기억나지 않습니다. 계절이 몇 번 바뀌었으니 적어도 1, 2년은 되었을 것 같군요. 그 집 막내였던 언니가 툭하면 누명을 씌웠습니다. 돈 훔쳐 갔다, 공책이 없어졌다, 쟤가 만져서 병아리가 아픈 거라며 우겨댔습니다. 엄마 사랑을 독차지하지 못해 화가 났을 겁니다. 다행히 주인아주머니는 좋은 분이셨습니다. 변명하지 않아도 아무 말도 하지 않으셨어요. 그런 일이 생길 때마다 글을 써두었습니다. 물어보시면 대답할 것들도 조목조목 적어두었습니다. 아주머니가 글을 본 것일까요? 어떻게 아무것도 물어보지 않으셨는지 궁금하군요. 외롭고 무섭고 힘들었던 그 시절을 묻어두고 살았는데요. 힘든 시기를 겪으면서 얻은 내공이 있어 몇 가지 적어봅니다.

첫째, 사람을 예민하게 관찰하고 분위기 파악을 잘합니다. 눈치를 많이 보고 살아서 어떤 마음인지 어떤 말을 할 건지 예측이 됩니다. 주위에 흐르는 에너지가 좋은지 나쁜지 금방 느낄 수 있습니다. 마음 풀어질 때까지 기다릴 수 있습니다. 평화스러운 상태가 되도록 조절할 수 있습니다.

둘째, 외부요인에 흔들리지 않습니다. 한밤중에 아버지가 깨웠습니다. 이사 간다고. 좀 이따가 데리러 올 테니 그 집에 잠시 있으라고 했습니다. 어린 동생 데리고 새엄마와 떠났습니다. 어둠 속에 혼자 남았습니다. 아침에 아주머니가 오셔서 집으로 데리고 가셨습니다. 자다가 날벼락입니다. 허허벌판에 내버려진 느낌이었습니다. 부모님 욕을 듣고 있으면서도 화가 안 났습니다. 더 불쌍해지지 않으려 마음 다잡았습니다. 웬만한 외부 환경은 신경 쓰지 않습니다. 문제가 생기면 해결하면 되는 거니까요.

셋째, 누명이나 모함 따위에 상처받지 않고 대처하지 않습니다. 아니라고 분명하게 말합니다. 그럼에도 오해하거나 억지 주장을 하면 무시합니다. 스스로 떳떳하면 누가 뭐래도 상관없습니다.

넷째, 적응력이 뛰어납니다. 전학도 많이 가고 이사도 수없이 많이 다녔습니다. 이집 저집 맡겨지면서 빨리 적응해야 했습니다. 일을 새로 배울 때도 빨리 끝낼 방법을 금방 터득합니다. 하기 싫은 일도 쉽고 재미있게 할 방법을 생각해 냅니다. 음식과 환경이 바뀌어도 금방 적응하는 강점을 갖게 되었습니다.

다섯째, 뭐든지 해낸다, 끝까지 이겨낸다, 될 때까지 한다는 강단이 생겼습니다. 지금 와서 생각해 보면 악의 감정으로 살아냈습니다. 나를 이렇게 방치한 부모에게 제대로 살아내서 복수하겠다고 생각했습니다. 평발로 넘어지면서도 끝까지 뛰었고, 매달리기 윗몸일으키기도 악착같이 했고요. 그림을 그릴 때도 노래를 부를 때도 내가 할 수 있는 한 열심히 했습니다. 열이 펄펄 나도 모든 일 다 해내고 앓았습니다. 어떤 상황에서도 포기하지 않았습니다. 고통스러웠지만 돌아보면 감사했던 순간입니다. 잘 이겨내 준 나라서 다행입니다!

한 가지 더 말하자면, 어느 상황에서든 숨구멍은 있다는 겁니다. 마음 따뜻한 아주머니가 제 숨구멍이었어요. 아무 말 없이 챙겨주던 그 손길이 지금도 생각납니다. 내가 느낀 온기를 다른 사람에게 전하고 싶습니다. 아무리 힘든 상황이어도 버틸 수 있는 게 있다고 알아차릴 수 있도록 도와주고 싶습니다. 흔들리지 않고 살 수 있도록 다잡기도 하고 쓴소리도 하고 깨닫고 홀로 설 수 있도록 도울 겁니다. 지금까지 해 왔던 것처럼요.

첫 번째 공저 책 〈사물의 글쓰기〉에서도 썼듯이, 나의 아지트는 다락방이었습니다. 그곳에서 지금의 나를 상상해 냈습니다. 기쁜 일 슬픈 일들을 글로 쓰며 나와 나누었습니다. 글로 나를 만나는 시간이 가장 행복했습니다. 글은 현실과 상상을 이어주고 과거와 현재를 연결해 줍니다. 잊고 싶었던 장면들이 떠오르고 그때 심정들이 마음에 올라와 울컥하기도 하지만, 그 순간이 있기에 지금의 내가 존재함을 압니다. 어떤 삶이라도 다 이유가 있었습니다. 더 단단한 나를 만들 수 있었습니다. 어쩔 수 없는 상황은 수용하되 절대로 안 될 것들은 타협하지 않았습니다. 예민하게 마음을 읽고, 적당히 모른 척할 줄 알게 되었습니다. 덕분에 평정심을 갖고 살아갈 수 있습니다. 스스로 치유가 필요해서 더 좋은 방향으로 살기 위해 노력하고 있습니다. 그에 맞는 자격도 갖추었습니다. 몸과 마음을 읽어줄 수 있고, 글쓰기 코치로서 글 쓰는 방법을 배우고 작가의 꿈을 이룰 수 있도록 돕는 사람이 되었습니다. 나를 잘 키워낸 과거의 나에게 감사합니다.

제4장

빛나는 별이었다

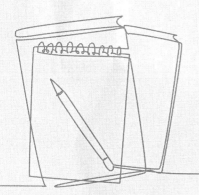

선한 영향력

글 빛현주

2021년 8월, 선문대학교 가족 상담 치료학과 석사 공부를 마쳤다. 공부만 했지, 경력은 없었다. 상담할 기회만 있다면 누구라도 좋았고, 어디라도 갈 수 있었다.

대학원 공부를 하면서 북한에서 온 두 살 많은 언니를 만났다. 남한에 넘어온 이야기를 들을 때면 마치 한 편의 소설책을 읽는 것 같았다. 몇 번의 죽을 고비를 넘기고 찾아온 자유, 북에 두고 온 가족 생각으로 마냥 행복하지는 않았을 터다. 북한에 있는 아들을 생각하며 자주 울었다. 눈물이 다 말라버린 줄 알았다고 말할 때면 자식을 키우는 엄마 입장으로 덩달아 눈물을 떨구었다.

한국에 와 아무것도 모를 때 컴퓨터 공부를 시작했다고 했다. 나보다 훨씬 컴퓨터를 잘 다루는 언니를 보며 대단하다 엄지손가락을 치켜들었다. 그 후 사회복지 공부를 했고 아산 복지센터에서 일을 했다고 했다. 지금의 남편은 타자 공부하기 위해 온라인으로 만났다고. 연애사를 들려줄 땐 재미있어 웃음이 터졌다. 어쩌면 사는 게 저렇게 파란

만장할까.

그에 비하면 내 인생은 평범하고 굴곡 없는 평범한 삶이었다.

'이음통합치유센터'. 북한에서 온 언니 K와 같이 일을 하겠다고 만든 사업장이다. 동업, 친한 사람과는 절대 하지 않는 거라고 했지만 우린 다르다. 잘할 수 있을 거라고, 서로 성향이 다르니 부족한 부분을 채울 수 있다고.

언니의 사회복지 경험과 경력은 일을 시작하는 데 많은 도움이 되었다. 사회복지 기관에 다니면서 '가족 통합교육 서비스'란 북한이탈주민을 위한 프로그램도 직접 만들어 운영했다고 했다. 같은 북한 사람이기 때문에 남한에서 적응할 때 어떤 게 가장 필요한지 잘 알고 있었다. 덕분에 나는 북한 이탈 여성과 자녀를 상담할 기회가 생겼다. 대부분은 제3국에서 출생한 자녀, 그리고 엄마를 상담했다.

한국도 북한도 아닌 제3국, 대부분 중국을 말했다. 북한 사람들은 살기 위해 국경을 넘어 중국으로 가는 경우가 많다고 했다. 여자들은 대다수가 중국인과 결혼해 아이를 낳고 살지만, 불법체류자이기 때문에 아파도 병원 치료를 받기 어렵다고. 주변의 신고로 발각되면 다시 북한으로 돌아가는 일도 허다하다 했다. 그전에 기회를 봐서 목숨 걸고 남한으로 넘어온다는 것이다. 생사를 넘나드는 탈출. 이야기를 들으면 가슴이 먹먹했다.

엄마들은 심리적 안정과 남한사회의 적응, 자녀 양육, 경제적인 문제를 갖고 있었다. 나이에 따라 조금씩 다르긴 하지만 아이들도 어려움이 있었다. 갑자기 변한 환경으로 정서적 불안정, 언어의 어려움, 또래 관계 형성에 대한 도움이 가장 필요하다고 했다. 중국에서 태어나 자랐어도 한국어를 곧잘 사용했다. 말하는 것과 달리 쓰는 것은 많은 연습과 반복이 필요했다. 친구들과 소통도 쉽지 않았다. 결국 견디다 못해 중국으로 다시 돌아가는 아이들도 많다고 했다. 상담하려면 미리 알아야 할 부분이 많았다.

"북한 사람들은 상처가 많아요. 별별 일을 다 겪고 남한에 온 사람들이라. 말투도 강하고 직설적으로 말하는 사람도 많고, 마음이 꽉 닫힌 사람도 많아요. 하도 여기저기서 상처를 받아서. 사람 좋아하고 잘 믿는 현주 샘은 북한 사람들 만나면 상처받기 쉬워요. 우리네 특징이니까 알고 가면 좋지."

2021년 3월, 첫 상담 중학교 1학년 J를 만났다.

J는 초등학교 5학년 때 엄마와 함께 한국으로 왔다. 그전까지 중국에서 살았다고 했다. 중국에 대해 질문하면 신나서 이야기했다. 엄마와 함께 남한으로 오기 위해 일 년이 넘는 기간을 태국에 있었다고 했다. 어린 나이에 얼마나 힘이 들었을까 생각했지만, J는 마치 그때를 게임이나 놀이처럼 기억하고 표현했다. 긍정적인 성격이라 친구도 쉽게 사귀고 학교생활도 잘 적응했다. 정말 장하다고, 진짜 대단하다고 칭찬과 응원을 해주었다.

일주일에 한 번, 한 시간씩 상담했다. J와 엄마, 함께 이야기도 했다. 집이라는 익숙한 공간에서 대화를 나누니 더 쉽게 마음이 열리는 듯했다. 심리 상담이라고 하면 부담스러워하는 경우가 종종 있다. 남한에 와 가장 많이 권유받는 것 중 하나가 상담이라고.

상담이라고 하면 정신 이상한 사람들이라는 느낌이 들어 불편하다며 그냥 일상적인 대화를 편하게 나누고 싶다고 했다. 속마음을 터놓고 있는 말을 할 수 있는 친구도, 친척도 없다고.

상담이 뭐 별건가. 넓게 보면 친구와 수다 떠는 것도 상담이라 볼 수 있다. 얘기하고 나면 마음 답답한 응어리가 조금씩 풀리고, 일상으로 돌아가 타인과 어울려 잘 살아갈 수 있도록 돕는 것. 그게 상담이 아닐까. 그냥 친구처럼, 동네 언니처럼 편하게 대화를 나눌 수 있는 상대가 되기로 했다. 어쩌면 생존을 위해 찾아온 남한에서 마음을 나눌 수 있는 첫 번째 사람이 되고 싶은 욕심도 있었나 보다. 진심은 통할 거라고 믿었다.

중학교 1학년 J는 슬슬 사춘기가 오고 있었다. 엄마는 아들이 이해하기 어렵다고 자신과 너무 다르다고 힘들어했다. 엄마와 말이 통하지 않는다고 투덜거리는 J. 그럼에도 서로를 위하고 사랑하는 마음은 깊었다. 일주일에 한 번이지만 서로 이야기를 나누며 울기도 하고 웃기도 했다. J와 엄마, 1년을 만났다.

모든 일이 시작하면 끝이 있듯. 긴 상담도 마치는 날이 됐다.

"선생님 덕분에 우리 J가 달라졌어요. 신기할 정도예요. 저도 선생님 말씀 듣고 J를 이해해 보려고 노력하고 있어요. 사춘기에 이렇게 좋은 선생님을 만나서 정말 다행이에요. 감사합니다."

평소에 감정 표현에 익숙하지 않았던 엄마. 내 두 손을 꼭 잡고 고맙다는 말을 반복했다. 덤덤하게 고개를 숙이며 인사하는 J. 악수하고 어깨를 두들겨 주었다. 공식적인 상담은 끝났다. 나도 모르게 정이 들었다. J와 눈을 맞추며 하고 싶은 말이 있거나 짜장면 먹고 싶은 날, 보고 싶은 날엔 언제든 전화하라고 했다. 웃으며 인사 나누고 문을 나섰다. 무거운 추를 매단 듯 걸음이 더뎠다.

새로운 일, 글을 쓰기 시작하고 라이팅 코치를 하면서 바쁜 하루하루를 보냈다. 한 달에 한 번쯤, J가 사는 아파트를 지나갔다. J와 엄마 생각이 났다. 잘 지내고 있는지 궁금했다. 바쁜 일정. 스치듯 지나는 생각에 머무를 수 없었다. 연락해야지 하다가도 금방 잊었다.

어느 날 모든 일정을 마치고 집에 가려 차에 올랐다. 핸드폰 부재중 전화를 확인했다. J의 이름이 보였다. 한 시간 전이다. 바로 전화했다. 받지 않는다. 무슨 일 있나? 카톡으로 메시지를 남겼다. 삼십 분쯤 후 핸드폰이 울린다.

"선생님! 그냥…. 궁금해서 했어요. 선생님 생각나서요. 잘 지내시는지. 얘기도 하고 싶고."

약간 긴장된 목소리. 이 전화를 하려고 몇 번을 망설였을까. 일 년이 지나도 나를 기억하고 있다는 것. 궁금해서 전화했다는 그 말에 코가 시큰했다. 바로 약속을 잡았다. 입꼬리가 슬금슬금 올라갔다.

늘 도움을 받는 존재라고 생각했다. 내가 하는 말과 행동이 다른 사람에게 영향을 줄 거로 생각하지 않았다. 그저 나쁜 말하지 말자, 다른 사람에게 상처 주지 말자고 마음먹었다. 누가 알아주는 것이 중요하지 않았다. 마음과 진심을 담아 전하면 그걸로 충분하다고 생각했다. 그런데 생각지도 않게 '덕분에'란 말을 듣다니 절로 감사한다는 말이 나왔다.

2024년 내 삶의 의미를 한 단어로 정했다. '선한 영향력'. 사람은 누구나 서로에게 영향을 미친다. 나이의 많고 적음을 떠나 성별 관계없이. 이왕이면 내가 하는 말과 글, 행동이 다른 사람에게 도움을 줄 수 있는 '선한 영향력'을 미쳤으면 좋겠다. 진심은 통한다는 말, 마음에 새겼다.

꾸준함, 멈추지 않는다

김 미 예

'돈을 벌고 싶다', '책 한 권 쓰고 싶다'라는 말을 달고 살았습니다. 행동은 하지 않았습니다. 생각은 내 안에 머물렀습니다. 올해는 무조건 개인 저서를 마무리하겠다고 다짐했었습니다. 4월입니다. 쓰지 않고 퇴고도 하지 않고 생각 안에 갇혔습니다. 아이들 데리고 벚꽃 구경 다녀와야지. 지금 아니면 기회가 없잖아. 라고 말만 하고 지키지 못했습니다. 오늘은 꼭 정산 끝내야지 생각했지만 쏟아지는 잠을 이기지 못했습니다. 작업하다 만 정산 자료 사이에 커서만 깜빡였습니다. 어쩔 수 없이 저장키를 누르고 그대로 사무실로 향했습니다. 결국, 하지 못하고 미루기만 했습니다. 포기와 핑계를 곁에 두고 사느라 다른 걸 보지 못했습니다. 그러면서 이만하면 잘하는 거지 착각하며 살았습니다. 시작도 하기 전에 안 될 거라고 부정하고 허상에 두려워했습니다.

벚꽃이 절정을 넘어 꽃비가 내리는 날입니다. 즐기러 다녀온 사람들이 찍어서 올린 사진을 감상하면서 다녀왔다 착각했습니다. 멀지도 않습니다. 집에서 10분만 걸어가면 '서울 장미공원' 길에 활짝 핀 벚꽃과 팬지, 철쭉 등 꽃들이 있습니다. 가 보지 않고 '꽃이 지네' 말만 했습니다. 다음을 기약합니다.

지키지 못할 약속, 누군가에게 거절을 하지 못합니다. 매번 서운하다고 씩씩거리면서도 이것만 해달라 부탁하면 거절하지 못합니다. 모처럼 쉬는 주말과 휴일, 일에 파묻혀 보냅니다. 아이들은 그런 엄마를 마냥 기다리다 지칩니다. 모른척합니다. 미안해서 그렇습니다.

다른 사람의 말을 끝까지 들어주는 일과 꾸준하게 해내는 것은 자신이 있습니다. 부동산 광고대행사 상담 매니저로 20년간 일해왔습니다. 온라인 수업으로 진행되고 있는 글쓰기/책 쓰기 수업 4년째 듣고 있습니다. 못 하는 것이 있으면 제법 잘하는 것도 있게 마련이지요. 52년 살아오면서 수많은 경험 했습니다. 오늘을 살아가고 있다는 자체가 내 존재 가치이고, 뿌듯하다는 생각을 해봅니다. 위로가 됩니다.

가식적이고 잘 보이려 하던 나를 진짜 나로 살게 해준 쓰는 삶에 대해 그간의 경험을 적어봅니다.

머뭇머뭇 시작도 하지 못했습니다. 늘 머릿속은 생각으로 가득 찼습니다. 행동은 하지 않고 생각만 하고 있을 나와 같은 사람들에게 빛을 찾아주고 싶었습니다. 하고 싶은 말은 많은데 웅크리고 있습니다. 각자의 이야기를 꺼내어 세상에 내놓았으면 좋겠습니다.

글을 쓴다는 것은 지금까지 살아온 이야기를 글로 적는 행위입니다. 대단치는 않아도 '나 이렇게 살았어요'라고 말만 하는 것보다 글로 적어 기록으로 남기면 내가 어떤 삶을 살아왔는지 비로소 알게 됩니다. 나의 삶을 보고 저 정도면 나도 살아볼 만하다고 느끼며 용기 낼 사람도 있을 것이고, 에이 저게 뭐야 비웃는 사람도 생길 것입니다. 대단한 삶을 살아온 사람들의 이야기는 당연히 큰 뉴스거리가 되겠지요. 나처럼 평범하게 살아오면서 겪은 사람들의 소소한 이야기는 초라하게 느껴지고, 가치가 없다고 생각할 수도 있습니다. 그러나 사람들 각자에게는 '소중한 순간'이었다는 사실 또한 부정하지 못할 것입니다.

중요한 것은, 지금! 여기에 살아있다는 사실입니다. 숱한 날들 거치며 무너지지 않고 견디고 버텨 이 자리에 있다는 것이 기특하지요. 예전의 나는 남들한테 보여주기에 급급해 무엇이 먼저이고 소중한지 알지 못했습니다. 글을 쓰고 함께하는 사람들과 소통하면서 나 자신이 뿌듯하고 기쁩니다. 다가올 미래에 대해 맞설 용기도 생겼습니다. 지금의 삶을 어떻게 받아들이고 있는지, 내 모습은 어떠한지, 내 주변에는 어떤 사람들이 있는지, 나는 이 사람들에게 무엇을 나누어줄 수 있는지, 또 내가 받은 것을 어떤 마음으로 도움을 줄 것인지.

노력하고 연습이 필요하겠지요. 쉬운 일은 아니니까요. 꾸준한 인내가 있어야 해낼 수 있습니다. 힘들었던 시간도 쓰고, 기뻤던 순간도 쓰고, 그만 딱 때려치우고 싶을 때도 쓰기를 멈추지 않습니다. 부정적인 생각이 들 때도, 기분 좋아 방방 뜰 때도 엉덩이 의자에 붙이고 내 할 일을 할 때 존재 가치는 더 빛을 발한다는 걸 알게 되었습니다.

낮에는 하루 평균 100통에 육박하는 광고주와의 상담이 끊이질 않습니다. 저녁 여섯 시가 되면 녹초가 됩니다. '못 할 짓이다' 하면서도 다음날 되면 또 똑같은 상담 전화를 활기차게 받고 응대합니다. 재미있어집니다. 광고주들의 불편한 부분을 찾아 도와줄 수 있다는 사실이 내가 살아있다는 증거니까요.

"이것 보세요. 그 회사는 도대체 뭐 하는 겁니까? 이래서 광고를 할 수 있겠습니까?" 항의 전화에는 힘이 빠집니다.

"매니저님! 네이버 부동산에 내 프로필이 없어졌는데 매니저님 도움으로 할 수 있게 되었어요. 고맙습니다."

"팀장님! 나와 같이 공부하던 분이 이번에 수원에 중개업소를 오픈하게 되었어요. 소개해 드릴게요."

"팀장님! 덕분에 고민하던 문제가 말끔히 해결되었어요. 언제 밥 한 끼 살게요. 한 번 나오세요."

등등의 감사 인사를 받으면 뿌듯합니다. 부동산 광고대행사 업계에서 20년간 꾸준하게 일해온 보람이 있습니다. 계속 일할 수 있는 동력이 생기지요.

4년 넘게 글쓰기/ 책 쓰기 정규 과정을 통해 글공부하고 있습니다. 천지도 모르는 나약했던 내가 포기하지 않고 꾸준하게 참여할 수 있었던 이유는 쓰는 행위 자체를 독려하고 살아가는 지혜를 심어주었기 때문입니다. 처음으로 '아! 나도 다른 사람에게 도움이 될 수 있겠구나.'라고 느꼈습니다. 단 한 번도 의심하지 않고 글쓰기 선생님인 이은대 작가를 존경하고 따라 했습니다. 매일 좋은 말과 긍정의 에너지를 받으니 부정적이었던 나도 할 수 있다는 자신감이 생기고 잘 살고 싶어졌습니다. 한 선생님 밑에서 4년을 공부하는 나를 보고 함께 도전하면 좋겠습니다. 망설이는 사람들도 글을 쓰고 기록하는 사람으로 살기를 응원합니다.

　너무 좋습니다. 살아있다는 자체만으로도 존재 가치가 있는 것 아닐까요. 별것 아닌 인생이라 생각했는데 나는 존재만으로도 빛나는 사람이었습니다. 매일 매일 공부합니다. 내가 하는 일을 좋아합니다. 나 자신을 사랑합니다. 쑥스럽지만 나를 드러내 보입니다. 그것만으로도 가슴 벅찹니다. 꾸준한 사람은 멈추지 않습니다. 내 삶은 읽고 쓰는 반복 행위에서 시작합니다.

주어진 일을 할 수 있어서 다행이다

김 삼 덕

1. '나'니까 할 수 있어

"아가, 나 여기서 같이 살아도 될까?" 봉천동 단칸방에서 살고 있을 때였다. 칠십이 넘어 혼자 시누이댁에서 사시던 아버님이 오셨다. 손주를 낳았다고 한걸음에 서울까지 올라오신 것이다. 난 생각할 이유도 없이 "네"라고 대답했다. 방법을 찾아보자. 좋은 생각이 있을 거야. 먼저 근방에 단칸방을 얻었다. 식사는 우리 집에서 했다. 잠만 거기서 주무셨다. 이때는 난방이 연탄이었다. 가스를 안 마시려고 코를 막고 연탄을 갈았다. 그래도 순간 마시게 되었다. 양쪽 집 연탄을 갈았다. 남편이 학생이었기 때문에 돈이 넉넉하지 않았다. 조금씩 돈을 모아 넓은 집으로 옮겼다. 한집에서 아버님을 모셨다. 낮에는 직장에 다녔다. 점심시간한 시간을 빼달라고 했다. 아버님 식사를 챙겨드리기 위해서였다. 예전에 한의원을 하셔서 반찬도 신경을 써야 했다. 끼니마다 반찬이 조금씩 달라야 했다. 국을 끓일 때도 신경을 썼다. 시골에 있는 친정엄마와 큰

언니한테 전화로 자주 물었다. 요리 순서를 적었다. 요리 노트를 만들었다. 반찬 종류, 김치 종류, 탕 종류, 국물 종류 등을 적었다. 어른을 모시고 사니 친척들도 많이 오셨다. 시고모님 두 분이 시골에서 자주 오셨다. 사촌 형제들도 자주 드나들었다. 그러니 늘 반찬을 준비해야 했다. 동치미는 기본이었다. 고들빼기, 김치도 혼자 담갔다. 가시는 길에 담아 드렸다. 내 나이 삼십 대, 음식을 제일 많이 한 것 같다.

2. 친정아버지가 살아오셨다는 마음을 갖다

삼십 분 거리에 큰오빠와 큰언니가 살고 계셨다. 명절 외에는 갈 수가 없었다. 시아버님 식사 때문에 외출하기가 쉽지 않았다. 한번은 아들과 목욕하러 목욕탕에 갔다. 안 온다고 건물 1층에서 계속 기다리고 계셨다. 왜 여기 계시냐고 여쭈니 물에 빠졌나 별생각이 다 들어 나와 계신다는 것이다. 이러니 맘 놓고 어디를 갈 수 있었을까. 이런 나를 보고 주위 어르신들이 말했다. "홀시아버지 모시기가 힘든데 새댁 고생이 많네." 그런데 나는 힘들다는 생각은 하지 않았다. 아버지가 일찍 돌아가셔서 못다 한 효도를 대신 할 기회라 생각했다. 고등어, 꽁치도 사러 시장도 같이 다니고, 일요일이 되면 성당에 모셔다드리기도 했다. 남산과 한강에도 도시락 싸서 같이 다녔다. 그렇게 육 년을 모시고 칠 년째 치매가 왔다. 밤마다 나가셨다. 도시다 보니 나가면 집을 못 찾아오실 수밖에 없다. 내가 잠을 자지 않고 계속 지킬 수도 없었다. 할 수 없이 주머니에 주소와 전화번호 적은 종이를 넣어드렸다.

어느 날 자는 데 전화가 왔다. 경찰서입니다. 할아버지 모시고 가세요. 통닭을 사서 드리면서 감사함을 표하기도 했다. 한번은 아침에 일어나니 방에 안 계셨다. 택시를 타고 시골까지 가 계셨다. 회귀본능이 있다고 하더니 그 먼 거리를 가셨을까. 아이들을 양손에 챙겨서 기차를 타러 갔다. 아이들이 있어 가방을 등 뒤로 가게 했다. 순간에 지갑을 누가 훔쳐 갔다. 앞이 캄캄했다. 결국 찾지 못했다. 진퇴양난이 이게 아닌가 싶었다. 차표가 있으니 다행히 아버님을 모셔 왔다. 그런데 갈수록 병이 심해져 병원으로 모셨다. 내가 간호하다 보니 아버님이 미안해하셨다. 그래도 딸이라 생각하라며 편하게 대해 드렸다. 마지막에는 집에 와서 임종했다. 그렇게 아버님은 내 곁을 떠나셨다. 누구든 그런 상황이 되면 모실 것이다. 안 계시니 못해 드렸던 일만 생각나는 건 당연한 건가.

3. 도전, 도전, 도전

'나는 누구일까?' '잘살고 있는 것일까?' '행복한가?' 가끔 생각해 본다. 늘 바쁘다. 일이 끊이질 않는다. 내가 만들기도 하겠지만 항상 일이 밀려오고 있었다. 거절 못 하는 성격이라 받아들이는 편이다. 근무했던 센터장님이 난독증 공부할까요? 아무 생각 없이 '네' 했다. 발이 떨어지지 않았지만, 교육을 받으러 다녔다. 수료와 실습을 하고 자격증을 받았다. 전에 대안학교에서 근무한 적이 있다. 이젠 그쪽 분야는 그만 하고 싶었다. 그런데 또 하게 된 것이다. 자격증이 있어서 그런지 나를 종종 불렀다.

할 수 없이 이 학교 저 학교 다녔다. 생각보다 난독증 환자가 많음에 놀랐다. 다니다 보니 아이들과 친해지고 좋아지는 모습을 보게 되었다. 난 참 아이들을 좋아하는 성격 같다. 그냥 사랑스럽다. 특수학교에서도 근무하게 되었다. 걷기, 말하기, 움직임도 불편한 아이들. 내가 누리는 평범함이 그들에게는 평생소원이다. 표정으로 감정을 나눈다. 그래도 공통언어 사랑하는 감정을 주면 그대로 느꼈다.

2024년 2월에 다 그만두었다. 노니를 알게 되어 총판을 했다. 베트남 커피도 알게 되었다. 이제 글 쓰고 쉬려고 했는데 또 사업을 시작했다. 광주에 똥 카페(르와 커피전문점)를 오픈했다. 내게 온 일이려니 하고 시작은 했다. 시스템만 만들어지면 일을 줄이려고 한다.

어제는 서울 KBS에 다녀왔다. 늘 입버릇처럼 '황금연못'에 나가야지 했는데 현실이 되었다. 나이가 안되어 도전하지 못하다 이제는 나이가 되어 기뻤다. 남들은 나이 먹어 싫다는데 난 편해서 좋다. 몇 번의 원고를 써서 보냈다. 이번에는 채택이 되어 사전 인터뷰하고 녹화를 할 수 있게 되었다. 딸은 휴가를 내고 동행을 했다. 방송국에 들어가니 미로 같았다. 작가님과 일대일 질문을 주고받았다. 이대로만 하면 된다고 하셨다. TV가 집에 없다 보니 느낌이 안 왔다. 출연자들이 오기 시작했다. 어떤 분은 떨린다고 얼굴이 빨갛게 달아올랐다. 우황청심환까지 마셨다.

녹화실에 들어가 이름을 부르는 순서대로 앉았다. 사회자 두 분과 패널로 국악인과 아나운서도 계셨다. PD의 액션 신호가 오자 카메라가 움직이기 시작했다. 떨리지는 않았다. 강의하러 다녀 무대에 많이 서 본 경험 덕분이었을까. 여섯 번째 내 차례다. '우리 소통 합시다'에서 나는 '처음으로 아버지께 쓴 편지'의 주제로 얘기를 했다. 사회자의 질문에 자연스럽게 답했다. 작가와 할 때보다 더 자연스럽게 했던 것 같다. 토크이니만큼 친구들에게 얘기한다고 생각했다. 내 차례가 지나갔다. 1시 30분에 시작해서 15분 쉬고 4시쯤 끝났다. 나오는데 사회자가 말한다. 처음인데 떨지 않는다고. 작가님은 '이제 자주 나오세요' 칭찬인가? 아무튼 생각하는 대로 된다는 것을 또 실감했다. 모처럼 딸과의 나들이가 즐겁다. 한강도 구경하고 통닭도 사 먹었다. 여의도의 벚꽃길도 걸으면서 또 하나의 추억 페이지를 만들었다. 나는 도전을 멈추지 않을 것이다. 도전은 나를 성장시키는 힘이 있는 것 같다.

'말하기'는 성장입니다

김 선 황

제게 전화를 거는 사람들은 이런 문구를 볼 수 있습니다. "내가 꿈을 이루면 나는 누군가의 꿈이 된다." 아직 꿈을 향해 가고 있기에 '누군가의 꿈이 되었다'라고 완료형으로 말할 수는 없습니다. 서두르며 앞만 보고 달립니다. 때로는 서 있기도 버거워 휘청거리는 날도 있습니다. 한 발만 겨우 내딛더라도 어쨌든 나아가려 합니다. 제 모습이 누군가에게 도전이 될 수도 있다는 사실을 알았거든요.

2017년에 철학 대학원에 입학했을 때 있었던 일입니다. 진작부터 공부하고 싶었지만, 아들들이 어려서 시작하기 힘들었습니다. 더 미루면 안 되겠다는 생각이 들었을 때 대학원에 원서를 넣었습니다. 공부할수록 아쉬움도 커졌습니다. 철학 자체도 재미있었고, 철학을 공부해서 갈 수 있는 여러 길이 보였습니다. 빨리 시작했다면, 지금과는 다른 방향을 향해 가고 있을지도 모른다는 생각이 수시로 들었습니다. 젊음이 주는 기회의 문을 지나쳐 버린 것은 아닌지 자꾸만 뒤를 돌아봤습니

다. 교회 지인 K에게

"대학원 공부를 하고 싶다면 망설이지 말고 바로 해."

라고 했습니다. 얼마 지나지 않아 K가 찾아왔습니다.

"집사님, 저 대학원 등록했어요. 이왕 공부하는 거 서울로 가요. 남편이 도와주기로 했어요."

K의 아이들이 어렸지만, 남편과 양가 어머님들이 적극적으로 도와주었습니다. 일주일에 이틀, 서울에 머물며 대학원을 졸업했습니다. 제게 들었던 말이 계기가 되었다고 했습니다. 목적을 갖고 적극적으로 권한 것도 아닙니다. 내 경험을 이야기했을 뿐인데 그녀는 생각을 행동으로 옮겼습니다. 말의 전염성은 강력했습니다.

몇 년째 '모닝 고기'를 먹는 모임이 있습니다. 새벽부터 움직이는 지인들과요. 이들은 눈 뜨자마자 운동하고 책을 봅니다. 아침에 모이는 데에 거부감이 없습니다. 오히려 반깁니다. 대략 두 달에 한 번 정도 아침 7시에 콩나물국밥과 대패삼겹살을 파는 식당에서 만납니다. 고기를 먹으며 그간 지냈던 이야기를 합니다. 지글거리는 소리는 이야기의 흥을 돋우지요. 아침 8시쯤에는 배가 어느 정도 채워지면 카페로 이동합니다. '오늘의 커피'를 마시며 아직 밀린 얘기를 하지요. 지금 하는 일도 설명하고 앞으로 할 일도 이야기합니다. 일하는 영역이 완전히 달라 자세히 알지는 못합니다. 알아들을 정도로 설명해 주니까 '그렇구나' 합니다. 무슨 일을 하든 응원할 준비가 되어있거든요.

모닝 고기 모임 초창기에 저는 방송통신대에 다니고 있었습니다. 교육학과는 논문 대체 시험을 준비 중이었고, 국문학과는 한 학기를 남겨 둔 상태였습니다. 모닝 고기 멤버 중 저보다 어린 친구가 사이버로 공부하는 게 어떤지 물었습니다. 온라인으로 공부하는 게 익숙해져 있어 유익하다고 대답했지요. 자신도 공부해야 할 것 같다고 해서 적극적으로 권했습니다. 모르는 것은 도와주겠다고도 하고요. 방통대에 입학하나 싶었는데, 얼마 뒤 이 친구는 한양대 사이버대학에 입학했습니다.

나름의 절실한 이유가 있었습니다. 스스로 어리고 부족하다고 여기는 나이에 시어머니로부터 식당을 이어받게 되었습니다. 2008년 스쿼시를 하다 만났을 때 그녀는 혼자 피자가게를 운영하고 있었습니다. 규모는 작아도 피자와 치킨이 맛있었습니다. 단골도 많았습니다. 시어머니가 운영하는 식당에 주차 민원이 많다는 이야기를 가끔 했는데, 민원 수위가 점점 높아졌습니다. 주택가 한 가운데 식당이 있어 주차장이 따로 없었거든요. 점심시간에 주변이 복잡해서 시에 민원을 넣는 일이 잦아졌습니다. 시어머니도 30년 가까이 운영했으니, 일선에서 물러나고 싶어 했고요. 그녀는 자기 일을 계속할지 고민하다 결단을 내렸습니다.

이참에 그녀는 새로 조성되는 아파트 단지 쪽에 건물을 지었습니다. 이전과 동시에 식당 운영을 물려받았습니다. 가게를 경영해 보기는 했지만, 규모가 커서 부담스러워했습니다. 시어머니 음식 솜씨가 좋아서 제법 알려진 터라 더 그랬을 겁니다. 남편이 주방을 맡고 자신은 직원들을 관리하며 전반적인 사항을 챙기기로 했답니다. 체계적으로 경영 공부를 하고 싶었던 거지요. 찾아다니며 강의를 듣고 공부하는 저를 보니 자극이 된다고 했습니다. 공부에 대한 필요와 맞물리기도 했고요. 방통대 경영학과 선을 그어줬는데, 그녀는 훨씬 멀리 뛰었습니다. 처음에는 리포트를 어떻게 쓰는지 모르겠다며 묻기도 했습니다. 금방 익숙해져 4년 동안 쉬지 않고 공부했습니다. 동시에 상권 분석, 마케팅까지 운영에 필요한 강의를 찾아 들었습니다. 서울이든 부산이든 물리적 거리는 개의치 않았습니다. 공부와 거리가 멀었던 그녀는 이제 특별한 일이 없는 한 매일 스터디 카페에 갑니다. 점심 장사 전 오전 시간을 활용합니다. 의자에 앉으면 졸기부터 했다는데, 지금은 매일 조금씩 책을 읽어갑니다. 배움을 놓지 않습니다. 저를 보면 도전이 된다고 하는데, 역으로 제가 긴장을 하게 됩니다. 욕심이 납니다. '언니는 지난 모임 이후로 이러한 시도를 했어. 다음에는 다른 걸 해볼 생각이야.' 이들에게만큼은 어리광을 피우고 싶습니다. 잘하고 있다는 말을 듣고 싶어집니다. 격려의 말이 다음을 준비하게 합니다. 더 나아진 모습을 보이기 위해 노력하게 합니다.

2024년 2월 8일, 개인 저서 1호를 출간했습니다. 작가가 되기로 한 것은 '건강한 질투'에서 출발했습니다. '저 사람이 했다면 나도 할 수 있겠지.' 막연했던 감정은 책을 출간하는 모든 과정에서 분명해졌습니다. 누군가를 질투하는 마음만으로는 책을 완성하지 못했을 겁니다. 초고를 완성하고 퇴고를 거듭할수록 낮아졌습니다. 자신의 이야기를 책으로 내는 모든 작가가 존경스러웠습니다. 시간이 갈수록 초라해지는 저를 스스로 응원했습니다. 누군가에게는 내 이야기가 도움이 된다는 신념으로 버텼습니다. 키보드의 'del' 키와 'enter' 키는 엎치락뒤치락하며 사용 빈도수를 자랑합니다. 잠을 줄이고 모임에 빠지고 약속을 피하면서 탈고했습니다. 여전히 부족한 점만 보였습니다. 오가며 만난 사람들이 출간 축하한다는 말을 꺼내려고 하기만 해도 어디로든 숨고 싶었습니다.

한 명 또 한 명, 지인들이 독자가 되었습니다. 책을 사 들고 와 사인해 달라며 자발적으로 책 리뷰를 해줍니다. 쑥스러워 마냥 피하고만 싶던 제게 독자들이 차례차례 말을 건넵니다.

"웃다가 울었어요. 울컥하는 부분이 있더라고요."

"이제 나를 위해서도 시간을 써야겠어요."

자녀가 어린 엄마들은 이렇게 말합니다.

육아 퇴직을 준비하겠다는 젊은 엄마와 빈둥지 증후군을 겪고 있다는 젊지 않은 엄마, 각자 처지에 따라 내용을 받아들입니다. 자녀를 키우는 카테고리 안에서 각자 상황에 따라 공감합니다. 육아 퇴직 후 겪을 일에 대비할 수 있는 경험을 '글자라는 매개체'로 말할 수 있었던 것은 매력적인 작업이었습니다.

나는 '말'하고 쓰고 실천하는 사람입니다. '말과 글'로 누군가가 변화하도록 돕는 사람입니다. 그 변화에 감응해 나 또한 성장해 갑니다. 말과 글은 성장입니다. 말하고 쓰는 삶은 상황이 힘들 때도 빛을 냅니다. 별은 어두울수록 빛납니다.

숨어있던 빛을 찾았다

김 희 진

삼십 분째다. 내 이름 '희'자가 일본에서는 잘 쓰이지 않는다며 기다리란다. 우체국 직원은 빛날 '희'(熙) 찾기 위해 모니터에서 눈을 떼지 않는다. 통장 하나쯤 금방 만들 줄 알았다. 단기 학생이라면 통장 없어도 된다. 일 년 체류 예정인 나는 통장이 필요했다. 우체국에서 만들면 ATM 사용하기도 편하다고 하니 학교 앞에 있는 우체국으로 갔다. 일본도 한자 문화권이지만 우리와는 사용하는 한자가 조금 달랐다. 내 이름 '희'가 그렇게 희귀한 줄 통장을 만들며 알았다. 일본 공무원도 어지간하다. 잘 모르겠으면 '가타카나'로 입력해도 될 터인데 기어코 찾아냈다. 'キム・ヒジン'이 아니라 '金熙眞'이 제대로 찍혀 있었다. 빛날 '희' 찾는 시간이 오래 걸린다는 것을 안 이후로는 '가타카나'로 이름을 적었다.

윤이를 낳던 날. 시간이 흘러도 생생하다. 친정엄마도 마찬가지다. 첫아이인 나를 낳은 날을 아름답게 기억한다. 아기가 아니라 천사 같다고 했다. 갓 태어난 아기가 그렇게 하얗게 보일 수가 없다며 축복이 깃든 말을 들려주었다. 내가 천사라니 믿을 수 없지만 엄마가 그렇다고 하니 그런가 보다 했다.

나도 윤이에게 종종 말해 준다. '너는 존재 자체만으로 대단해' 알아듣는지 알 수 없지만 말이다. 이 세상에 단 한 명뿐인 존재라고.

윤이를 낳기 전까지는 '나'는 관심 밖이었다. 남이 나를 어떻게 보는가에만 초점을 맞춰 살았다. 자신감은 없고 부끄러움만 있었다. 집 앞이라도 맨얼굴로 나가지 않았다. 계절이 바뀌면 그 핑계로 옷을 사곤 했다. 내면은 어찌 되든 방치한 채.

변하고 싶다고 느끼게 된 건 윤이 덕분이다. 귀하게 온 아이 잘 키우려 공부를 시작했다. 육아로 자기 계발을 한 셈이다. 아이를 잘 키우기 위해서는 일단 내가 자라야 했다.

자존감 키우기가 유행처럼 번졌다. 나를 소중히 여기는 마음자리에 자존심만 있었다. 자존감이 중요하다는 것은 아이를 키우며 알았다. 자존감. 가능하다면 나도 높이고 싶었다. 우선 '나'부터 알아야 했다. 나는 누구인지, 무엇을 하고 살았는지, 어떤 것을 좋아하는지 나랑 소개팅하는 것처럼 물어보고 답했다. 앞만 보며 살던 때 코로나19가 나를 만나게 해줬다. 인생 살며 한번은 마주해야 할 시간이었다.

2020년 겨울은 많은 것을 바꿨다. 매주 가던 성당에 갈 수 없게 되었다. 주일에 기도하러 가는 건 아니었다. 단지 의무감이었다. 갈 수 없는 상황이 다행이기도 했다. 곁에 있지만 관심 없던 성경을 펼쳐보게 된 계기가 되었으니까. 삶을 변화시킬 수도 있겠다는 막연한 희망이 생겼다. 새벽에 일어나 성경부터 읽었다. 얼마간 읽었지만 무슨 의미인지 글자 그대로만 읽고 있었다. 유튜브를 찾아보니 좀 더 알고 싶어졌다. '나'에 대해 알고 싶은 욕망이 커졌다. 성경 독서 모임도 하고 선교사님이 하는 강의도 들었다. 강의 들으며 가장 가슴에 남은 구절이 있다. '씨 뿌리는 사람'의 비유. 씨가 어디에 뿌려져야 잘 자랄까. 길가, 돌밭, 가시덤불, 좋은 땅. 네 가지 중에 내 마음 밭은 어떤지 생각해 봤다. 길에 떨어진 씨앗은 냉동실 음식과 같다고 한다. 검은 비닐에 넣어둔 것은 언제 넣었고 뭔지도 모르는 것이 대부분이었다. 돌밭은 냉장실 식재료처럼 욕심에 산 식재료들이다. 막상 음식을 하려니 귀찮은 마음이 든다. 가시덤불은 김치냉장고와 같다. 정작 있어야 할 김치 대신 다른 것으로 채워져 있다. 주인인 김치가 주인 행세하지 못한다. 찜찜한 마음, 정리를 해야만 한다. 그래야 내 마음의 주인인 내가 온전히 차지할 수 있었다. 혼자 상처받고 화를 냈다. 자기 비하까지. 마음 상태를 알아차리는 게 우선이었다. 그리고 비워내야 했다. 아무도 관리하지 않는 공터는 공공 쓰레기장이 되곤 한다. 내 마음이 그랬다. 주인이 신경 쓰지 않는 공터처럼, 아무나 내 마음에 들어와 헤집어 놓고 갔다. 줏대 없이 마구 휘둘렸으며 남이 하는 말에 쉽게 상처받았다. 마음 밭 상태를 보니 잡초만 무성했다. 그 어떤 좋은 것을 심어도 꽃을 피우고 열매를 맺을 만한 공간이 없었다.

공부하며 알았다. 내가 얼마나 소중한 사람인지. 남과 비교하는 것을 그만두었다. 부정적인 감정으로 고통받은 나를 내가 위로해 주었다. 나와 내 관계가 좋아지면 다른 사람과의 관계 또한 좋아진다는 것을 알았다. 행복하고 안정된 모습으로 살아가기 위해 내 마음을 알아차리는 게 먼저 해야 할 일이었다. 씨가 자라기 좋은 땅으로 살아가려면 매일 돌보야 한다. 피곤하고 지친다고 그냥 두면 다시 잡초로 무성해진다.

일주일에 두 번 운동하러 간다. 몸과 마음이 무거운 날은 꼼짝하기가 싫다. 고작 두 번인데도 가기 싫은 날은 꼭 있다. 하루쯤 가지 말아야겠다고 생각하다 금방 마음을 바꿔 먹는다. 가기 귀찮아도 몸을 움직이고 나면 다르다. 나오길 잘했다고 나를 토닥인다.

나와서 보니 어제보다 벚꽃이 더 피어있다. 윤이가 하던 말이 떠올라 미소가 지어진다.

"개나리보다 벚꽃이 더 예뻐."

"그래? 개나리가 들으면 서운하겠는데."

"개나리는 노랗고 귀엽긴 해. 와! 엄마 봐봐! 벚꽃이 춤추는 것 같아. 마지막 춤."

체육센터 가는 발걸음이 점점 가벼워진다. 일주일 아름답기 위해 일 년을 견딘 벚꽃. 마지막까지 춤을 추며 떨어지는 것도 기뻐한다.

잘 모르고 살았다. 나도 빛이 있다는 것을. 부정적인 감정에 둘러싸여 있었다. 죄책감, 다른 사람과 나를 비교 했다. 이 세상에 과연 나를 부러워하는 사람이 있을까? 불편한 감정들이 내 시야를 흐릿하게 가려 빛을 알아채지 못했다. 아직도 나를 알아가는 중이다. 무관심했던 나에게 미안하다고 말해줬다. 그리고 글을 쓴다. 미래에 대한 걱정, 불안이 차분해진다. 또 내 눈을 흐리는 일이 생길 것이다. 주저앉지만은 않겠다. 또다시 훌훌 털고 일어나는 연습할 기회니까.

첫 책 〈무작정 육아〉 초고를 쓰며 중간중간 멈췄다. 써지지 않아서다. 이 년이 지나도 진척이 없었다. 그럼에도 초고를 완성할 수 있었던 이유는 단순하다. 꾸준함. 강의를 들으며 책도 읽으며 포기하지 않았다. 새벽이고 밤이고 불을 켜고 있는 나를 보며 남편은 그 정도면 서울대 가겠다고 했다. 그러거나 말거나 할 일을 했다. 햇수로 사 년째 글쓰기 수업을 듣고 있다. 처음 글쓰기 시작할 때와 지금의 나를 비교해 보니 많이 달라졌다. 나를 알아가게 해준 글쓰기. 요즘은 만나는 사람에게 글 한번 써 보라고 스스럼없이 말한다.

내 마음 가장 깊은 곳에 심어둔 씨 하나가 꿈틀거린다. 잘 자라게 마음 정원에 물을 준다. 말라 죽지 말라고. 공작새는 깃털을 펼쳐 우아하게 아름다움을 드러낸다. 나도 꼬깃꼬깃 접어둔 내 마음을 펴고 잠들어 있는 내면의 빛을 나누려 한다.

아름드리 금강송

송 주 하

자존감이 낮았다. 오죽하면 첫 개인 저서 제목이 〈열등감과 헤어지는 중〉이 되었을까. 처음부터 환영받지 못했던 출생이었다. 모두 아들이길 바랐다. 본의 아니게 실망감을 안겨주면서 내 인생은 시작되었다. 아무도 나를 신경 쓰지 않았다. 혹 같은 존재였다. '굳이'라는 단어가 어울리는 사람이었다. 세상에 없다고 해도 크게 아쉬울 게 없는 그런 존재였다.

삐딱할 수밖에 없었다. 나도 묻고 싶었다. 내가 원해서 온 거냐고. 세상에 빛을 보게 했으면 좋아하는 척이라도 해줬어야 한다고. 하지만 늘 돌아오는 건 차가운 시선뿐이었다. 두 살 터울의 오빠와 늘 비교당했다. 억울하기도 하고 분노가 치밀기도 했다. 남자는 무조건 귀하고 여자는 천하다는 말을 이해할 수 없었다. 가치관이 한 번 굳어지면 얼마나 위험한지도 깨달았다. 따져보기도 하고 화를 내보기도 했지만, 단단한 벽에 가로막힌 듯 내 목소리는 닿지 못했다. 수십 년이 지난 지금도 크게 달라지지 않았다.

가정에서부터 인격이 만들어진다. 물론 나중에 환경에 따라 변할 수도 있지만, 어린 시절에 만들어지는 인격은 꽤 중요하다. 나는 어떤 사람이라고 스스로 정의 내린다. 귀하고 소중한 사람이라 여길 수도 있고, 쓸모없고 하찮은 존재라고 여길 수도 있다. 난 철저하게 후자였다.

초등학교 저학년쯤이었다. 엄마는 늘 바빴지만, 제사 준비를 하거나 특별한 일이 있을 때는 쉬기도 했다. 그렇다고 휴일에 한가한 건 아니었다. 경조사에 참석하거나 밀린 집안일을 하느라 바쁜 시간을 보냈다. 그때도 나에게 내어줄 곁은 없었다. 그나마 엄마의 사랑을 독차지할 수 있는 시간이 있었다. 바로 시장에 갈 때였다. 어시장에 가거나, 시내에 물건을 사러 갈 때면 가끔 나를 데리고 가기도 했다. 워낙 붐비는 곳이니 엄마는 내내 손을 놓지 않았다. 그 손이 주는 따스함이 좋았다. 엄마의 사랑을 독차지하는 기분이 들었다.

무엇보다 시장에 가면 맛있는 걸 많이 먹을 수 있었다. 설탕이 고루 발린 동그란 찹쌀도넛이 단골 메뉴였다. 덩치 큰 아저씨의 두툼한 손이 기억난다. 생각보다 동작이 빨랐다. 큰 기름 솥에서 하얀 밀가루 반죽이 익어갔다. 보기 좋게 익으면 쇠로 된 뜰채로 탈탈 털면서 건져 냈다. 설탕을 깔아놓은 은색 쟁반에 올려놓고 살살 버무려 준다. 다 되면 옆에 있는 네모난 소쿠리에 담는다. 방금 나온 뜨끈한 도넛은 달콤하면서 쫄깃했다. 도넛을 조금씩 베어 물고 입안에서 오물거렸다. 어린 시절 기억 때문인지, 아직도 빵집에 가면 찹쌀도넛을 꼭 챙긴다. 다음으로 좋아했던 메뉴는 콩물이었다. 가느다랗고 투명한 묵은 씹히는 느낌이 좋았다. 그게 바로 우뭇가사리였다. 물컹하면서 보드라웠다. 딱히 맛이 나는 건 아니었지만 콩물과 같이 먹으면 잘 어울렸다. 고소하면서도 짭조름한 맛이 났다. 여름에는 얼음을 띄우고 겨울이 되면 따뜻하게 해서 먹기도 했다. 아직도 그 맛을 잊지 못해 콩국수나 콩물을 즐겨 먹는다. 호박엿도 내가 좋아하는 군것질거리 중 하나였다. 먹기 좋게 썰어서 진열대에 가득 올려놓았다. 한 봉지에 얼마였는지 모르겠지만, 시장을 도는 내내 손에 쥐고 다녔다. 시장은 볼 게 넘쳤다. 장어나 고등어 같은 물고기도 보고 깻잎이나 배추 같은 채소도 구경했다. 그릇을 파는 가게도 갔었고 식육점도 들렀다. 엄마는 이것저것을 사느라 분주했지만, 내 관심은 오로지 엄마와 손에 든 호박엿뿐이었다.

따뜻한 바람이 불어오던 날, 제사 때문에 시장에 가야 했다. 오빠만 데리고 간다고 했다. 나도 따라갈 거라고 떼를 썼다. 아이 둘까지 데리고 가긴 무리였는지, 아니면 남자아이가 더 귀해서 그랬는지 지금도 잘 모르겠다. 소리 지르며 울었지만, 엄마는 모른척했다. 오빠의 비웃음 섞인 표정 때문에 더 울컥했다. 나는 혼자 남겨졌고 그 둘은 뒤도 돌아보지 않고 떠났다. 엄마를 뺏긴 것 같기도 했고, 나만 두고 가는 게 서럽기도 했다. 차근히 설명해 주는 엄마였다면 좋았겠지만 그렇지 못했다. 어차피 들을 사람도 없는데도 쉽게 그칠 수가 없었다. 늘 오빠만 챙기는 엄마가 미웠고 달래주지 않는 무심함이 싫었다. 머리가 지끈거릴 정도로 울었다. 온몸에서 수분이 다 빠져나간 것 같은 느낌을 받고 나서야 멈출 수 있었다.

성인이 될 때까지 내내 그랬다. 나는 쓸모없는 존재라는 사실을 매번 머리와 가슴에 새겨넣었다. 이렇게 만들어진 정체성은 성인이 되고 나서도 많은 영향을 끼쳤다. 도전하는 걸 두려워했다. 시작하기도 전에 부정적인 생각을 먼저 했다. 내 생각을 정확하게 말해야 하는 순간에도 머뭇거렸다. 나서서 하기보다는 시키는 일에만 집중했다. 나에게 삶은 특별하지 않았다. 하루를 견디는 마음으로 살아갈 때가 많았다. 뚜렷한 목표가 있는 것도 아니었고, 딱히 기대하는 것도 없었다.

그러다 우연히 독서와 글쓰기를 만났다. 처음에는 호기심이었다. 글자 자체를 좋아하지 않았다. 한 문장을 읽는 것에도 어려움을 겪었다. 희한하게도 읽을수록 알고 싶은 게 더 많아졌다. 가장 도움이 되었던 부분이 있다. 나만 제일 불행하다고 여겼지만 그건 착각이었다. 이 세상에는 말 못 할 고통을 겪고 있는 사람들이 수두룩했다. 〈데미안〉에서 말하는 알을 깨고 나오는 시간이었다. 내가 가진 세상이 얼마나 좁은지 새삼 알게 되었다. 이상할 정도로 위로가 되었다. 되려 이런 고민으로 삐딱선 탔던 내가 한심스럽게 느껴졌다. 다른 사람의 삶을 들여다보기 시작하면서, 조금씩 생각을 바꿀 수 있었다. 세상에는 내가 바꿀 수 없는 것이 분명 존재한다. 그건 받아들여야 한다고 했다. 현명한 사람은 운명을 탓하기보다, 내가 할 수 있는 것에 집중한다고 한다. 그 구절을 읽으면서, 머릿속의 단단한 무언가가 깨지는 듯한 기분을 느꼈다. 바꿀 수 없는 거에만 정신이 쏠려 있었다. 그걸 알았다고 해서 통째로 삶이 바뀐 건 아니지만, 인생에 대한 푸념은 예전보다 확연하게 줄어들었다.

나를 조금 더 변화시킨 건, 글쓰기 수업이었다. 물론 다른 좋은 강의도 있었지만, 나를 꾸준히 단련시킨 건 [자이언트 북 컨설팅]과 함께하는 시간이었다. 사부님은 글쓰기뿐 아니라, 삶을 대하는 태도를 강조했다. 인생이 바로 서 있어야 제대로 된 글이 나온다고 했다. 무엇보다 가장 소중한 건, 나 자신이라는 말도 세뇌당하듯 들었다. 처음에는 물음표였던 것이, 나중에는 마침표로 변하고 결국에는 느낌표가 되었다. 나는 소중한 사람이었다. 이 세상에서 단 하나밖에 없는 존재였다. 그런 나에게 채찍을 가했던 건 나 자신이었다. 지금부터라도 그러지 말자고 다짐했다. 거울을 볼 때마다 나에게 말해 주었다. 너는 꽤 괜찮은 사람이라고. 처음에는 어색했다. 반복하다 보니 전보다 자연스러워졌다. 몇 가지 말을 버릇처럼 반복했다. "나는 소중한 사람이다. 나는 운이 좋다. 나는 매력적인 사람이다." 다이어리에도 쓰고, 입으로 웅얼거리기도 했다. 조금이라도 부정적인 마음이 들라 하면 이 말을 떠올렸다. 세뇌가 늘 나쁜 것만은 아니었다. 조금씩 나를 좋은 사람으로 받아들이기 시작했다. 그것 말고도 신경 쓴 부분이 하나 더 있다. 바로 미소였다. 표정이 환해야 인생도 잘 풀린다고 했다. 그때부터 웃는 연습을 했다. 입꼬리를 일부러 올렸다. 잘 안됐지만 계속했다. 수업이 재미있기도 했다. 그때는 아낌없이 웃었다. 예전에는 늘 어디 아프냐, 화났냐, 그런 소리만 들었다. 언젠가부터 표정이 밝다는 말을 종종 듣게 되었다. 노력이 헛되지 않았다.

박노해 시인의 '너의 때가 온다.'라는 시를 좋아한다. '너는 작은 솔씨 하나지만, 네 안에는 아름드리 금강송이 들어있다.'라는 구절로 시작되는 시이다. 나는 지금 비록 작지만, 이미 큰 존재였다. 사람은 누구나 많은 가능성을 가지고 있다. 스스로 인정하고 받아들이면 된다. 우리는 모두 금강송이고, 참나무고, 보리밭이다. 사람은 무엇이든 할 수 있는 존재다. 켜켜이 쌓아 둔 울타리를 없애고, 비상하면 되는 일이다.

내가 샛별이었다

안 지 영

명절마다 양가에 잡채와 오색 꼬치전을 해간다. 특히 잡채는 우리 집안에서 제일 맛있게 버무린다. 시간도 많이 안 걸린다. 워낙에 많이 만들어 본 경험이 있어서이다. 당면은 늘 많은 양을 산다. 불리는 방법도 여러 가지다. 직접 만들어 가족들 먹이는 기쁨을 즐기니 요리가 생활이 되었다.

어려서부터 엄마가 여러 가지 음식을 해주셨다. 항상 일하시면서도 자식들 밥 한 끼 소홀하지 않았다. 학교에 다녀오면 빈집이 아니었다. 집안일과 우리를 봐주는 아주머니가 있었고 엄마도 늦지 않게 오셨다. 당연하게 생각했던 소소한 부분들이 어른이 되고 나서야 깊은 사랑이었음을 알았다.

아귀찜, 햄버거, 돈가스, 식혜, 양념게장, 약식, 갈비찜 등을 자주 해주셨다. 사랑이 담긴 음식은 최고의 만찬이 되었다. 매일 아침을 거르지 않고 먹었기에 아침밥 안 먹고 출근하는 사람들이 걱정되었다. 그렇게 먹으며 자라다 보니 나 또한 요리에 진심이 되고 가족들 건강에 초점이 맞춰졌다.

어깨 통증이 심해지기 전까진 김장, 겉절이, 오이소박이를 직접 만들었다. 아이들 이유식은 연구하는 마음으로 100% 만들어 먹였다. 주말 부부로 떨어져 사는 남편과 성장기 아이들 먹거리에 신경을 많이 쓴다. 남편이 숙소로 내려갈 때, 보랭 가방 터지게 반찬과 국, 과일을 챙겨준다. 배달 음식 주문이 서툰 이유다. 어떤 메뉴, 어디가 맛집인지도 모른다. 일 년에 한두 번 정도 시켜 먹기 때문이다.

시어머니는 약한 치아 때문에 잘 못 드신다. 예전엔 만들어 드린 잡채 한 접시는 거뜬히 드셨는데 이젠 옛말이 되었다. 지난 설날엔 삶은 소고기를 갈아 사골 육수와 드렸더니 한 그릇을 비우셨다. 정성 들이는 일을 잘하는 편이다.

외출 시간이 길어지면 끼니를 만들어 놓고 나간다. 밖에서 사 먹을 수 있지만, 엄마의 사랑이 담긴 음식으로 채우고 싶었다. 아이들도 학교 급식보다 집밥을 좋아한다. 엄마로서의 존재 가치를 느끼면 없던 힘도 솟나 보다.

우리 집 주말 점심 메뉴는 국수다. 면 종류를 좋아하는 남편과 아이들 덕분에 국수 전문가가 되었다. 국수가 주식인 사람처럼 넉넉히 쟁여 둔다. 장 보러 가면 대용량으로, 종류별로 카트에 담는다.

칼국수, 소면, 중면, 메밀국수, 스파게티, 냉면 등 매주 다른 메뉴를 만드는 재미가 쏠쏠하다. 가족 모임마다 국수 주문이 들어온다. 처음엔 몰랐다. 음식을 만들고 먹이는 일이 즐겁다는 것이다. 나도 모르게 만드는 양이 점점 늘고 있었다.

첫아이 돌잔치 준비를 백 일 동안 했다. 식당, 답례품, 돌잡이 등 신경 쓸 게 많았다. 그 당시 마시멜로로 케이크 만드는 게 유행이었다. 잔치하는 레스토랑에서 3층 케이크가 제공되는 건 알고 있었다. 엄마 정성이 들어간 세상에 하나밖에 없는 케이크로 축복하고 싶었다. 아기를 재우고 난 뒤 새벽을 하얗게 지새웠다. 글루건으로 하나하나 붙이다가 손가락 여러 군데를 데었다. 그때는 체력이 되었나 보다. 모든 게 사랑스럽게 보였다. 결혼식 때처럼 많은 지인이 축하하러 와주었다. 아기가 속눈썹 붙인 엄마를 못 알아보고 품에 안겨 엄마만 찾은 게 흠이었다. 그 케이크는 아기가 세 돌이 될 때까지 축하해 주었다. 지금까지 가족과 지인들이 기억한다.

둘째 돌잔치는 친정에서 치렀다. 쌍둥이 출산을 앞둔 여동생이 거동하기 힘들었다. 두 아이를 돌보며 준비하는 과정이 쉽지 않았다. 차 트렁크가 닫히지 않을 정도로 준비할 게 많았다. 아이를 사랑하는 마음으로 상을 채웠다. 작지만 의미 있는 추억이 생겼다. 전통 돌상을 직접 차리다 보니 없던 능력도 생겨나는 듯하다. 엄마는 못 할 게 없나 보다.

첫아이 때 모유 수유를 못 했다. 어설픈 엄마라 발만 동동거렸다. 둘째를 임신하면서 모유 수유만 생각했다. 임신 기간 내내 임신 불면증이 있어서 잠이 안 왔다. 제왕절개 수술 후 움직이면 안 되었다. 링거대 끌면서 한 발짝씩 걸어 신생아실에 갔다. 새벽 3시, 아기를 안아 보았다. 산후조리원에서도 호출 오면 즉각 달려가 수유했다. 6개월 모유 수유로 엄마로서 역할을 다한 것 같았다.

엄마의 삶에 충실했다. 그럴수록 존재감이 단단해졌다. 임신 후 태교에 초점을 맞췄다. 낮엔 도서관에서 살다시피 했다. 태교로 도서관에서 하는 북아트 수업도 듣고 육아 서적은 원 없이 읽었다. 태교 발레, 요가, 아기 지능에 좋다는 퀼트, 유화도 했다. 몸이 무거워도 바쁘게 다녔다. 덕분에 책 읽기 좋아하는 아이들로 자라났다.

아이에게 좋은 교구를 밤새워 완성했다. 아이가 잘 가지고 놀면 공들인 시간이 아깝지 않았다. 책으로 키우고 싶어서 두 번째 직업으로 독서 논술을 선택했다. 아이에게도, 나에게도 잘 맞는 일이었다.

학생들에게 독서 논술을 11년째 지도하고 있다. 단순한 수업이 아닌 제대로 된 교육을 꿈꾸며 연구한다. 교재도 직접 만든다. 그 수고 덕에 수업 시간이 기다려진다.

학생에 따른 맞춤 수업이 가능하다. 우리나라 말이 어색한 탈북자, 다문화 친구들부터 대치동 상위권 아이들까지 다 가르쳐 봤다. 학생들 수업 지도하면서 나도 함께 성장한다. 물론 실패도 많이 해보았다. 덕분에 해줄 조언이 많다.

어려서부터 몸이 약했다. 저질 체력이라 매일 병원행이었다. 다치기도 많이 다쳐서 걸어 다니는 종합 병원이었다. 그 시간을 견뎌냈기에 아파도 할 일을 할 수 있는 '깡'이 생겼다.

갑작스러운 교통사고로 직업을 잃었다. 마음에 구멍이 났다. 입원 중일 때 어린 아들을 돌보지 못했다. 나의 일 때문에 접었던 둘째 임신 계획을 다시 꺼냈다. 마지막 희망이었다. 교통사고 후 몸이 회복되지 않았고 해외 파견 중인 남편이 한국에 머무는 시간은 고작 3주였기에 임신 가능성이 희박했다. 몸이 약해 걱정이 컸다. 둘째 임신은 '신의 선물'이었다. 태명을 지을 때 어디서나 반짝이는 '샛별'이라 지었다. 열 달 채워 건강하게 태어났다. 지금은 사춘기 중 2지만 애교 많은 아들로 잘 자라주었다.

우리 집은 내가 없으면 삭막하다. 항상 웃고 든든한 엄마, 세심하게 챙겨주는 아내, 속 깊은 큰딸로, 바쁘지만 애교 많은 막내며느리로 살아간다.

사회적으로 성공하지 못했다. 하지만 가정에서는 입지가 분명하다. 소중한 가족에게 여러 가지 모습으로 최선을 다하고 있다. 이런 내가 바로 '샛별'이었다.

너에게 지어준 이름 하나

이 승 희

산꼭대기 황토집에서 살 때였습니다. 초여름 비 그친 아침. 처마 밑에 커다란 거미줄이 보였습니다. 지름이 30센티미터는 넘어 보이는 큰 거미줄이었어요. 가느다란 거미줄에 알알이 이슬이 맺혀 있었습니다. 아침 햇살이 거미줄에 달린 이슬에 비쳐 찬연했습니다. 평소엔 흉물로만 보이던 거미줄이 아름답고 귀해 보였어요. 여름 햇살에 이슬이 사라질세라 카메라에 담았습니다. 인터넷 카페에 짧은 글과 함께 올렸어요.

'왕거미 집에 알알이 이슬이 맺혔습니다. 아침 햇살에 눈부시게 빛나고 있어요. 신비롭게 보입니다. 중학교 때 국어 선생님이 해주신 말씀이 기억났습니다. "나는 왜 이렇게 못났을까요. 잘하는 게 하나도 없어서 속상해요." 투덜대자, 저를 이윽히 바라보던 선생님이 슬머시 웃으셨습니다. "어떤 사람이라도 일생에 한 번은 눈부시게 빛나는 순간을 맞이한단다. 너에게도 반드시 그럴 때가 올 거야." 거미줄의 변신을 보며 깨달았습니다. 제 인생의 빛나는 순간은 지금, 이 순간인 것을.'

사진이 참 잘 나왔던 모양입니다. 답글이 줄을 이었어요. 짧은 시와 오래 간직하고 싶은 댓글이 많았습니다. 댓글에 하나하나 답글을 달면서 뿌듯했어요. 자연과 함께하는 생활을 전달할 수 있어서. 도시 생활에 찌든 사람들에게 산중생활의 희로애락을 생생하게 보여줄 수 있어서.

산에 살 때 참 많은 사람이 찾아왔습니다. 친구들, 가족들 올 때마다 맛있는 것 먹일 수 있었어요. 음식 맛을 좌우하는 것은 싱싱한 재료라는 걸 절감했습니다. 어떻게 해 나가도 다들 밥을 두 공기는 뚝딱 비우고 반찬도 싹싹 다 먹었어요. 갈 때는 뭐 하나라도 들려 보냈습니다. 봄내 채집했다 삶고 말려 둔 머위나물, 취나물, 고사리, 표고버섯, 곶감을 봉지에 담아 주었어요.

"꼭 친정집 왔다 가는 것 같아. 고마워!"

인사받을 때면 힘들게 밥상 차리고 나물 캐고 삶고 말렸던 수고가 다 잊혔습니다. 아주 작은 걸 나눴을 뿐인데 큰 부자가 된 것 같았습니다. 나누는 삶이 행복하다는 걸 깨달았어요.

요즘은 전주에서 작은 공부방을 하고 있습니다. 일곱 살부터 중학교 3학년 학생들에게 독서 토론논술 가르치고 있어요.

"선생님, 우리 소율이가 일기 쓰기 숙제 너무 즐거워하면서 열심히 해요. 날마다 두세 페이지씩 쓴다니까요. 자기 특기는 글쓰기라고 해요."

"어머, 정말 기특하네요. 이게 다 어머님이 뒷받침 잘해주신 덕분이죠. 책 세 번 이상 읽히시고, 마인드맵 숙제 꼬박꼬박 하도록 챙겨주셨잖아요."

초등학교 3학년 소율이 어머님이 함박웃음 지으면서 아이가 쓴 일기 사진 보여주십니다. 2학년 때 처음 만났습니다. 5분 이상 자리에 똑바로 앉아 있지 못했습니다. 독해력과 창의력은 좋았지만, 글쓰기는 힘들어했어요. 이모티콘과 물결 표시가 글의 절반을 차지했고 엉뚱한 우스갯소리 써놓고 혼자 좋아했어요. 안 한다고 수업 시간에 울고 떼쓸 때는 저도 울고 싶었는데 말이지요. 차츰 나아지더니 3학년이 된 지금은 제법 의젓해졌습니다.

친구 발표할 때 딴짓하던 아이가 친구 말에 귀 기울이며 메모할 줄 알게 되고, 발표하기 싫어 몸을 배배 꼬던 아이가 스스럼없이 발표 영상 찍고, 노트 한쪽 채우지 못했던 아이가 두 쪽 너끈히 채워 글 쓰고 있습니다. 보람을 느낍니다. 초등학교를 졸업한 아이들이 중학생이 되어 교복 차려입고 앉아 있을 때 뿌듯합니다. 아이들의 성장에 조금이라도 이바지했다는 사실에 제 존재 가치를 느껴요.

혼자 살게 된 지 4년째입니다. 이제 막 사업을 시작한 아들은 바빠서 명절 때 얼굴 보기도 힘들어요. 모든 걸 바닥에서부터 다시 시작하는 형편이라 명절에 여행은 언감생심 꿈도 못 꾼답니다. 지난 설 연휴. 읽어야 할 책, 써야 할 글이 쌓여 있었습니다. 한데 영 손이 가질 않았어요. 잠이나 실컷 자야겠네. 웹소설과 넷플릭스 영화로 쓸쓸한 마음을 달래고 있을 때였습니다.

설날 아침. 넷째 여동생에게 메시지가 왔어요. '지금 가는 길이야.' 당황했습니다. 동생 시댁이 나주에 있습니다. 전날 와서 차례 지내고 용인 올라가는 길에 들른다는 겁니다. 동생네는 제부와 두 조카까지 늘 한 묶음으로 움직입니다. 산에서 살 때야 며칠이고 와서 묵어가게 했지만 난감하기 짝이 없습니다. 조카들 용돈도 못 줄 텐데. '안 와도 돼. 음식도 안 해봤고.', '나가서 먹으면 되지 뭐.' 막무가냅니다. 조카들이 이번에도 이모 못 보고 가면 시골 온 보람이 없다고 난리랍니다.

부랴부랴 청소를 하고 근처에 문 연 식당 알아 두었습니다. 초인종 울려서 나가보니 "이모오." 다 큰 조카들이 두 팔 벌리고 들어옵니다. 막상 풋사과 같은 조카들 얼굴 보니 용돈 걱정 사라집니다. 얼마 전 암 수술하고 난 뒤라 핼쑥해 보이는 여동생 얼굴도, "잘 지냈어요?" 무뚝뚝하기 그지없는 얼굴로 인사하는 제부 얼굴도 반갑습니다. 잠깐 인사하고 나가서 식당에 가 점심을 먹었습니다. 카페에 가 차와 디저트 앞에 두고 밀린 얘기를 한참 했어요. 간간이 직장 새내기인 큰 조카와 대학생 둘째 조카 얘기 듣다 보니 비어있던 가슴 한쪽이 따뜻하게 채워집니다.

동생네가 용인 올라가는 길. 차 트렁크에서 시골서 가져온 쌀이며 땅콩, 무, 배추 등을 덜어줍니다. 큰조카가 짐 들어준다며 저를 따라 올라왔습니다. 돌아나가면서 봉투 하나를 손에 쥐어줍니다. 나를 꼭 안아주며 등을 도닥여 줍니다. "이모, 아프지 말고. 또 올게요." "그래, 우리 봄이도 건강하고." 창밖으로 손을 흔들어 배웅했습니다.

후, 정신없었다. 좀 쉬자. 안방에 드러누웠습니다. 누운 채 조카가 주고 간 봉투를 열었습니다. 비죽 웃음이 납니다. 곰살맞고 애교 많은 녀

석이 무슨 편지를 썼나 궁금해집니다. 봉투 열어보니 빳빳한 오만 원 짜리 두 장이 존재감을 자랑합니다. 봉투를 가슴에 끌어안았습니다. 코끝이 찡해졌습니다. 코빼기도 안 비치는 아들에게 서운했던 감정, 썰물처럼 빠져나갔습니다.

3월 제 생일날. 두 조카가 각각 선물을 보내왔습니다. 큰애는 망고를, 둘째는 소고기를 선물했어요. 놀라서 메시지 보냈지요. '요즘 이모가 용돈도 못 줘서 미안한데 이런 걸 보내고 그래. 도로 가져가.' 조카들이 답을 보냈습니다. '이모, 우린 이모한테 이름부터 시작해서 받은 게 너무 많아요.', '세상에서 하나뿐인 멋진 이름 지어주고 항상 사랑해 줘서 고마워요. 건강하세요.'

큰조카 태어났을 때 제부가 부탁했습니다. 한글 이름 지어달라고요. 성이 '반' 씨라 이름 짓기 난해했습니다. 뭘 갖다 붙이든 반쪽이 되더라고요. 고민하다 '반 뜨레봄'이라는 이름을 지어줬습니다.

"으응? 뭔 이런 요상한 이름이 다 있다요?"

"봄에 태어났잖아. 뜰에 피어난 봄처럼 사랑스럽다는 뜻이야."

처음에는 마뜩잖아 하던 제부는 출생 신고할 때 그 이름을 올렸습니다.

둘째 이름은 반 해가을! 해처럼 빛나는 가을이라는 뜻입니다. 조카들은 자기들 이름을 귀하게 여깁니다. 사람들이 너무 예쁘고 독특한 이름이라며 부러워한다고 어깨를 으쓱입니다. 작가 이모가 지어준 거라고 자랑한답니다. 우리 아들 이름은 '미르'입니다. 순우리말로 '용', '미리내'

라는 뜻입니다. 러시아 말로는 '평화', '세상'이라는 뜻이 담겨 있습니다. 지금이야 미르라는 이름이 참 흔하지만, 1992년 아들을 낳았을 때는 미르라는 이름을 쓰는 사람도, 업체도 없었습니다. 나름 원조 격인 셈이지요. 아들도 말은 한 적 없지만 제 이름에 만족하는 눈치입니다.

작고 소소한 것을 함께 나눌 때 행복합니다. 살아있다는 것을 실감하게 됩니다. 손에 쥔 것이 아무것도 없는 것 같지만 물질적인 것이 아니라도 내가 줄 수 있는 것이 있습니다. 살면서 얻은 작은 통찰, 내가 부여해 준 이름 하나, 대단치 않은 것만으로도 누군가에게 기쁨을 줄 수 있다는 걸 깨닫습니다.

주인공

이 정 화

직장동료 언니가 핸드폰 영상을 하나 보여준다. 예식장에서 봤다던 영상이었다. 영상은 부모님이 결혼하기 전의 사진으로 시작된다. 웨딩 드레스 입고 결혼한 결혼식 사진, 아이가 태어나고, 성장하게 된다. 성장한 자녀는 결혼이라는 날을 맞이하게 된다. 엄마 아빠가 그랬듯 자녀들도 그렇게 만났다. 각자의 부모와 각자가 태어난 순간, 성장기의 모습과 결혼한 날까지의 성장 스토리가 담겨 있다. 한 사람의 일생을 보면 태어나는 순간을 생각하게 된다. 세상에 태어나 자라면서 사회에 적응하고 살아간다. 태어났으면 사랑받으며 자란다는 생각을 당연히 했다. 하지만 아니었다.

나의 부모님은 어땠을까. 어릴 때 오 남매의 넷째로 태어난 여자. 사 남매의 둘째로 태어난 남자. 둘은 중매로 만나 결혼하게 되었다. 딸이 생겼지만, 남자는 원치 않았고, 여자는 원했다. 여자의 고집으로 딸은 세상에 태어났다. 딸이 태어났을 무렵 남자는 회사에 다녔다. 꾸준히 오래 다니지는 못했다. 여자도 회사에 다녔다. 신발공장. 신발 바닥을 풀로 붙이는 작업. 한 명이 버는 돈으로는 생계를 유지하기에 턱 없이 부족했다. 동네 구멍가게도 했지만, 남는 건 별로 없었다. 남자와 여자는 아이를 데리고 모임에 갔다. 아이가 어려서 업고 가야 했다. 여자는 아이를 업고 두 손은 가져온 짐을 들어야 했다. 남자는 저만치 앞에 가고 있다. 남자의 두 손에는 함께 놀러 온 다른 부부의 딸이 안겨 있다. 여자는 속상했다. 내가 부모가 되고 나서 들었던 어린 시절 이야기다. 어릴 때 부모님은 이혼했다. 학창 시절 사진을 보았다. 얼굴은 항상 찡그리고 있었다. 유치원 원복을 입고 있다. 친구들과 나란히 앉아 치킨을 먹는 사진이 보인다. 이 사진이 덜 찡그려 보이는 이유는 음식에 집중하고 있기 때문이다. 자주 다투는 부모님 곁에서 불안해하며 살았다. 외로웠다. 학교에서는 친구들 곁에 쉽게 다가가지 못했다. 부모의 이혼으로 나의 존재 가치를 잊고 살았다. 삶을 부정하며 살았다.

결혼하고 아이를 낳고 사는 것도 어려웠다. 강원도 남자와 경상도 여자가 만나 음식, 생활 습관을 맞추기가 어려웠다. 강원도 음식에는 고추장을 많이 넣는다. 채소 반찬에도 고춧가루가 들어간다. 생소했다. 여자는 생선을 주로 먹으며 자랐다. 고춧가루나 고추장은 많이 쓰지 않은 음식을 먹었다. 아이를 낳고 키우는 것도 달랐다. "아이가 우는데 세수를 굳이 해야 하나?" 세수로 인한 다툼도 많았다. 아이는 눈치를 보면서 자라게 되었다. 삶, 인생이 녹록하지 않다는 사실을 받아들이기엔 내공이 턱없이 부족했다. 남편에게 하소연하면 어김없이 돌아오는 대답은 "지금이라도 딴 남자 만나러 가."였다.

자랐던 환경과 가정을 이루고 살아가는 환경을 비교해 보았다. 별반 다르지 않았다. 세상에 태어나 내가 이렇게 살려고 태어났을까. 왜 태어났을까. 잘 먹고 잘사는 인생이 어떤 건지 생각했다. TV나 유튜브 등에 아이들과 나오는 연예인들, 명품 가방 하나에 들썩이는 이슈 등. 비교하면 너무나 많이 부족하고 하찮게 느껴지는 내 인생 같다. 주변을 다시 하나하나 살펴보았다.

학부모 상담 시간. "정태는 항상 밝고 순수해요. 친구들과도 크게 다투는 일 없이 잘 지내요."

그냥 그걸로 되었다. 어릴 때 우울하게 자랐던 기억으로 친구들과도 사이가 좋지 않았던 나와 달라서 다행이었다.

부모의 딸, 남편의 아내, 아들의 엄마가 되어 사는 삶에는 나란 존재는 없었다. 반대로 내가 살아가는 이유도 되었다. 내가 좋은 생각을 하면 가족의 하루가 밝아졌다. 아파서 누워있으면 끼니 걱정하는 남편이 있었다. 움직이면 집안이 깨끗해졌다. 웃음으로 가족에게 대하면 가족도 힘내서 하루를 잘 이겨내는 듯했다. 가족의 중심은 남편, 아들이 아닌 나였다. 내가 어떻게 행동하느냐에 따라 가족의 날씨가 바뀌었다. 공부하고 책 읽으니, 아들도 덩달아 책을 산다. 읽는지는 모르겠다. 내가 군소리 없이 일과 야근을 하니, 남편은 직장동료와 다투는 일도 줄고, 주말에 일해도 덤덤히 받아들인다. 그동안 하소연 들어주지 않던 남편, 소심한 아들이라 늘 불만이었다. 내가 바뀌고 상대를 대하니 상대가 덩달아 함께 바뀌어 갔다. 나는 가족의 별이다. 내가 힘내서 살아가야 가족이라는 울타리를 잘 지킬 수 있다는 사실을 늦게라도 알게 되어 다행이라는 생각이 든다.

어릴 때는 우울했고 직장인일 때는 두려웠다. 결혼해서는 울보였다. 지금은 속마음 털어놓고 하소연 들어주는 친구가 있고, 아들과 아빠가 함께 게임 하는 시간도 있다. 나를 누구보다 사랑하고 아낄 줄 알게 되었다. 지금은 연예인과 비교하지 않는다. 오롯이 나의 인생에 집중한다. 왜냐고. 가족의 별이니까. 살아가는 존재의 의미는 바로 나다. 누가 물어본다. 남편이 잘해주나? 하나부터 열까지 간섭하고 투덜대는 남편이지만 아들 일에서만큼은 함께하고 같이 하려는 마음을 알기에 그걸로 만족한다. 아들은 소심해서 말도 잘 하지는 않지만, 학교에서 잘 지내고 밝은 모습을 잃지 않고 자라주어서 다행이다.

우주에서 보면 지구가 하나라는 생각이 든다는 기사를 본 적이 있다. 각자의 자리에서 빛나는 별이다. 우주에 별이 하나만 있다면 별을 보는 의미가 없을 거라는 생각이 든다. 많은 별이 함께 빛나고 있기에 별을 보는 시간이 그냥 좋다. 사람도 마찬가지다 각자가 빛날 때 사회도 세상도 잘 굴러가는 지구가 된다. 모든 것은 존재만으로 감사하다. 특별히 빛나는 빛이 아니더라도 그냥 빛 자체만으로 살만한 세상이 된다. 희미한 빛도 선명한 빛도 세상에 소중하지 않은 게 없다. 존재를 의미 있게 해주는 글이 좋다. 글을 쓰고 있는 지금. '나'라는 글자에 불을 밝혀본다. 나와 가족, 세상의 빛은 꺼지지 않을 거다. 세상에 빛나는 별로서. 잘 살아가고 서로 빛을 밝히는 존재. 함께하는 빛이 더욱 빛날 거다. 인생에 주인은 자기가 있는 위치에 있는 것만으로 주인공이다.
함께 살아가기에 더욱 아름다운 지구. 이 순간이 감사하다.

반주자, 인생에서는 주인공

윤 희 진

　찬양대 가운을 입은 70여 명의 대원들이 무대로 올랐다. 무대 앞으로는 헤븐 기악부가 자리했다. 악기 튜닝이 이어졌다. 지휘자가 단 위에 서서 인사했다. 부활절 칸타타가 시작되었다. 첫 번째 곡은 요한복음 1장에 나오는 "태초에 말씀이 계시니라."를 갖고 만든 찬양이다. 예수 그리스도가 창조주 하나님과 함께 말씀으로 계셨음을 선포하는 찬양이다. 칸타타의 또 다른 매력은 한 곡이 끝나면 내레이션이 있다는 것! 이번에는 지휘자의 아내 집사님이 수고해 주었다. 또랑또랑한 목소리가 더 회중이 칸타타에 집중할 수 있게 했다. 두 번째 곡은 '거룩한 하나님의 어린 양'이다. 흠도 티도 없이 이 땅에 오신 예수 그리스도가 인류의 죄를 지기 위한 어린 양으로 오셨음을 찬양했다. 유월절이 다가왔고, 예수님과 열두 제자들은 준비된 다락방에서 최후의 만찬을 나누었다.

　"이것은 생명의 떡이다. 너희를 위해 찢는 내 몸이다. 받아먹어라."

　곡을 듣기만 했는데도 예전에 봤던 '예수' 영화와 '패션 오브 크라이

스트'의 장면들이 스쳐 지나간다.

"이것은 생명의 피다. 너희를 위해 흘리는 내 피니, 마셔라."

고요한 만찬의 순간을 곡으로 만든 곡이 끝났다.

만찬을 마치고, 겟세마네라 하는 동산으로 가서 땀방울이 핏방울이 되기까지 기도하셨다. 제자들은 피곤해서 잠이 들었지만, '왕의 눈물'이라는 곡이 잔잔히 흘러나왔다. 얼마나 괴로웠을까. 그가 겪어야 할 극심한 고통. 살이 찢어지고 몸에 있는 물과 피가 다 흐르는 고통보다 하나님으로부터 버려지는 것이 힘들었을 것이다. 골고다, 곧 해골이라는 곳에 세 개의 십자가가 섰다. 두 강도 사이에 죄 없는 예수가 못 박혔다.

"네가 하나님 아들 그리스도거든 거기에서 뛰어내려라."

외치던 군중들의 소리도 잠잠해진 것은, 그가 십자가 위에서 이렇게 말한 후였으리라.

"다 이루었다."

호평동에 살 때였으니까 10년도 더 지났다. 부활절 칸타타 반주자로 섬겼던 적이 있다. 그때는 교사가 아니라 찬양대에서 봉사할 때였다. 반주자가 일이 있어서 내가 반주를 갑자기 맡게 된 것이다. 새끼손가락이 유난히 짧은 나는, 피아노 반주를 할 때마다 지휘자에게 놀림 받곤 했다. 정확히 들리지 않는다며. 칸타타 반주자 기회를 놓치기 싫어, 얼마나 연습했는지 모른다. 전체 곡을 아우르는 전주곡은 반주자인 나 혼자만의 무대였다. 매우 느리게 연주하는 여섯 마디. 중후한 느낌으로 앞 세 마디는 조금 세게 꾹꾹 피아노 건반을 눌러주듯 연주했다.

뒤 세 마디는 매우 여리게 들릴 듯 말 듯. 이어지는 부분, 4분의 3박자 16분음표로 오른손을 연주하는 동안 왼손은 8분음표 스타카토로 팅기듯 연주해야 한다. 마디마다 세기도 다르다. 조금 세게, 매우 여리게, 조금 세게, 여리게. 다시 조금 세게, 여리게, 매우 여리게, 매우 여리게 치다가 점점 세게, 마지막 마디 세 박자는 세게 연주해 준다. 다시 매우 느리게 연주하는 부분이 나온다. 같은 멜로디인데 음역과 세기를 다르게 해서 점점 여리게 연주하고 끝마친다. 이어 찬양대와 반주자인 내가 지휘자의 손동작에 맞춰야 하는 시간. 느려지지 않아야 할 곳에 형광펜으로 기록해 두었다. 연습할 때 느려져 지휘자한테 한 소리 들었던 부분이다. 곡의 중간에는 음표 없이 소리치는 부분이 나온다. "십자가에 못 박으시오!" 소프라노, 테너, 알토, 베이스 파트가 한 박자씩 늦게 차례대로 외치는 부분! 반주인 나는 이 부분에서 트레몰로(음 또는 화음을 빨리 떨리는 듯이 되풀이하는 연주법)로 긴장감을 고조시킨다.

반주자의 역할에 대해 생각해 본다. 반주자는 튀어서는 안 된다. 합창단(찬양대)의 찬양이 빛날 수 있도록 돕는 존재이다. 반주자 없는 찬양대를 생각해 본 적 있는가? 아카펠라는 반주 없이 화음으로만 부르는 노래라 상관없지만, 이를 제외하고는 반주자가 필요하다. 무대에 선 합창단원들처럼 얼굴이 회중들에게 보이지 않는다. 하지만 검은 건반과 흰건반을 오가며 연주하는 내 손가락은 가끔 카메라에 잡혔을 것이다. 지금도 10년 전 부활절 칸타타를 생각하면 그 무대, 긴장감, 조명 등이 다 떠오른다. 빛나는 별이었다. 비록 무대에서 독창하는 솔로도,

곡이 시작될 때마다 조명 받는 내레이터도 아니었지만. 한발 한발 무거운 십자가를 지고 골고다를 오르신 예수의 수난을 연주하는 반주자. 반주할 수 있어서 감사했다.

비록 칸타타 할 때는 반주자였지만, 내 인생에서는 주인공이다. 인생이라는 무대 위에서 직접 연주하는 사람이다. 인생의 빛나는 별로 살아가기 위해, 이제 내가 해야 할 일을 글로 써 본다. 먼저, 나를 이 자리에 있기까지 수고해 준 사람들을 떠올려 보고 감사해야겠다. 내가 무대의 주인공이라면, 도움을 준 사람들이 반주자라는 생각에 이르렀다. 무대의 주인공을 더 빛나게 해줄 수 있기 위해 반주자의 역할도 크다. 둘째, 내 안에 있는 무한한 잠재력을 잘 끌어낼 수 있도록 경험을 많이 해 봐야겠다. 어르신들에게 고개를 숙이는 이유는 그들이 그동안 겪은 경험이 많기 때문이다. 직접 해볼 뿐 아니라, 독서를 통한 간접 경험도 해야 한다. 성공 경험뿐만 아니라, 실패 경험 또한 원석을 다이아몬드로 만드는 과정이다. 마지막으로, 일상을 기록으로 남겨야 한다. 쉬 잊어버리는 두뇌를 믿지 말고, 기록의 힘을 믿자. 평범한 일상이 모여 인생이 된다. 삶의 모든 순간이 나중에 돌아보면 나를 갈아왔던 시간임을 알게 될 것이다.

살아가며 내가 빛나는 별이었던 때를 떠올려 본다. 과거의 나보다 더 소중한 것은 오늘 삶을 살아가는 내 모습이다. 내가 이 세상에 태어나 어떤 존재로 살아갈 것인지 선택해야 한다. 내 존재 가치에 맞게 잘 살고 있는지 점검해야 한다. 하루를 마치면서 오늘 무엇을 했는지 떠올리며 글을 쓴다. 쓰지 않으면 흩어진다. 어떤 사건이 일어나서 기억하는 날이 아니라, '오늘'은 내 평생에 있어 한 번뿐인 날이기에 별처럼 반짝인다. 오늘이 전부다. 이 하루가 모여 나의 빛나는 인생이 되는 것이니까. 과거 어떤 날들보다 무대의 주인공으로 빛날 내일을 기대한다.

글쓰기를 통해 나를 깨닫고 내면을 여행하고 성장하는 빛을 찾아주는 사람

최 경 희

글을 쓰면서 고통스러운 순간들을 버텨냈습니다. 내면의 나를 만나게 되고 마음을 어루만질 수 있었습니다. 작가가 되고 싶었습니다. 나의 글을 쓰고 싶었습니다. 작가로 살아가는 모습을 상상했습니다. 작가가 되었습니다. 공저 책 마지막 꼭지 쓰는 지금, 이 순간이 감동입니다. 쓰기를 멈추지 않았기에 가능했습니다. 지금까지 나를 지켜준 사람, '글 쓰는 나'였습니다.

어린 나를 다시 만나게 된 건 줄리아 캐머런 〈더 아티스트 웨이〉 책 덕분이었습니다. 12주 동안 매일 아침, 모닝 페이지를 쓰면서 글 쓰는 힘이 얼마나 강력한지 경험했습니다. 일어나자마자 의식의 흐름대로 세 페이지 씁니다. 어떤 날은 글을 쓰며 졸기도 합니다. 주제도 맥락도 없이 그냥 씁니다. 머리가 복잡할수록 효과는 더 좋았습니다. 다 쓰고 나면 속이 후련했습니다. 읽지 않고 노트를 덮습니다. 처음 어린 나를 만났을 때 펑펑 울었습니다. 내면에 웅크리고 있던 나를 꺼내는 과정이 고통스러웠지만, 그 과정이 없었다면 작가가 될 수 없었을 거예요. 하고 싶은 말이 있어 글을 써도 겉에서 빙빙 돌았습니다. 몇십 년 동안 품었던 작가의 꿈을 이루지 못할 거로 생각했던 이유도 내 안의 나를 외면하고 있었기 때문이었습니다. 아티스트 웨이 덕분에 영원히 숨겨두면 잊힐 줄 알았던 나를 찾았습니다. 지금의 나는 과거와 연결되어 있다는 것을 알게 되었습니다. 마주할 용기가 생겼습니다. 어린 시절을 글로 쓰니 감정과 느낌이 되살아났습니다. 가슴에 뜨거운 불덩이가 올라왔다 글로 다 토해내고 나면 사그라들었습니다.

처음으로 개인 이야기를 쓴 곳이 블로그 '치유포유' 입니다. 첫 공저책 〈사물의 글쓰기〉에서보다 더 앞서 '셀프 치유하는 법을 전하는 치유언니가 된 과정'이라는 글을 썼습니다. 당시 블로그 브랜딩 과정을 진행 중이었는데요. 브랜딩 콘셉트나 사업 철학을 담는 과정에서 스토리텔링이 필요했습니다. 글을 써 보니 계속 겉돌기만 하더라고요. 앞으로 계속할 일인데 나를 제대로 보여주자, 마음 단단히 먹고 오픈하기로 했습니다. 첫 줄 쓰자마자 눈물이 터졌고 글 쓰는 내내 멈추었다 다시 쓰기를 반복했습니다. 이렇게까지 하면서 이 글을 쓰는 이유는 뭘까? 아무도 관심 없을 텐데 혼자서 무슨 난리인가 생각하면서 발행 버튼을 눌렀습니다. 가슴이 콩닥콩닥 뛰었습니다. 블로그를 시작하고 처음으로 많은 댓글을 받았습니다. 하나하나 답변 못 할 정도로 황송했습니다. 댓글을 보고 힘을 얻었습니다. 내가 그토록 힘들어했던 내 과거 모습이 세상에 나와서 나에게 빛이 돼주는 느낌이었습니다. 나를 잘 데리고 살아왔지만, 진짜 아픔을 보려 하지 않았고 의식적으로 잊고 살려 했습니다. 들추어 내면 더 아플 것 같아 내 안의 아이를 묻었었습니다. 글로 나를 드러내는 과정을 통해 완전히 다른 인생을 시작하게 되었습니다. 글쓰기로 치유하고 그토록 원하던 작가가 되었습니다.

'치유포유'는 자기 치유 계발 브랜드입니다. 나를 깨닫고 내면을 여행하고 성장하는 빛을 찾도록 도와주는 셀프 치유 프로그램을 진행합니다. 브랜드 개념 역시 글을 쓰면서 알게 되었습니다. 무엇을 좋아하고 어떤 삶을 살고 싶은지를 아는 것이 중요합니다. 그다음 어떤 사람들에게 어떤 도움이 되게 할 것인지를 정합니다. 글을 쓰고 눈으로 익히면서 그 장면을 상상해야 합니다. 이것이 글쓰기의 힘입니다. 치유포유 프로그램 중 하나가 빛나 글쓰기입니다. 나를 빛나게 해줄 요소, 빛을 찾도록 돕는 글쓰기 프로그램입니다.

부산 기장군 일광 신도시에서 프라이빗 문화공간 '치유'를 운영하고 있는데요. 싱잉볼, 아로마, 글쓰기 치유 프로그램을 운영합니다. 2024년 4월부터 오프라인 '빛나 글쓰기 독서 모임'을 진행 중입니다. 책 읽기 좋아하고 글 쓰는 것을 좋아하는 분이면 누구나 참여할 수 있습니다. 일기를 써왔고 기록하기 좋아하면 글쓰기가 훨씬 쉽습니다. 글쓰기 힘든 왕초보도 참여할 수 있습니다. 책 전체를 다 읽는 것이 힘든 분들도 참여하면 좋습니다. 공간에 비치된 책 중에서 원하는 책을 골라 읽고 자신의 글을 쓸 수 있습니다. 읽고 있던 책을 가져와도 좋습니다.

책 읽는 동시에 글 쓰는 습관 들이기 좋은 독서 모임입니다. 첫째 주에는 모임 멤버들과 개별 인터뷰를 했습니다. 글 못 쓴다고 했던 분도 어느새 글 한 편 뚝딱 쓰게 됩니다. 신기하게도 내가 글을 썼다며 좋아하고요. 다음 날 아침 블로그 링크를 보내주기도 합니다. 배우기만 하고 적용하지 못해 무기력해진 상태였는데 글을 쓰면서 열정이 살아났다고 합니다. 다른 사람들이 빛을 발하도록 돕는 일이 행복합니다.

집, 건물 짓듯이 글로 내 인생을 지어냈습니다. 내가 살 집은 내가 원하는 대로 지어야 편합니다. 아무리 좋은 집이어도 용도와 취향에 맞지 않으면 살기 불편합니다. 설계와 인테리어에 직접 참여해야 구조도 알고 수리가 가능하겠지요. 삶 방향 정하는 것도 마찬가지입니다. 나를 스스로 빛내는 힘은 단연코 글쓰기입니다. 사람들이 고민을 말하면 기·승·전 글 쓰라고 합니다. 직접 쓰게 해봅니다. 자신도 모르게 해결점을 찾습니다. 감정 치유 프로그램 진행하면서 지금 나에 대해 글로 적어보라고 합니다. 싱잉볼 체험하기 전에도 종이에 글을 쓰게 합니다. 자신에 대해 몰랐던 것을 발견하거나 더 좋은 방향으로 풀어갈 수 있게 된다고 합니다. 글을 씀으로써 숨어있던 재능을 빛낼 수 있도록 도울 겁니다. 두 번째 공저 책 〈나는 글을 쓸 때마다 내가 된다〉를 쓰면서 나를 한 번 더 바라보게 되었습니다. 이 순간 존재한다는 사실이 얼마나 귀한지 느낍니다. 오늘 빛나는 나를 응원합니다. 우리의 빛나는 삶을 응원합니다.

1. 글빛현주 작가

단 한 줄도 쓰지 않았다. 잘 써야 한다는 부담감, 두려움이 컸다. 그럼에도 내 이야기를 쓰고 싶었고 책도 출간하고 싶었다. '도 아니면 모!' 용기를 냈다. 2022년 12월 글쓰기 공부를 시작했다. 나는 글 못 쓰는 사람이라 인정했다. 마음 편해졌다. 덕분에 못 쓰는 글 자유롭게 쓴다. 쓸 때마다 내가 보였다. 나를 알게 되었고, 이해하게 되었다. 내가 변했고 삶이 달라졌다. 이 책의 제목처럼 글을 쓴다는 건 '나'를 찾는 여정이다. 쓸 때마다 진정한 내가 되어 간다.

2. 김미예 작가

내 앞에 놓인 백지와 볼펜을 바라봅니다. 쓰고 싶다는 생각만 했지 제대로 된 글을 쓰지 않았습니다. 돌아보니 나를 아무도 모를 것 같았습니다. 아쉽고 두려운 마음에 끄적이기 시작했습니다. 오늘 있었던 일, 어제 있었던 일, 광고주와 나누었던 말, 오랜 친구와 수다를 떨며 했던 말들 모조리 적었습니다. 그러다 피식 웃었습니다. 지금부터 써도 늦지 않는다는 것을 인식했으니까요. 열한 명의 코치들이 각자 나를 찾아 떠나는 여정에 독자 여러분도 한 줄 쓰기! 시작했으면 좋겠습니다. 웃게 될 겁니다.

3. 김삼덕 작가

글쓰기는 어떤 상황에서도 위로받을 수 있습니다. 희로애락을 담아 나의 감정 정화도 됩니다. 쓰는 사람이 정해지지 않습니다. 누구라도 가능합니다. 일상을 끄적거림부터 시작하면 됩니다. 끄적거림이 모여 책이 된다면 쓰실 수 있겠죠? 저는 글쓰기를 만나 사물을 소중히 마주하게 되었어요. 촉을 세워 일상을 관찰하고 기록하는 습관도 생겼어요. 그냥 주어진 대로 사는 게 아니라 생각하며 사는 삶이 행복합니다. 이 책을 마주한 여러분들도 이 기쁨을 누리시기 바랍니다.

4. 김선황 작가

좋아하는 것들이 많다고 생각했습니다. 막상 글을 쓰려고 하니 적을 게 별로 없었습니다. 말하는 일을 하면서도 '말하기'를 좋아한다는 것을 글로 쓰면서 알았습니다. 말하면서 생각을 정리할 때도 있습니다. 글을 썼을 때 말에 힘이 생겼습니다. 네 편의 글 모두 '말'에 대해 썼습니다. 글을 쓰기 전에는 말로만 제 이야기를 풀었습니다. 이제 '말과 글'이 함께합니다. 말의 매력과 글맛을 알아가는 재미로 삽니다. "말과 글, 길이 됩니다."

5. 김희진 작가

오늘 어떻게 더 좋은 날로 만들었나? 하루를 돌아보며 적는다. 독서 노트를 천천히 쓰고 문장도 수집했다. 떨어지는 벚꽃을 즐겼다. 두부를 부쳐 달래 간장에 살짝 찍어 반찬으로 먹었다. 양상추와 당근, 사과에 올리브유 조금, 레몬즙, 발사믹 소스를 곁들여 샐러드도 먹었다. 겨울옷을 정리했다. 플랭크 어제보다 1초 더 버텼다. 양파 사자마자 하나씩 싸서 채소 칸에 넣었다. 세면대 물때를 닦았다. 독서 모임 참여를 위해 〈유배지에서 보낸 편지〉를 30분 읽었다. 사소한 것들이 쌓여 나를 만든다. 적으며 의미를 부여한다.

6. 송주하 작가

미국의 시인 마야 안젤루는 "글쓰기는 자신의 삶을 표현하는 방법이다"라는 말을 남겼습니다. 우연히 작가가 된 후 매일 글을 씁니다. 글감은 하루에서 찾기도 하고 추억 속에서 가지고 오기도 합니다. 무엇이

됐든 나로부터 시작합니다. 특별한 건 없습니다. 그냥 보고 듣고 경험했던 것을 글로 옮길 뿐입니다. 연기처럼 사라지는 시간을 기억하고 그려내는 일입니다. 처음 쓸 때는 몰랐습니다. 시간이 흐르면서 켜켜이 쌓이다 보니, 이 모든 글이 내가 되고 인생이 되어 갑니다.

7. 안지영 작가

"아름다운 풍경을 찾지 말고 지금 풍경 속에서 아름다움을 찾아라." 란 말이 떠오릅니다. 공저 집필할 때, 마음이 시끄러워 글 쓰는 손이 머뭇거렸습니다. 좋아하는 것들에 주파수를 맞추니 행복했던 순간이 하나씩 나왔습니다. 숨기고 싶은 불편함도 꺼내니 더 이상 밉지 않았습니다. 나를 둘러싼 모든 상황이 글이 되었습니다. 창밖 풍경만 멋진 게 아니고 내가 품은 소소한 것들이 특별해지는 순간임을 많은 분과 함께 나누고 싶습니다. 아마추어 작가처럼 글쓰기를 멈추지 않겠습니다.

8. 이승희 작가

'어린 왕자', '해리 포터' 같은 책 쓰고 싶었습니다. 판타지에 열광했거든요. 웹소설 쓰기도 했어요. 소설 쓰기 시작하면서 알았습니다. 저는 글을 머리로만 썼다는 것을. 공저 쓸 기회가 생겼습니다. 판타지 세상

속 가상 인물 이야기가 아니라 제 얘기를 써야 했어요. 독자들에게 전하고 싶은 메시지와 제 경험을 쓰면서 깨달았습니다. 글을 쓰려면 먼저 자신이 누구인지를 알아야 합니다. 글 쓰다 보면 자신에 대해 알게 되고 삶의 의미를 발견할 수 있습니다. 읽고 쓰는 삶, 힘들지만 지복(至福)에 이르는 길입니다.

9. 이정화 작가

글을 썼을 뿐인데 말하는 자신감이 생겼다. 모르는 장소에 가도 당당히 간다. 딸, 엄마, 아내로 사는 인생이 의미 있다는 사실을 글쓰기 통해 알게 되었다. 그냥 지나쳤을 일상을 글로 적는 순간 남게 되고 추억이 되어 돌아온다. 글쓰기, 말하기와 만나기, 대기실, 동영상은 책을 펴는 순간 만날 수 있다. 기억하지 않아도 책 속에 남을 일상. 생각하고 글 쓰고 나누는 삶을 살기 위한 두 번째 공저 책. 나를 발견하고 글로 쓰는 시간이 즐거운 하루로 기억해 본다.

10. 윤희진 작가

살아가다 보면 내가 누구이며, 왜 사는지 의문을 품을 때가 있습니다. 그럴 때 빈 종이 하나 꺼내놓고, 내가 좋아하는 건 무엇이며, 마땅

찾아하는 것을 적어봅니다. 그럼에도 나라서 다행이었던 때는 언제였으며, 나를 빛나는 별이 되게 했던 순간을 또 적어봅니다. 자기 인식이 어느 때보다 중요해진 요즘입니다. 다른 사람의 말에 휘둘리지 말고, 중심을 갖고 진짜 내가 누구인지, 존재 가치를 찾아야 할 때입니다. 이 책이 나를 알아가려고 질문을 던지는 이들에게 좋은 나침반이 되길 바랍니다.

11. 최경희 작가

글 쓰는 삶을 살고 싶었습니다. 내 이야기로 누군가에게 희망을 줄 수 있기를 바랐습니다. 어려운 상황을 이겨내면 인생 자산이 된다고 말하고 싶었습니다. 살아갈 방향을 잃지 않는 방법을 물어오면 글쓰기를 권합니다. 자신의 아픔을 마주하기 두려워하는 이유는 방법을 모르기 때문입니다. 글을 쓰며 자신을 만나는 법을 전하고 있습니다. 글로 나를 찾는 여정은 즐거운 일입니다. 라이팅 코치로서 많은 사람이 글 쓰는 기쁨을 누리도록 돕는 것이 남은 생의 여정입니다.